百靈遊戲

ONE HUNDRED SOUL

2 2531年的那枚5元硬幣……

作者 凱佳
繪者 哈尼正太郎

朱雀文化

目錄

前言 故事發生之前…… 4
故事1 希麗察的妹妹 7
故事2 方程式的答案 18
故事3 麻煩事即將發生 28
故事4 錢幣的刺客 41
故事5 來的人和走的人 54
故事6 讓人活的錢幣，讓人死的錢幣 71
故事7 交換錢幣 86
故事8 拜訪老師 104
故事9 二……三……一…… 119
故事10 地獄，一步之隔 131
故事11 人鏈（Chain of human） 152
故事12 代罪羔羊 165
故事13 房子的主人 174
故事14 理由 189
故事15 第七十一個小孩的警告 219
故事16 「妳已經輸了」 240
故事17 第一個人 273
故事18 灰色世界的殘酷 289
故事19 最後一個人 324

故事20 催淚戲碼 346
故事21 輸家的選擇 361
後記 現在的錯誤 372
特別收錄 百靈遊戲3 搶先看 391

前言

故事發生之前……

葬禮的誦經聲越來越響亮。星期天傍晚，天空看起來陰陰的，似乎快要下雨了，突然間，天空像是變了心，取而代之的是一望無際的蔚藍天空，與令人放鬆的氛圍，和生活步調匆促的曼谷人形成了明顯的對比。

但不知道為什麼，住在附近的居民感覺沒什麼生氣，而且對於誦經聲有著恐懼。夏天已經過去了，說不定是因為雨季來臨所帶來的壞天氣讓他們感到鬱悶。

還是，是因為有個小女孩過世了？

那裡的居民和小女孩並不熟稔。她躺在一具木棺材裡，準備送去火化。她的臉很蒼白，合十的雙手被白色棉線綑綁起來，雙手很冰冷，就像冰塊一樣。

天快黑了，火化場離這裡大約五十公尺，為了趕緊抵達，一行人加快腳步跟上前面的隊伍；他們看起來相當鬱悶。此時天空慢慢變黑，烏雲逐漸籠罩這個地方。

有個年約十二歲的小女孩穿著黑衣服，站在隊伍後面獨自哭泣，一邊用手擦著眼淚，一邊離開隊伍。

看到自己姊姊的遺照，小女孩難過的情緒又湧了上來。

「趕快走，天快黑了。」一位在廟裡幫忙的小男孩對另一位小男孩說。他們抬著棺木快步走上前方的樓梯，準備前往火化場。

突然間，一隻黑貓從黑暗中跑了出來，跳上棺木，此時幫忙的兩位小男孩嚇了一跳，雙雙跌坐在地上，棺木也滾了下去。

小女孩的屍體從棺木中滾出來時，突然出現一聲巨大的雷響，接著下起大雨。僵硬的屍體滾到一棵芒果樹下方，參加喪禮的人一哄而散。

正哭泣的小女孩彎著腰，看著她的姊姊慢慢滾落地面。

僵硬的屍體停在腳邊，可以清楚看到姊姊雙眼緊閉的蒼白臉頰。小女孩雙手放在身體後面，發出啜泣聲，手緊握著。接著跪了下去，抱住姊姊的身體。

除了臉上止不住的淚水，小女孩一語不發。

此時，那兩位小男孩趕緊抬起屍體，重新放回棺木內。而在棺蓋合起來前，小女孩趕緊跑了過去，向她姊姊做最後的告別。

她把某樣東西放在她姊姊手上。

那是，硬幣。

希望所有的事都和這具屍體一起化作灰，然後消失。因為，這位被火化的女孩會讓之後的人步向死亡。

這一切都要從「一百個鬼魂」這個遊戲談起。

故事1

希麗察的妹妹

一旦開始玩「一百個鬼魂」這個遊戲，必須在二十一天內找到一百個鬼魂，而且無論贏或輸，都會讓你的生命產生無法預期的變化。倘若輸了，沒有任何機會可以逃離這個遊戲；就算死了，依舊離不開這個遊戲的可怕漩渦。

一開始必須用錢幣作為媒介，請鬼魂參與遊戲，然後問這個不得善終的鬼魂十二個問題，但一定要特別小心，別讓錢幣跑到九號的格子上。

問到最後一個問題時，要說「找到鬼魂！」接著，錢幣會移動到九號的格子兩次。當錢幣停留在九號格子時，須將錢幣翻面，此時鬼魂就會現身。

到了第二十一天，必須看到一百個鬼魂，並再次進行這個過程，而且要用當初翻面過後的那一面玩。當鬼魂再次被請來時，要說出「成功了」。接著，錢幣會移動到「是」上，這樣才算是完成了這個遊戲，也才能真正脫離這個遊戲。

但是，如果無法贏得這個遊戲，失敗者的結局會如何？我想大家都猜到了吧！

準備好要玩這個遊戲了嗎？

我是小珠。

不知道希麗察的屍體後來怎麼了，應該會有人把它埋在其他地方吧……對我來說，所有事情都結束了，但對坤庫老師來說，事情尚未結束。

很多學生想知道事情的來龍去脈，像是為什麼要在那裡挖洞，或是為什麼那裡有亡者的屍骨。我想，只有老師可以給大家一個答案。

記得上個月的現在，小露還是我們的一份子。小露是我們的朋友，但因為我們愚蠢的行為，讓我們永遠失去了她，而且在那個時候，我們差點也步入死亡，還把坤庫老師牽連進來。

但是，現在已經結束了！

「小珠！」有人叫我，那是小娜的聲音。小娜和小露是很熟的朋友，比我和小露還要熟。原本是很活潑的女孩，但當小露離開後，她就沒有從前那樣活潑開朗了。

「小川說已經考完試了，等一下就會過來。」她告訴我，接著問：「你在做什麼？」

「沒有啦，有點無聊，沒有事情好做。」我回答。其實，當那個遊戲結束之後，我就覺得任何事情都很無趣。

這個遊戲對我們產生很大的影響，也漸漸影響到其他人，不但害死小露、一位警察、一位督察，還有一位無辜的男同學。

而且，就連坤庫老師也曾玩過這個遊戲，老師說因為有人幫忙，最後才贏了這個遊戲，不過卻不肯說那個人是誰。

我們從一本手工書中找到一張有著血漬的紙張，上面寫著「找到鬼魂！」也是從那時開始，我們真正接觸到這個危險的遊戲。

當時小露非常好奇，我們想盡辦法找出手工書的主人，卻發現他已經死了。他叫差猜，是輸了這個遊戲的其中一人。

其實，由於坤庫老師的幫忙，在二十一天的期限過後，和差猜一起玩這個遊戲的那群朋友中還有一個人存活下來，但最後他也死了……

我不是想要詛咒老師，但十分納悶，幾乎沒有人能逃離這個遊戲的死亡漩渦，但為什麼坤庫老師還活著呢？老師是個很特別的人，除了有靈異體質，我覺得他還具有知道過去與未來事情的能力。所以，當我們發現那張紙時，第一個想到的就是去找坤庫老師。

我們騙老師說不會玩這個遊戲，所以他才會告訴我們玩遊戲的方法。另外，他也告訴我們，之前他曾玩過，而且當年非常流行，不過僅止於閒聊，實際玩的人並不多。

「既然知道怎麼玩了，一定要試試。」我們心想。

那個時候，我只覺得要在二十一天內找到一百個鬼魂很有挑戰性，但都沒有意識到，如果輸了這個遊戲會有怎麼樣的後果。

剛開始玩時，每個人幾乎都快崩潰了，無論到任何地方，都有很多鬼魂跟著我們，纏著我們不放，其中也包括希麗察。

希麗察很神祕，一直出現在我身旁，似乎想擾亂我原本的生活，甚至試圖殺了我們。我想，如果我們輸了這個遊戲，它一定不會放過我們，還好最後我們沒有輸掉。

但結局並不完美，我們失去了小露，還把坤庫老師牽連進來，代替小露玩這個遊戲，讓老師陷入危險中，而且最後……

我們一定要把這個遊戲的危險因素——希麗察清除掉。

上個月底，埋在泰國傳統音樂教室前的希麗察的屍體被挖了出來。為了讓它安息，老師們先把屍體移入棺木中，然後把棺木放在行政大樓旁的管理室，打算通知它的親人帶回。警察聯絡它的家人後，才發現它爸爸已經過世，也沒有人知道它媽媽在哪。

我看到四號大樓那，有個年約二十歲的女生正和坤庫老師打招呼、聊天，不時露出微笑。這時老師轉頭看了我一下，似乎知道我正看著他們，後來他帶著這個女生離開。

「那個女生是誰？」我轉頭問小娜。

「誰啊？」她問。

「就是跟坤庫老師講話的女生。」

「應該是老師學生的家人吧！」

「但是她看起來很年輕耶！」

「算了啦，跟我們一點關係也沒有。啊！小川來了。」

小川跑過來找我們。她是我們的朋友，個性很膽小。

「回家吧！你們知道嗎？祈禱文吟唱考試我得了九分耶！」小川說。

「哇！你念那麼慢都比我高分！」小娜開玩笑地說。

我們準備一起走回家，經過警衛室時，又看到坤庫老師在和那名女生說話，這時小川也問我們那個女生是誰。

「說不定是來帶走希麗察遺體的，你們看，她正指著那具棺木。」小娜說。

「拜託，過了一個禮拜才帶回去嗎？她和希麗察是什麼關係？」我說。

我們停下腳步，看著那個女生。我相信其他人一點都不想聽到我們正在討論那個女生和希麗察的關係。這時那個女生轉頭看看我們，並點點頭，接著轉頭和坤庫老師說話。

她應該沒有聽到我們在談論她吧！

「妳們還不回家嗎？」坤庫老師問。我想他應該早早就發現我們了，只是假裝沒看到。

「我們正準備回家。」我回答，並轉向那個女生：「妳好，請問妳認識希麗察嗎？」

她很漂亮，我猜她和希麗察應該有血緣關係，她們長得很像。當然，是希麗察的臉還沒有爛掉的樣子。

「希麗察是我姊姊，妳們認識她嗎？」她比我們高出許多，所以低頭問我們。

「呃……」我說不出口。我沒有辦法跟她說，我們認識希麗察時它已經不是人，而是鬼了。而且我到今天才知道，它有那麼漂亮的妹妹。

「學校挖出妳姊姊遺體那天，我們也在現場。」小娜幫我回答，然後趕緊轉換話題：「妳知道妳姊姊的遺體被埋在哪裡嗎？」

「嗯……該怎麼說呢。我媽媽沒有太多錢辦葬禮，所以請廟方幫忙火化遺體，後來我們只收到一些骨灰，但不知道她被埋在哪裡。」她說。

「應該是廟裡沒有地方埋，才會埋在學校內。不過，那裡本來就是廟方的所有地，只是提供土地讓學校使用。」老師說。

「原來如此，難怪學校常常發生很多奇怪的事。」我心想。

那位女生轉頭和老師討論，要在家裡辦哪些儀式。因為小娜趕著回家，我們和坤庫老師、希麗察的妹妹說再見後就離開了。

「感覺她不只是來接回遺體耶！」我們走出學校時，小娜這麼說道。

「應該是要順便向老師請教什麼事情吧！如果我們留下來，就可以知道她到底要做什麼了。」我說。

「可能是要做入新屋的儀式吧！」小川猜。因為小川家跟我們反方向，說完後她就往另一邊走，而我和小娜則是走到馬路對面。

我正等著開往島卡儂（Dao Khanong）的公車，等了很久，都沒有看到紅色的公車開過來，就連沒有冷氣的普通公車也很少，即使有，車上也擠滿了人。唉，不應該選這個時候回家，邊想邊從口袋中掏出搭車用的零錢。

這時，我看到希麗察的妹妹正從學校外的街道往這邊走，但並沒有看到希麗察的棺木。如果她要帶希麗察的遺體回家，或許明天會開車到學校一趟，也可能是她正請坤庫老師幫忙找合適的地方安葬希麗察。

但是，如果老師把棺木放在體育館，然後再送去對面的廟，我想這並不是一個好辦法。到底要怎麼做，才可以徹底離開希麗察？

我看到她穿過天橋走了過來，同時也看到我在等的75號紅色公車開了過來。但我想等她過來，想要更了解她的事情。

一來我想知道希麗察的死因，二來想知道為什麼希麗察和我那麼有緣。說不定它妹妹可能會跟我說，希麗察喜歡某位明星，而我長得和她很像。

「嗨，希麗察的妹妹！」我跟她打了招呼。真幸運，她似乎也要搭公車回家。而我之所以會叫她希麗察的妹妹，主要是我不知道她的名字，不過她沒有說什麼，只是因為我奇怪的稱呼感到有點好笑。

「妳可以叫我娜帕。」她說。

「妳的名字很好聽。」這是真心的稱讚，並不是隨口說說。但是，沒想到她姊姊是那麼可怕的鬼！

「那妳叫什麼名字？」

「我叫小珠。」她點了點頭，接著低頭找搭車用的零錢。我默默祈禱她和我搭相同路線的公車，這樣就有比較多機會可以問她了。

「妳怎麼會認識我姊？」似乎想知道，為什麼她姊姊已經去世了，仍有很多學生知道它。

「呃……就是我朋友剛剛提到的，很多人都知道學校挖出妳姊姊遺體的事。而其他事情，有一些是問老師的，有一些則是問廟裡的人。」

「廟裡的人？」

我點頭。老師和廟裡的人正忙著搬希麗察遺體時，我從他們那裡得到了一些資訊。那個時候，有個男生走過來跟我聊天，他說他在廟裡工作十幾年了，即將升職到殯儀館工作。我問：「為什麼知道挖出來的遺體是希麗察呢？」他對於我的問題一點都不吃驚，冷靜地說：「十四年前是我親手埋葬希麗察的。」

接著告訴我，當時要火化希麗察時，發生了很奇怪的事。

「什麼事？」我語氣有點急地問。

他聳了聳肩：「這場葬禮很小，而且是為不得善終的人所舉辦的葬禮，就我所知，她是自殺身亡的。她的家人沒有那麼多錢舉辦儀式，只希望趕快結束就好。當天天氣陰陰的，感覺快下雨了，所以我和另外兩個廟裡的朋友，趕緊把棺木搬到火化場。走到樓梯時，有隻黑貓突然跳到棺木上，我們嚇了一大跳，紛紛跌倒，她的遺體也從棺木中滾了出來……」

聽完之後，我渾身起了雞皮疙瘩。

「後來開始下起雨，我們趕緊把遺體移入棺木中，送到火化場。這時她的親戚都走了，只剩下她妹妹。」

我抬頭看娜帕，她也正看著我。

「妳應該很愛妳姊姊吧？」

「是的。」她小小聲地說。「姊姊也很愛我，常告訴我不要做壞事，而且有心事都不太告訴別人，但是當我有煩惱時，姊姊都會開導我、關心我。」她的臉色看起來不太好，接著說：
「也就是因為這樣的個性，所以她才會自殺吧……」
當娜帕說完之後，我才發現自己其實一直張著嘴，希麗察居然有那麼溫柔的一面。
21號公車開了過來，娜帕準備上車，我也跟在她後頭。
「妳家也是這個方向嗎？」上公車時娜帕問我。
「是啊！」車上有點吵，我大聲地回答。
車上幾乎沒空位了，我們就站著聊天。
「妳也認識坤庫老師嗎？」
「不認識，不過是他和警察到我家找我，通知我到學校接回姊姊的遺體。他還告訴我，姊姊的靈魂在上禮拜已經安息了，那之後我就沒有看到姊姊了。聽說之前流傳有人在學校裡看到我姊姊的靈魂。」
我心想，不只是流傳，事情嚴重多了。
希麗察不只出現在學校裡，它還加入遊戲中，甚至要殺了我們。還好，我們搶先一步讓它安息了，要不然後果我真的不敢想。雖然它的遺體還在學校裡，但一想到之後不會再看到它，心情就豁然開朗。拜託！它妹妹還在可惜之後看不到姊姊。
剛剛娜帕提到，自從上個禮拜開始就沒有看到姊姊，這句話聽起來怪怪的。因此我問：

「妳說就沒有看到姊姊是什麼意思？妳不是已經十幾年沒看到她了嗎？」

她張開眼睛回答：「其實我每天都會看到姊姊，有時候她會到我房間來找我，但是上禮拜她卻突然消失了。」

照娜帕這樣說，她應該相信鬼魂的存在。不過，不知道她相不相信一百個鬼魂這個遊戲。我很想告訴她，她姊姊也玩過這個遊戲，之後還變成控制這個遊戲的鬼魂之一。我也想知道，希麗察怎麼會知道這個遊戲。但它妹妹知道嗎？

「妳知道一百個鬼魂的遊戲嗎？」我突然問。這時司機剛好煞車，停下來等紅燈，我的臉幾乎快撞到擋風玻璃了。還好我即時抓住娜帕的手，才沒有一頭撞上去。

「妳還好嗎？」

「還好。」

「妳剛剛問我什麼？」

「呃……沒什麼！」

公車快到我家附近的站牌了，我向她道別，同時她也告訴我，明天還會到學校處理遺體的事情。說不定我們又有機會見面了。但我不太確定還想不想見到她，因為她會讓我想到可怕的希麗察，尤其是那位警察被希麗察殺害時，還有它來我家找我時。

我想事情還沒有結束。

故事2

方程式的答案

方程式是這個世界上我最不想接觸的東西，但這學期最後四個星期的數學課，就是在教方程式。

老師教我們方程式的目的是要解決問題，遇到問題時，只要列出算式，接著解出它就可以了。聽起來很容易，做起來可沒那麼簡單，一小時的課上我都在打哈欠。對我來說，這比玩一百個鬼魂的遊戲無趣多了。

小娜遞了一張紙過來，好像有什麼有趣的事情。

「一百個鬼魂的遊戲＝希麗絮＋我們＋坤庫老師＋不得善終的鬼魂＋鬼錢幣。一百個鬼魂的遊戲＝？」

我寫下答案，遞了回去。

「一百個鬼魂的遊戲＝死亡」。

小娜收到紙條時，大笑到老師轉過頭來。她正要說些什麼，就被罰站到教室外。

基於同情，我對小娜笑了笑，還好老師沒有拿起那張紙。小娜紙上所寫的那些內容，讓很多人步向死亡，接著我把那張紙摺好收進口袋，繼續和老師在黑板上所寫的方程式奮鬥。

那麼，那個方程式的答案是？

下課後，小娜馬上跑進來罵我：「一起玩，為什麼不一起受罰？」

「不是妳先開始的嗎？」

「對啊！而且妳自己笑得很大聲。」雖然小川跟這件事一點關係也沒有，不過她同意我的說法。

因為擔心小娜更生氣，所以我馬上轉移話題：「我覺得在現實生活中，方程式沒有半點用處。如果它真的可以解決問題，為什麼現在自殺的人還那麼多？」

「希麗察她也是自殺的……」小川小聲地說。

我們三個人走下樓梯，往操場方向走。這時看到坤庫老師正坐在操場旁的椅子上，忙著批改學生的作業。原本要過去和老師問好，但剛好有高二的男同學早一步和老師打招呼。

「老師好！」其中一個男生向老師合十問好。

「小樂，把你的制服整理好，穿這樣還敢來找我講話？」老師還沒抬頭一開口就先說了這句話。

「呃……老師。」

「叫老師也叫清楚一點，小樂！」

「是的，老師！」小樂小聲地回答，接著問：「老師今天心情不好嗎？」

「嗯，今天要改的作業比較多，你們有什麼事嗎？」

「老師知道一百個鬼魂的遊戲嗎？我聽過很多學弟妹提到它，我覺得老師可能知道那是什麼。」另一個學生問。

「你覺得我是百科全書嗎？」坤庫老師回問，接著很凶地回答：「我不知道這個遊戲，我想你問錯人了。」

「但是很多人說，老師和幾個月前死掉的高三學生有關。」

我們走近後，發現老師的眼神很凶，是令人害怕的眼神。接著，那些男同學馬上跑掉了，他們應該感覺到老師的怒氣了。我們沒有離開，而是坐在老師附近的桌子旁。

老師心情平復後，繼續批改學生們的作業。

「老師好。」我小小聲地跟他打招呼，接著說：「老師看起來很嚴肅。」

「那些學生是向老師打聽一百個鬼魂的事嗎？為什麼老師不跟他們說這個遊戲的危險性呢？以免他們也陷入危險漩渦中。」小娜說。

「如果我不說，就沒有人知道玩遊戲的方法了。」老師抬頭回答後，接著低下頭繼續批改作業。「有時候不知道就是好事，我覺得不該再有人知道怎麼玩它了。」

老師從褲子口袋掏出一張紙；我們都看過這張紙，正是它讓我們踏進這個遊戲中。紙上除了寫著「找到鬼魂」之外，角落還有一個汙點。這張紙之前是屬於差猜他們的，我猜他們是第二群玩這個遊戲的人，而坤庫老師他們則是第一群。不幸的是，差猜已經因為這個遊戲而死；坤庫老師則是因為有人幫忙而逃過一劫，不過他卻不跟我們說是誰幫他的。

「奇怪！為什麼那張紙在老師那，之前不是在我們這裡嗎？」小川嚇一跳地說。

「我應該要問妳們才對，為什麼不小心把這張紙留在桌上，然後被學弟們發現？他們還問我，那張紙和一百個鬼魂的遊戲有關嗎？學長姊們玩過這個遊戲嗎？連他們也知道之前學生的死是和這個遊戲有關！我想，說不定他們也想玩這個遊戲。」老師說。

這時我突然想到書上的一句話：「正因為是祕密，大家才知道！」因此，我忍不住笑了出來，但一看到老師生氣的樣子，我就一點也笑不出來了。我知道在處理完我們的事情後，一定會有很多學生問老師這個遊戲的事，所以他才那麼生氣。

「要記住，連玩普通的鬼錢幣都很危險了，更何況是這個遊戲。妳們一定要答應我，不可以再把這件事告訴任何人，也不要把和這個遊戲相關的任何事寫下來，其他人知道了一定會想玩玩看，一定要答應我。」老師的語氣聽起來相當堅定。

「我不會跟其他人說的，之前我們遇到的情況那麼可怕，現在我連它的名字都不想聽到。」小川回答。

我點了點頭，同意小川的說法，之前遇到的事讓我們快受不了了。我轉頭看了校門口，我想正要走進來的人會讓我們更清楚這件事。

今天娜帕穿著藍襯衫、條紋褲，這樣的裝扮讓她看起來更高眺，而且跟穿著白襯衫、深藍裙的學生相比顯得更為出眾。她往我們這邊走了過來，微笑地和我們打招呼。我猜她是來接回希麗察的遺體。

怎麼樣也想不到，她竟然是希麗察的妹妹，真的不想相信。

「坤庫老師好！」她向老師合十問好，我們也雙手合十回禮。她接著問：「我姊姊現在在哪裡呢？」

「在體育館裡，我帶妳去，我先收一下東西。」老師把桌上的東西收一收，抱著東西站了起來，接著他們一起走向體育館。我轉頭對小娜和小川說：「老師可能不想跟這些事情再有瓜葛了。」

「對啊！之前老師還要冒著風險保護我們。」小娜同意地說，「我們回家吧！」

我們站了起來，準備離開學校。此時，有六個學妹走了過來，講話很大聲。其中有個人不小心撞到我，卻沒有道歉，真的很討厭，一點都不尊重人。

「我知道，要看到一百個不得善終的鬼魂應該不難吧！」我聽到其中一個學生這麼說，而其他人則是議論紛紛，似乎不太認同。我想應該只有我、小娜和小川清楚體認到有多難、多恐怖吧！

我們停了下來，沒有人說話，安靜到心臟幾乎快停了。

小娜打破沉默：「剛剛她們說了什麼？」

現在的小孩真是的，她們已經知道這個遊戲了，說不定還開始玩，問題是，她們真的知道一百個鬼魂的遊戲究竟是什麼嗎？

說實話，到現在我還是不清楚這個遊戲所代表的真正含義……

「她們怎麼會知道？我們沒有跟其他人說啊！」小川驚訝地說。

小娜突然想起來：「小薇學姊！她也知道這個遊戲怎麼玩！一定是她跟學妹們說的。」

「我們去問她吧，現在她可能還在學校裡。」我建議。接著我們馬上掉頭，打算走進學校裡。我們不知道小薇學姊其實已經站在我們後面很久了。

「是妳們啊，我差點就要罵人了，不要擋住別人的路好嗎？」小薇學姊說。

「小薇學姊，妳到底有沒有講那件事？」我先問。

「講什麼？」

「就是那個遊戲的事，妳有沒有跟誰說怎麼玩那個遊戲？」

「小薇學姊，請告訴我們！」小川用拜託的語氣說。其他學生看著我們，因為我們擋住了大家的路。

「那個遊戲嗎？」她問，我們點頭。「我試著不要再想到它，但妳們一說，讓我又想起來。雖然事情發生的時間不久，不過感覺就像是過了好幾年……」我們都很安靜地聽她說。

聽了小薇學姊的話之後，我們感到很愧疚，是我們讓她再次回想起這件傷心事。我想不是小薇學姊說的了，她應該不想看到別人和她男朋友有一樣的遭遇。

就像是我也不想看到別人重蹈小露的覆轍一樣，即使是剛剛不小心撞到我的學妹，我也不希望她遇到這種事。

「學姊妳知道嗎？其他學生打算玩這個遊戲，不過不知道她們開始玩了沒。坤庫老師要我們把這件事當成祕密，我想一定是有人跟她們說，她們才會知道。」我跟小薇學姊說。

「妳們怎麼知道？」小薇學姊問。

怕擋到別人的路，我們先把小薇學姊拉到路邊，接著小娜把剛剛聽到學妹們討論的事情，一五一十地告訴她。

「妳們一定要告訴坤庫老師，現在有學生打算玩這個遊戲，說不定不只是剛剛那群人想玩，我們一定要想辦法阻止。」小薇學姊建議。

我也覺得要這樣做，如果很多學生發生不幸，那麼他們都會被關在一百個鬼魂的迷宮裡，就像小露一樣，沒辦法安息，而且學校裡也將充斥著滿滿的鬼魂。如果變成那樣，該怎麼辦呢？

萬一發生這樣的事，我想坤庫老師也會累死吧！但是，這次我不會再讓老師一個人處理這些事了。如果之前我們沒有看到那張紙，便不會開始玩這個遊戲，現在也就不會有這些傳言了。但現在，學校已經變成一百個鬼魂的溫床了。

要再次向老師提到這件事讓我很痛苦。

星期六我躺在家休息，也不想管學妹的事。

反正，她們沒有跑到我家來玩就好，不過坤庫老師應該不會這樣想。之前老師幫我們時，他幾乎快發瘋了，更不用說可能還要再處理一次這樣的事。

我發誓永遠不會玩這個遊戲了，只想在遠遠的地方幫忙坤庫老師就好。雖然遊戲結束時我覺得有一點空虛，但這只是沒有付出生命代價的人的感覺；如果我因為這個遊戲步向死亡，就會像小露一樣，直到現在都無法安息。

過了一下下，小川打電話給我，告訴我有件可怕的大新聞，要我趕緊去看。

「什麼大新聞？」我問。小川說她也不清楚，是小娜告訴她的，而且小娜也沒有說是什麼新聞，不過她的聲音聽起來像瘋了一樣。

我趕緊拿起桌上的報紙，一個令人害怕的標題映入眼簾，「學生被捷運輾過分屍，死狀淒慘」。

但看來看去，似乎跟我們沒什麼關係。

昨天晚上，暹羅站有位吞武里區知名學校的女學生，被進站的捷運輾過，從頭到腳一分為二。目擊者表示，她似乎被某個東西嚇到，背對著軌道，並退到黃色等待區。其他乘客要通知站務員時卻來不及了，她已經掉到軌道上，被正要進站的列車當場碾過。目前警方正全力調查這件事。

有時我覺得新聞都寫得太誇張了，雖然照片已經馬賽克處理過，內文卻沒有稍加修飾，看起來滿噁心的。

因為小川家沒有訂報紙，我打給她，把這則新聞念給她聽。念完之後，感覺她似乎比我還要了解這則新聞。

「小娜覺得那個死亡的學生可能玩過一百個鬼魂的遊戲。」

「如果是這樣，我想全世界因為意外而死的人都玩過這個遊戲吧！」

「不是啦，妳仔細看新聞內容，目擊者說死者似乎是被某個東西嚇到才會掉到軌道上。」

「就我所知，還沒有人是玩遊戲玩到一半就死掉的，除了保管錢幣的人。」

「拜託，小珠不要這樣說，坤庫老師也是負責保管錢幣的人……」

「我不是想詛咒老師，只是說說而已。另外，我們的遊戲已經結束了，所以老師應該不會因為這個遊戲而死。」

「如果那個死亡的學生和一百個鬼魂的遊戲有關呢？」

「先確認是我們學校的學生再說。」

我掛上電話，然後再仔細地看了一次報紙。不過照片打了馬賽克，看不太清楚制服上的學校名稱。

而且，那張被分屍的照片，讓我作嘔到幾乎要把早餐吐出來了。

「一百個鬼魂的遊戲＝被捷運列車輾過的學生＋小露＋年輕的警察＋胖胖的督察＋差猜＋小邦＋差猜的朋友＋之前玩過一百個鬼魂的遊戲的人」

那麼，一百個鬼魂的遊戲＝？

方程式的答案是，跟這個遊戲有關的人會步向死亡！

如果還有人是因為這個遊戲而死，那我想我們的事還沒有真的結束。

故事3

麻煩事即將發生

上星期五，娜帕並沒有帶回希麗察的遺體。她說找不到適合埋葬的地方，或許要請廟方再協助處理一次。而且，如果沒有其他辦法，只能把她姊姊的遺體和其他沒有親人的亡者遺體埋在一起。但至少在她家裡，還保留著一些希麗察的骨灰。

這些事是娜帕告訴我的。上個星期五早上，我很早就到學校打掃，那時剛好看到她往體育館的方向走去。那時我和她打招呼，她還記得我。

「小珠嗎？」她問。

「是的！」我回答，然後接著問：「對了，妳來這裡做什麼呢？不是已經把妳姊姊的遺體接回去了嗎？」

「我還沒找到可以埋葬的地方，現在正等廟方幫忙處理。」

「妳似乎很愛妳姊姊，我也想要有個姊姊，沒有兄弟姊妹滿孤單的。」

她笑了笑：「如果可以選擇，我寧願是孤單的。當關係親近的人離去時，心裡的痛是無法言喻的。」

我苦笑：「我了解，上個月我朋友也剛過世。」

「真的嗎？她怎麼了？」

「她……被殺了。」

娜帕注視著我，接著說：「被小偷殺嗎？好可憐……」

「不是的，不是那樣。」我搖了搖頭。

「聽到這個消息，我很遺憾。」

每當聽到有人過世時，「遺憾」這兩字常被使用。「知道嗎？我朋友會死，也是跟妳姊姊有關，因為我們一定要找到方法贏得這個遊戲，小露也才會因此死去。」我心想。

「為什麼妳姊姊會自殺？」我很直接地問。她聽到這句話時，往前走了三步，然後轉過頭來。那瞬間，她好像變了一個人。

「我得走了。」她簡短地回答，接著往體育館的方向走去，留我一個人在原地發呆。她的反應讓我覺得有些奇怪。

十四年前到底發生了什麼事？

午休時間對我們來說有點不夠用，而在這個時候，我聽到一個傳言：「有個住在學校附近飯店的老人說，他可以預測未來。」

「其實他是個中年男子，好像是來附近找人，不久後就要離開。」吃飯時小娜告訴我們。

「妳是他親戚嗎？怎麼那麼清楚，還知道他來這裡做什麼。」我邊吃飯邊對小娜說。

「拜託！有個學生見過他，然後那個人幫他預測未來，事情就傳開了好嗎！」

「他是算命師嗎？像坤庫老師一樣具有特殊的能力？」小川問。

「差不多吧！我們應該去找他，請他幫我們算命，看看之後會遇到什麼事。」小娜建議。

「不用算了，自從玩一百個鬼魂的遊戲之後，我就忘記平靜這兩個字要怎麼寫了。」我沒好氣地說。這時小川突然想到，我們要跟坤庫老師說昨天那則新聞。

「先不用太擔心，我們還沒確定那些學妹是不是真的開始玩了，說不定他們只是看過這方面的電影。」我邊揮舞著叉子邊說。「另外，我覺得被捷運輾斃的人也不是我們學校的學生，因為我們學校不是吞武里區的名校。」

過了一會兒，坐在旁邊的同學也開始討論這件事。

「喂，你有沒有看到星期六的新聞？有個學生被捷運輾斃了。」

「喔，那個國小的女學生嗎？聽說她是我們學校的學生，但老師們似乎想要把這件事壓下來，不但沒有替她舉行追思儀式，也沒有人提到這件事。」

「應該是因為我們學校最近死了很多學生，上個月就有十個學生過世吧？」

「高三有六個人，高一有一個人，總共只有七個人啦！」

他們笑了出來，但死掉的其中一人是小露，小娜聽到後，忍無可忍地把叉子和湯匙丟在盤子上，聲音大到讓剛剛講話的同學們轉過頭來。

「如果你們沒有親身經歷，絕對不會知道那是什麼感覺！」

「我們走！」我跟大家說。而小娜則是生氣地把桌上的東西一甩，轉頭就走。

從吃飯的地方離開後，我們走向四號大樓。途中經過的道路，平常大多是車輛行駛用，下課時則有學生在兩旁玩耍。

我沒有和小娜、小川說早上遇到娜帕的事情，我不想讓他們知道我問她奇怪的問題，但我覺得我從娜帕那裡得到了一些資訊。

我一定會知道希麗察自殺的真正原因！

我猜，和這個遊戲有關的人不幸死亡後，仍無法脫離這個遊戲，永遠沒辦法安息，而希麗察可能就是其中一個。

希麗察當然知道這個遊戲，要不然它也不會和我們打賭，甚至它也知道，如果遊戲中有人死亡，一定還要找一個人來替代。

「這到底是個怎麼樣的遊戲？為什麼那麼複雜？」我心中有滿滿的問號。

「小珠妳看，那個男生是誰？」小川問。於是我和小娜轉頭看了小川指的方向。

那是個有點年紀的男人，皮膚黝黑，身材偏瘦，穿著咖啡色的衣服，拿著同樣顏色的包包，而頭髮幾乎是灰白色的。他坐在四號大樓前大樹下的桌子旁，注視著四號大樓，那個位置也是坤庫老師喜歡坐的地方。

「他看起來怪怪的。」我說，不知道該怎麼形容。

「我也覺得，警衛不該讓他進學校才對，為什麼沒人趕他走？」小娜說。

我環顧四周，正在踢足球的男學生，以及在四號大樓旁追逐玩耍的女學生都沒有注意到他，大家都沒有發覺到他是個怪人。

他似乎知道我們正看著他，於是突然抬起頭看著我們，點頭示意要我們去找他。

「這個阿伯是不是神經病啊？我們請老師過來好不好？」小川說。

我準備要找老師或警衛過來了；那個男人一直看著我，要我去找他，但他看起來一點都無法讓人信賴。

「老師在那！」小川指著另一邊，但我趕緊把他的手拉了下來。

「等一下，他叫我們。」我跟她們說。

「小珠，妳要去找他嗎？不要吧！他看起來怪怪的，很像神經病。」小娜警告我。

其實我也覺得他看起來很怪，不過我覺得他有坤庫老師的影子。

還是他是……

「他是不是在看我們？妳看，他一直看著這邊。」小娜略帶緊張地說。

我慢慢往他的方向走去，但小娜馬上抓住我的衣服，並說有不尋常的感覺。

她還沒說完，我已經走到那個男人面前。他低頭不語，除了沉默之外，並沒有其他奇怪的行為。

「您是誰？怎麼會進來這裡？」我問，但他沒有回答。

當小川和小娜害怕地走過來時，他開口講話了。

「從來沒有看過這樣的事。」他說。聲音很低沉，很像鬼片的配音。

「什麼意思？」

他的十指慢慢相互交扣，然後抬頭看著我說：「有人跟著妳，妳知道嗎？」

「我……我嗎？」我用食指指著自己。我想他是對我說沒錯，因為他一直注視著我，而且我是站在最前面的那個人。我接著問：「您是指什麼事情？另外，您是誰？這裡不讓……」

「妳知道自己的前世是誰嗎？」他問。「妳有任何疑問嗎？妳想知道他為什麼總是跟著妳嗎？不過，他現在沒有跟著妳，也不會再來打擾妳了。」

「小珠！」

我嚇一跳，眨了眨眼，那個陌生男人突然消失不見了……我轉頭去看叫我的人，發現是坤庫老師。接著，他們把我拉了起來，才發現剛剛我因為腳軟而跌坐在地上。

我剛剛怎麼了？那個男人是誰？還有，他的話讓我一頭霧水。

但我覺得，他應該想和我說些什麼。

坤庫老師看著我，似乎想要罵我，彷彿我把學校炸了一樣。

「妳們在這裡幹嘛？應該要去上課吧！」

「老師！」我本來想問老師問題，但他露出了不悅的神情，於是我們趕緊離開。

「為什麼老師那麼生氣？」小娜納悶地問。「還有，小珠剛剛妳怎麼了？為什麼會突然跌坐在地上？我們都嚇了一大跳！」我只是點點頭，什麼也沒說。

我們走到教室時，裡面沒有半個人，連老師也還沒到。我們先到教室裡坐著等，這時聽到外面學生玩耍的聲音，似乎玩得很開心、有趣，跟無聊的我們形成強烈的對比。

「為什麼坤庫老師那麼生氣？」小娜快要受不了地問，接著說：「而且那個怪男人不但進來我們學校，最後還突然消失不見，我們連他的長相都來不及記住。」

就連我看他那麼久，也記不太住他的長相，只勉強記得他的臉髒髒黑黑的。而印象最深的，是他告訴我的話。

「我們把這件事告訴警衛好不好？」小川徵詢我的意見，接著說：「說不定他會像吉拉達[1]一樣殺害學生，而且可能連我們都會遭殃。」

「他不會殺我們啦！妳們沒有聽到他說的話嗎？他認識我，說不定也認識妳們，他只是來這裡找我們！」我說。

「小珠，妳怎麼會知道？那時他所說的話我一點都聽不懂。」小娜說。

「你們沒有聽到那個男人說什麼嗎？他說……」由於其他同學陸續走進教室，所以我馬上停止這個話題，各自回到座位。

上課時，我一直反覆寫下那個男人跟我說的話，並且盡可能不遺漏他所講的任何一個字，但也無法一字不差地寫下來。由於那時坤庫老師叫住我，所以他所說的最後一句話我幾乎想不起來。

為什麼坤庫老師來的時間那麼剛好呢？

註釋

1. 曾經犯下學校殺人案件的犯人。

回家路上，我看到娜帕在車站等公車。我想，她現在應該不生我的氣了，於是我上前跟她打招呼。

「妳好。」

「小珠好，下課了嗎？」

「是的。」她應該已經忘記那天的事了，所以我接著問：「找到埋葬妳姊姊的地方了嗎？」

「已經在大城[2]找到新的地方了，我們有個親戚住在那，他會幫忙我們跟廟方協調埋葬的事。」她回答後，接著說：「那天早上的事我很抱歉，有人提到姊姊這方面的事時，我總是會有這樣的反應。」

「我了解，妳應該不想再回想了吧！」

「也不是……」娜帕看起來不太自在，隨手調整了包包，表情有點不自然，然後接著說：「姊姊去世好幾年後，我試著找出事情真相，想知道她到底發生了什麼事。我覺得她不是自殺，一定是發生了什麼事。」

「不是自殺，那就表示是他殺……」

「妳知道一百個鬼魂的遊戲嗎？」娜帕突然改變話題。對我來說，這個話題出現的時機非常剛好，我正想問她這件事。她的神情很悲傷，似乎是想起之前的事。她接著說：「我想姊姊的死一定跟這個遊戲有關，但我不知道究竟發生了什麼事。有一次我不小心聽到她和她的朋友們提到這個遊戲，後來我問她一百個鬼魂的遊戲到底是什麼，但她並沒有回答我。」

「它……」

「我猜它是一個會讓人步入死亡的遊戲，是嗎？因為在那之後，姊姊的朋友一個個死去，而且死的方式非常奇怪……」

這時有輛公車剛進站，娜帕沒有理會它，只是呆呆站著，一句話都沒有說。

「我們學校有些學生也是因為這個遊戲而死，而我也有……」我說。

嗶！嗶！

「公車來了，我得走了。」娜帕邊說邊調整包包，然後走到第二條車道搭車。

等她上車後，我跟自己說：「只差一點，如果下一次再見到娜帕，我一定要問她最重要的問題。」

回家後，關於希麗察的事我思考了很久，最後只得到一個結論，就是希麗察開始玩這個遊戲後，知道自己一定會輸，於是先自殺了。但如果是這樣，未免也太簡單了，我想一定有更多未知的事。不過，我也不是福爾摩斯，事情的真相到底是怎麼樣呢？

註釋

2. 位於曼谷北方約四十多公里處。

我躺著想了一下，不小心睡著了。
「小珠。」
我微微張開眼。
「小珠，起床！」
我揉揉眼睛，卻發現我不是在房內，周圍還有許多人快速走來走去，就像是影片快轉。除了人之外，還有很多黑色陰影到處移動。我到底在哪？
「妳好。」
有個黑色短髮的小女孩跟我打招呼，她穿著國中制服，看起來很活潑，而大大的雙眼則是一直看著我。此時，只有我和她與其他人的陰影明顯不同。
「妳好，請問我們在哪裡？」
「捷運站啊！」她指著指示牌與售票處。我眨眨眼，想仔細地看清楚，還想知道為什麼自己會在這裡。
「妳是誰？」
「我不知道。」
「妳迷路了嗎？我帶妳去找站務員好嗎？」
「不要！」

我走過去，打算牽起她的手，但我的手竟然穿過了小女孩的身體，讓我嚇得幾乎叫不出聲音。

「幫我，請帶我出去。」

這時我才發現它是鬼。它突然跑到我後面，變得無精打采且臉上布滿蛆，還試著伸手抓我，轉眼間，它的臉突然從中一分為二，身體也慢慢裂開，一半掉到地上，另一半則維持站姿。它的眼睛則像受到驚嚇般，張得老大。

「等等！」我大叫，然後彎下腰去，想要把它倒下的身體扶起來。

「幫……幫……」它張開只剩一邊的嘴，這時我看到眼淚從它的眼眶流了下來。

「告訴我，妳要我幫忙什麼？」

它把手裡握著的東西遞了過來，接過來後，我突然覺得很冷，全身打起冷顫，寒意幾乎要鑽進我的骨頭裡。

人群越走越快，說話越來越大聲，但沒有人注意到這裡有個瀕臨死亡的人，抑或是已經死掉的？

「救命啊！有人可以幫忙嗎？」我大叫，希望有人可以伸出援手。

但沒有人理我，大家越走越快，似乎都不想多管閒事。我本來想看看手上的那個東西，突然間有個女生大叫。

「不！讓它走，不要帶它去，它還沒有死！」

突然出現了一個笑得很得意的男人，我轉頭想要看清楚他的樣子，卻只看到一個黑色的陰影。當那個黑色陰影越來越靠近時，那個女生則是叫得越來越大聲。

「聽我說，它還沒有死，還沒有死，帶它回來！」

他漸漸靠近我，當我清楚地看到他時，我驚恐到睜大了雙眼。

我確定我沒有看過這個男人，但他似乎認得我。他看起來很像是會騙人的老男人，笑得很大聲，凌亂的牙齒一覽無遺。

「妳一定沒有辦法贏我！」

「啊！」

我從地板上跳了起來，滿頭大汗，身上還穿著家居服。現在我已經在自己的房間了，大叫的聲音、鬼的聲音都不見了，這時我才真正地鬆了一口氣。

「放輕鬆、放輕鬆。」我用左手輕拍胸口，安慰自己，同時也覺得左手有點怪怪的。張開手，掌心有個紅色的圈圈。

故事4

錢幣的刺客

我跑到家前面的馬路上，這時掌心還熱熱的。路上依舊熱鬧，但我還沉陷在那個可怕的夢境中。我看著手上的錶，已經六點十五分了，過不了多久就要天黑了。但無論如何，我還是想確認一下剛剛那個夢。

搭車到暹羅區時，腦海裡一直反覆出現那個夢。夢境很清楚，怪的是我一點都不記得夢裡出現的人的臉，無論是請我幫忙的小女孩，或是對著我笑的奇怪老男人。

在夢境中，我似乎認得那個老男人，但在真實世界裡我並不認識他。

「快瘋了！」我大叫，車上乘客幾乎都轉頭看著我。因為這個夢，我從家裡跑了出來，這是我第一次做和真實事件有關的夢。

我想我應該要接受小娜和小川的推測了，她們說被捷運輾斃的女孩一定和一百個鬼魂的遊戲有關。

但是，它怎麼會認識我？又怎麼會請我幫忙？
對了，我見過它一次，是那個不小心撞到我的學妹……
我走到捷運暹羅站，雖然現在已經晚上七點多了，人依舊很多。這裡有很多年輕人，有些人還穿著學校的制服。
要先買票才可以進去月台，還好我帶了一些零錢。買了一張最便宜的車票後，通過驗票口，接著走到候車月台。
到了月台後，並不用花時間去找發生意外事故的地方，因為在某個黃線等候區，有個用白色噴漆劃分出來的區域，我想那應該就是部分屍塊散落的位置。
我觀察了一下，沒有人敢站在那附近。
由於我一直注視著那個區塊，所以站務員用疑惑的眼神看著我。
「請站在黃線外面！」站務員警告一位正在講電話的年輕人，他幾乎快掉下軌道了，還好現在沒有列車進站。
我站在月台環顧四周，只看到一些指標和人群，並沒有夢中出現的售票處。
「唉……」我嘆了一口氣，本來以為夢境是真的。不過，當我要轉過頭時，我在人群中看到了一個男人。
在衣著整齊乾淨的人群中，高個子、穿著舊衣服的他相對顯眼。但是，他似乎發現我注意到他了，所以想要趕緊離開。

「等一下，等一下！」我闖進人群中，試圖跟上他。穿過擁擠的人群後，他已經搭著電扶梯要下樓了，於是我加快腳步，然後看到更多的人和……

自動售票機……

現在，我已經站在和夢境中相同的地方了。

刷票口左邊是自動售票機，我旁邊出現了夢境中的小女孩，它正低頭坐在那。

「妳怎麼會在這裡？」

它慢慢抬起頭看我，並露出了疲憊的微笑。

「我好累，裡面好冷，請幫幫我，把這個東西從我這裡拿走。」

「妳要我拿什麼？」

「拿它，丟出去，丟得遠遠的，拿走、拿走！」

「妳到底要我拿什麼？」

捷運站裡的人都看著我，但我感覺他們只有看到我。

大家可能都很疑惑，為什麼我一個人自言自語。

我走過去坐在小女孩身旁，試著不去看它的臉。雖然它的臉沒有夢境中那般腐爛，不過也是滿蒼白的，蒼白到讓我害怕。

「妳玩一百個鬼魂的遊戲？」我用戲謔的方式問。

「冷……」

「妳怎麼死的？是不是和一百個鬼魂的遊戲有關？」

「……殺。」

因為感到納悶，我下意識看了它的臉。

「他們殺了我，大家一定都會被殺……」

「妳知道一百個鬼魂的遊戲嗎？」我又問了一次，接著問：「你們真的玩過這個遊戲？你們和誰打賭？」

這時突然有位化著濃妝、高高的女生走近我，她身體的陰影遮住我，接著低頭問我：「這裡有人坐嗎？」

「有！」我趕緊回答。她慢慢走遠，我覺得她應該認為我在騙她，或是我發瘋了。

我們兩個沉默了一會兒，期間只聽到它微弱的啜泣聲，以及周圍人群的喧鬧聲。這時我覺得越來越涼，對它來說，應該是非常非常冷吧！我看著手上那只幾百塊、用了三年的仿冒Baby-G手錶，我想我應該要在半小時內回家，不然可能會被媽媽痛罵一頓。

「我得走了。」我站了起來，而它則是發出「呃」的一聲。

「把它從我這裡拿走，拿走、拿走！」

它丟了一個東西過來，那個東西掉到地上時發出「鏘」的一聲。

這個東西，就是問題的答案。

五元硬幣在地上滾了一下，最後停下來，錢幣上有著玉佛寺的圖樣。我轉頭看著那個小女孩，它又哭又笑，相當詭異。

「哈哈！它離開我了，我不會死了，不會死了，它離開我了！」

它一直重複這句話，這時它的臉從中間出現一道裂縫。

裂縫越來越大，而且延續到它的身體，接著身體一分為二，但仍可以聽到小女孩的笑聲。

我回頭看著那枚錢幣，它停在一樣的地方，這時我慢慢伸出手，想把它撿起來。

「小珠！」突然有人叫我，我轉過頭，也還沒把那枚錢幣撿起來。

「妳好！」

「這麼晚了，妳在這裡做什麼？」

「我正要回家。」

「妳剛剛彎腰要做什麼？」娜帕也好奇地彎下腰來，這時我可以聞到她身上的香水味。

「本來要拿東西。」我回答，然後伸出手要撿那枚錢幣。

「喂！小珠！」

我被娜帕的聲音嚇了一跳，還是沒有撿到硬幣，接著我問：「什麼？」

「是關於一百個鬼魂的遊戲啦！妳覺得坤庫老師清楚嗎？」

拜託！就連我們學校最低年級的學生都知道一百個鬼魂的遊戲，難道坤庫老師會不知道嗎？心裡突然有了嘲諷的念頭。

「我也不清楚，說不定老師知道一點點。」我變成一個壞學生，把問題丟回老師身上。

「這樣子啊！」她皺著眉頭回答，然後說：「妳應該要快點回家了，妳媽媽會擔心妳的。」

「好。」我給了她一個假笑，目送她離開後，趕緊把那枚錢幣撿了起來。

拿到那枚錢幣後，突然出現了一些異狀。

此時，四周有許多鬼魂不斷來回移動，而且它們似乎也知道我站在這裡。

我謹慎地拿著那枚錢幣，怕它不小心掉落不見。漸漸地，我覺得很熱，從來沒有那麼熱過。

現在我就像電影《魔戒》裡的佛羅多，由於擁有魔戒，因而被一群戒靈追捕、圍剿。

這枚錢幣雖小，影響力卻很大。我幾乎快受不了了，於是鬆開手，錢幣也掉到地上。我鬆了一口氣，此時周圍的一切也恢復正常。

那些鬼魂看起來是消失了，但說不定它們還在，只是我看不到。

那枚用來玩一百個鬼魂的錢幣，現在就在我面前。

準備搭公車回家時，我的心跳得很快。我怕會不小心花掉那枚錢幣，所以用擦臉的手帕包住它。不過，如果不小心拿它付錢，全身應該會先發熱才對。

大概晚上八點多才到家，怕被媽媽罵，我偷偷溜進房間內。進房後立刻爬上床休息，但思緒相當紊亂，而且心跳很急促。

我變成錢幣的新主人了。據我所知，這枚錢幣連接人類世界與鬼魂世界，應該有很多鬼魂準備來找我了。

它們之所以來找我，是為了離開它們所在的世界，前往其他地方，說不定它們要去的地方是我們的世界，或是天堂。

錢幣靜靜躺在手帕裡，看起來一點也不可怕。

錢幣其中一面是玉佛寺，這間寺廟的地位崇高，其實不該拿它來玩這個遊戲。而和這枚錢幣差不多的另一枚錢幣，則是曾經讓我遇到大麻煩，還奪走小露的性命。我想我現在擁有的這枚錢幣，將會引來很多鬼魂，說不定某天會讓我發瘋。

甚至，會和小露有著相同的下場。

我該怎麼辦？

鬧鐘突然響了起來，聲音很大、很吵，我轉過身按掉它，這時我還閉著雙眼。

過了一下子，鬧鐘又響了起來，我揉揉眼睛，想要看清楚時間。
凌晨三點半，好爛的鬧鐘！
再睡一下好了。
「喵……」
什麼聲音？
「喵……」
我用枕頭蓋住耳朵，翻過身。睜開眼睛時，我嚇了一大跳……
黑暗中有雙紅色的眼睛一直注視著我，它的黑髮亂亂的，兩隻手則抓住床緣。它的臉慢慢從黑暗中浮現，從它張開的嘴巴，我只看到黑色的牙齒，而它發出的聲音則很像生氣的貓叫聲。
「啊！」
它抓住我上衣的領子，把我摔到地上。接著，它坐在我身上，兩手掐住我的脖子。
它是誰？從哪裡來的？
「放……放開我！」
我用手敲打地板，想引起媽媽的注意，但它發出的貓叫聲卻比我敲地板的聲音還要大。因此，我用盡全身的力量大叫。
「媽！媽！有人能救我嗎？」

它突然往我身上吐了一些液體。

這時突然有人開了房門，接著我聽到開燈的聲音。

「小珠，怎麼了？」媽媽趕緊跑過來扶我，同時那個鬼也突然消失了。我跌坐在地上，旁邊則是我最愛的小枕頭。

媽媽說我一定是做惡夢了。唉，她會這麼想也不意外，因為房間裡除了我之外沒有其他人。

此時，只有我一個人是不正常的吧！

隔天我拖著疲憊的身軀到學校上課，整個人看起來快死了。

昨晚我幾乎沒有睡，每當我閉上眼，就會看到那雙紅色的眼睛注視著我，或是自己胡思亂想，想到那個鬼正在我旁邊，這個情況比之前見到希麗察還更嚴重。

我把那枚可怕的錢幣放在家裡。我現在滿腦子都在想，要怎麼把這件事推給別人。雖然聽起來很壞，但這世界也不是只有好的事情吧！

小川正在學校旁的雜貨店買東西，她轉頭看到我，跑過來跟我打招呼。

「小珠，等我一下，一起走。」

「好。」同時也思考該如何把昨天發生的事告訴她。我覺得小川需要知道這件事，我有點想跟坤庫老師說，但又有點不太想說。

我知道坤庫老師生氣時很可怕，這樣的情況我也遇過。而且我想，如果他知道又有人玩，一定會被他罵到臭頭。

小川從雜貨店裡走了出來，手上還拿著薄荷糖，接著我們一起走去學校。

「小川，我有事情要跟妳說。」我試著用正常的口吻說。

「好啊，那妳要不要吃糖果？」小川拿了糖果給我，但我並不想吃東西，連一顆糖果也不想。

「我有重要的事情要跟妳說，就是……我開始相信了，被捷運輾斃的學妹玩過一百個鬼魂的遊戲，而且說不定還是現在進行式。另外，我也大概知道它是怎麼死的了。」

「妳怎麼知道？」小川問，他嘴裡還咬著糖果。

「昨天我夢到那個被捷運輾斃的學妹，它請我幫忙，不過那時我還不知道要幫忙什麼事。起床後，我跑到它被輾斃的捷運站。」我停了一會兒並深呼吸，然後說：「最後，我就拿到一枚錢幣了。」

「錢幣？」

「嗯，錢幣。應該是他們用來玩遊戲的那枚，而且學妹之所以會死也是因為那枚錢幣。」

此時我們經過學校的佛像，我停下腳步，向佛像拜了拜並許願，希望所有事情都有好的結果，儘管知道這是不太可能的事。這個情況很像我們四個人要開始玩一百個鬼魂那時。

除了坤庫老師，還有誰可以贏得這個遊戲？

我以為上高中以後，就不會再遇到這件事了，沒想到……

早上上課前，有位高一的同學走進教室，手上拿著一張咖啡色的紙，上面寫著關於「普塔布學校宿營」的相關資訊。噢！宿營！

「有宿營耶！」坐我後面的小川興奮地大叫。「好想知道在廟裡辦宿營會是怎麼樣！」

小娜也轉過頭來，她注意到我的臉色不太好，開口問：「小珠，妳臉色不太好，怎麼了？這不是童軍露營，不用做什麼訓練啦，別擔心。」

「我知道，但參加宿營很無聊，還要晚睡早起，而且菜也不好吃。最重要的是強迫參加的，還要付錢耶！」

「小珠，宿營應該滿好玩的，只要聽聽和尚唸經，其他時間也可以玩啊，而且只要靜坐一下，馬上就可以吃飯了，不像參加童軍露營那麼無聊。」小川說，然後指著那張寫著需帶物品的列表。

1. 白色衣服2～3件
2. 沙龍（男、女生洗澡用）2件
3. 水盆1個
4. 盥洗用具
5. 個人藥物
6. 衛生棉
7. 襪子2～3雙
8. 睡衣1件
9. 水杯1個

注意：

1. 去程、回程須穿運動服和運動鞋。
2. 不可以攜帶違禁藥物、不可以賭博，或是發生不正當的男女關係。
3. 就寢時間不得隨意外出，違者將會記名登記。

「好吧！就這樣吧！」當我聽到小娜和小川熱烈討論誰要帶水盆、誰要帶水杯、誰要帶衛生棉等，我就深深嘆了一口氣。心裡不禁有氣，妳們那麼喜歡分配誰帶什麼，為什麼衣服不交換穿啊！

我可能是同學中最不想參加宿營的其中一個。我安慰自己，佛教宿營應該沒那麼無聊，至少也不會死。

有時我覺得死亡離我並不遙遠，尤其是我們開始玩這個遊戲之後。

如果我知道哪個學妹又開始玩這個遊戲，我一定會把炸彈丟到她家。

故事5

來的人和走的人

其實我對佛教活動相當尊重，也是個虔誠的佛教徒。但就算這樣，我也不喜歡聽和尚唸經，一來我聽不懂巴利文，二來我只能維持短時間的專心。

因此，宿營活動第一天對我來說非常無聊！尤其是看到其他學生興奮地又跳又笑時，更讓我感到厭惡。

出發前，大家紛紛把行李放到那輛繪有卡通圖樣的巴士上。依照學校的安排，一輛巴士要坐一班半的學生。不知道位子夠不夠坐，所以小娜趕緊把行李丟到我的行李上，然後跑上巴士搶位子。她的行李很小，我想是因為她不想帶太多東西，只帶了衣服和牙刷的緣故。

「小珠，今天都沒看到妳笑，拜託不要這樣，念書已經夠累了，有機會出門就盡情放鬆吧！」小川說。

「知道了。」我說。其實我是擔心那枚錢幣。

小娜和小川知道我拿了錢幣的事，不過沒有非常擔心我，可能是覺得我八字夠重，不會那麼容易死掉吧！

但是，小露的八字比我重，還是死了……

我們三個人坐在同一排，其他人也慢慢上車找位子坐。有個女同學看起來似乎沒有朋友，正環顧四周找地方坐，但幾乎所有位子都滿了。

「是新同學。」小娜用手肘推了推我和小川，然後小聲地說。

「她看起來好怪，為什麼她沒有朋友？沒有人想和她當朋友嗎？」

「聽說很多人覺得她滿奇怪的，但我是不覺得啦，她是……」

「妳好，妳沒有地方坐嗎？」小娜還沒講完，小川就跟她打招呼了。

「對啊！」她說，看起來有點害羞。

「一起坐吧！」小川邀請她，但一點都沒有考慮到我們的身材，現在坐三個人都快擠死了。

「沒關係，我到前面跟老師坐。」她轉過身，準備走到前面去。這時小川拉了她的手，要她坐下，結果不小心坐到小娜的腿上，小娜的表情看起來滿痛的。

小娜看了我一眼，似乎想說什麼，不過這時老師上車了，所以大家都轉頭看著老師。

是坤庫老師負責我們這輛車。

唉，這趟旅程應該沒那麼輕鬆了。

「同學們請先報數，老師算一下人數，從前面開始。」老師說。

「老師聲音那麼小，連坐在中間的我們都聽不太到。」我嘀咕。
「1、2、3……」
「36。」同學們一個個報數，只有小川大聲地喊了出來，幾乎整輛車都聽得到她的聲音。
「37。」新同學小聲地說。
小娜聽到後，接著說：「38。」
「39。」我叫得很大聲，連坤庫老師都在偷笑。
「40、41、42……」輪到後面的男同學。由於座位不夠，所以有些人站在車門旁，有些則是坐在門旁的樓梯上。
「62、63、64、66……」報數的速度越來越快。
「喂！你報錯數了，是65。」
「呃，對喔。」
「66、67、68、69、70。」
「拜託！幹嘛那麼趕？」
「71。」
最後這個聲音很小，新同學轉過頭去，坤庫老師也皺了皺眉頭。
「71嗎？」老師似乎有點疑惑，接著說：「重新報數一次。」

從後面開始報數，而這次一共是69人。

「69嗎？車上應該要有70個學生才對，不要有人來不及上車喔！」坤庫老師向大家說。

「老師，我們再重新算一次好了。」後面的男同學建議。

這次是從前面開始，老師也跟著覆誦大家所報的數字。

我們報數到71，但奇怪的是，坤庫老師卻只算到70。

「車上到底有幾個人？」我轉頭問小娜。

「不知道耶！老師說有70個人，但我們每次都算到71，我想應該就是有71個人吧！」小娜回答，接著說：「老師快出發吧！前面那輛巴士已經快走了。」

「老師，我覺得……」新同學舉手說。

「老師，我們一定要出發了。」司機先生對老師說。「注意，要關車門囉！」

「好的。」坤庫老師點點頭，對後面的學生說：「不要坐在車門那，關門的時候很危險。」

前門和後門慢慢關上，我們的車接在前面的巴士後出發。我們四個人慢慢調整姿勢，讓彼此坐得比較舒服。接著，我們三個就隨意地自我介紹，新同學也簡單介紹了自己，她叫作娜亞。

「娜亞，妳媽媽是日本人嗎？」

「不是啦，我的名字是取自Nai-ya-na（泰文中意指眼睛）的諧音。因為我小時候常看到別人看不到的東西，所以家人才幫我取了這個名字。」

「常常看到別人看不到的東西？」

我轉頭看坤庫老師，這時他正和司機聊天，其實老師也常常看到我們看不到的東西。

「我想就是因為這樣，很多人都不想和我親近。」她小聲地說。「妳們也是啦，和我保持距離比較好，跟我扯上關係的人最後都會遇到麻煩。妳們可能還不相信，但這是千真萬確的事。」

「喂，妳想太多了吧！」小娜揮揮手，接著說：「我們都不怕麻煩，麻煩這兩個字對我們來說是家常便飯。妳的話我們都相信，但我不相信如果我們跟妳走得太近就會招來麻煩，反倒是妳，小心跟我們扯上關係，在學校裡我們常常是最有問題的那幾個。」

「沒錯。」小川邊笑邊說，我們都笑了出來。但沒有人想到，她所提到的事即將降臨在我們身上……

巴士駛出曼谷市區，司機先生為了符合年輕人的口味，打開了音樂，但都是些老歌，我想應該比較適合司機先生自己的口味吧！

小娜和小川都睡著了，只剩下我和娜亞醒著。我們中間隔了小川，而且我們不知道要聊些什麼。

「妳剛說妳常看到別人看不到的東西，像是……鬼魂嗎？」我試著開啟話題。

娜亞轉頭看我，似乎我提到了不該提的東西。「我……我不知道，我覺得不是，只是白色的影子而已。」

我在心裡暗笑兩聲，要不然那個東西應該叫什麼呢？

「像那位老師，他周圍有白色的影子。」娜亞指著坤庫老師。

「那位老師比較特別，和別人不太一樣。」我說，接著告訴她坤庫老師之前所發生的事，除了那個遊戲的事沒說。

「真的嗎？世界上還有這樣的人？」娜亞很興奮地問：「那為什麼他還當老師呢？應該去當道士或是幫人算命。」

有時候人滿奇怪的，不知道自己正在問奇怪的問題，誰會知道坤庫老師為什麼不是做其他工作，而是當老師呢？但我對娜亞的問題也滿有興趣的。

坐在車子後面的男同學太吵了，聲音大到坤庫老師走到後面告誡他們。當老師經過我旁邊時，揮了揮手跟我打招呼，這時娜亞轉頭過來看著我：「你們跟老師很熟嗎？」

「還可以啦，之前我們遇到困難時老師幫了我們大忙，跟別的同學比起來，我們跟老師比較熟一點。」

不過，沒有熟到老師會替我們加分就是了。坤庫老師很嚴格，要拿高分沒那麼簡單，而且平常也會出很多功課。最近我們有份「泰國社會日常法規的改變」的報告，滿分是五分，而我只得到三分。雖然我寫了兩頁半，但我對這方面不太熟，很多都是不太扎實的內容。

先前遇到困難時老師幫過我們，但現在我們依舊和老師保持著適當的距離。

老師罵完吵鬧的男同學後，走回座位。過了一會兒，他們又開始吵吵鬧鬧，其中一位男同學站起來大叫：「下一站是山烹卡威站，下一站是山烹卡威站，要下車的人準備下車。」

「都已經接近北標府（Saraburi）了，你還在山烹卡威站？」

我跟娜亞都笑了。過了一下下，車子突然搖來晃去，車上的人開始大叫。我聽不清楚坤庫老師和司機先生的對話，只聽到司機先生回答：「我不知道。」

娜亞走到走道上，指向一個地方說：「那裡好像有什麼東西？」

好像出了什麼問題，我趕緊叫小娜、小川起床。這時車子已經不晃了，但車子後面卻發出很大的聲響。

「車子下面有東西！」後面的男生邊大叫邊跑回座位。我們都感覺到有東西在車子下面，而且從後面移動到前面。

「大家安靜，不要吵。」坤庫老師說。大家都被嚇到了，整輛車鬧哄哄的。我想把娜亞拉回座位，但她似乎看到了什麼，正轉頭看著車子前面。

「發生了什麼事?」小川問。有東西跟著我們走,而且現在它在車子下面,這一點都不有趣。我突然覺得身體熱了起來,尤其是右大腿,當我把手伸進右側口袋時,卻摸到了一點都不想摸到的東西。

我馬上把手縮了回來。小娜看到我這個舉動後,馬上問:「小珠,怎麼了?」

「錢幣在我這。」我小聲地說,「我記得把它放在家裡,但現在它卻在我口袋裡……」

「還是跟著我們的是鬼……小珠,快把它丟出去,那枚錢幣跟我們一點關係都沒有,不要收著它啦!」小娜說。

「什麼錢幣?」娜亞轉頭問。

「停車!」老師大叫。這次他的聲音大到連車子後面都聽得到。不過,司機先生的聲音比老師更大,而且受到很大的驚嚇。

「沒辦法停,煞車出了問題!」

由於無法煞車,我們的車必須閃過前面的車,這時車上的人都叫得很大聲。小娜坐在靠窗的位子,可以清楚地看到車子前面的情況,她說:「糟了糟了,我們的車必須閃過前面的卡車。不!前面有摩托車!」

車子超車後,馬上往左靠,車上的人幾乎全都失去平衡,而我快把小娜撞到窗外了,這時娜亞也跌落在我們身上,我大叫:「往右一點!」

過了一會兒，車子變得比較穩定，不過引擎突然發出很大的聲響，像是油門踩到底加速般，我感覺到車子越開越快。要是路上沒有起伏的小山丘，我們可能已經撞到前面的車子或是失控翻覆了。

因為這樣，所以我才不喜歡參加宿營吧！

「大家回到位子上，打開窗戶！」坤庫老師大喊。

糟糕，車子真的會翻覆嗎？

「為什麼要開窗戶？為什麼？」小川緊張地問。

「說不定要從窗戶逃生啊。」小娜口氣不太好地回答。小娜之所以這樣，我覺得是我們正面臨生死關頭，誰這個時候口氣還會好呢？我們真的會死在路上嗎？

「從窗戶跳出去也會死。」娜亞緊張地咬著指甲說。這時原本在車底前端發出的聲音，突然慢慢往中間移動，最後聲音停在我們下方。

「前面！」小娜大叫。我不清楚她要表達什麼，是指以這樣的速度撞上前面的卡車，車會被擠壓成一堆廢鐵嗎？即使卡車開得像烏龜一樣慢，我們幾乎也沒有存活的機會。

「小珠，快把錢幣丟出去。」小娜抓住我的手，但我手上根本沒有拿著錢幣，於是她接著說：「把錢幣拿出來啦！」

「就算我丟掉也沒用，因為它是自己來找我的，不是我帶它來的。」

「小娜，告訴我發生了什麼事？」小川說，這時她抓著頭髮，看起來快崩潰了。

「我們……」

這時車子撞到某個東西，發出了很大的聲響，我從來沒有遇過這麼危險的狀況。現在，我知道車子即將翻覆、撞上其他東西、煞車失靈是什麼感覺！

車子撞到東西後，大家都安靜下來，後來才發現是撞到路旁的護欄，而此時兩側護欄的斷裂處和車體不斷摩擦，發出了令人相當不舒服的尖銳刺耳聲。之後，就像電影《駭客任務》的劇情，似乎所有事情都靜止了，直到我們的身體飛離座位。

大家都叫得很大聲，我也不例外。

不！我還不想死，至少不是現在，而且我也不想就這樣死去。

我摸到口袋裡的錢幣，它摸起來很熱。希望我現在所做的決定，會對我們有所幫助。

丟了這枚錢幣，這樣跟著車子的東西應該也會消失。

當我要把錢幣從口袋裡拿出來時，娜亞突然大叫我的名字。

怎麼了？

渾濁的水很快地流進車子裡，同學們都趕緊往比較高的車子後方跑去。這時我看到坤庫老師試著把司機先生從駕駛座拉出來，沒過多久，坤庫老師就被水淹沒了。小娜推著我和其他人一起往後逃，有些同學試著從窗戶爬出去。

「逃出去！逃出去！」男同學大聲地喊。不過，他這樣大叫，會讓他更快步入死亡。遇到這樣的情況要盡可能地減緩呼吸，保留更多氧氣。

我鬆開原本摸著錢幣的手。現在可以感覺到車子在水面上載浮載沉，就像是船快翻了。

小川緊緊牽住我的手，試著穿過擁擠的人群到車子後方，場面相當混亂。在推擠的過程中，我們被人群往車頭的方向推了三步，這時鞋襪都濕了，不過再怎麼冷，也比不上面臨死亡的寒冷。

水已經淹過車身的一半，坤庫老師人呢？

水越淹越高，整輛車完全被淹沒了。這時頭碰到了車頂，我急忙摀住嘴巴，覺得很想吐。即使閉氣，水依舊灌進鼻子裡。小川可能因為缺氧的關係，不斷地揮手掙扎。

我抓住她的領子，拉著她游到最近的窗戶。現在我們才了解老師為什麼要我們打開窗戶，主要是發生意外時才有逃生的出口。我奮力往外游，同時車子逐漸下沉。最後，我把小川用力推向窗外，再叫小娜跟著我一起走。

我們都沒有看到娜亞，她到底去哪了。

小娜用手指著我最後一次看到坤庫老師的地方，不過那邊已經沒有人了，老師可能先逃出去了。

小娜跟著小川一起游出去，我也擺動雙腳試著打水。當我用雙手拉住窗框，想把自己往外推時，突然有個硬硬的東西打到我的臉，把我推回車裡。

其他學生都不見了，車內只剩下我、渾濁的水和漂來漂去的座椅。

我快不行了，剛剛被硬硬的東西打到時，我把僅存的最後一口氣吐了出去。

窗外有個女生的頭顱上下浮動，黑色長髮半掩住她的臉，另一半則是漂在水中。我不知道她是從哪邊過來的，現在我只看得到她的頭顱……

我吞了很多水，肺裡幾乎沒有氧氣了，而且喉嚨很痛，彷彿有人把胡椒撒進我的氣管。我可以感受到心臟的跳動，但全身幾乎失去感覺了。

突然間，有個黑色陰影逐漸靠近我，時而清楚，時而模糊。

原來是剛剛的頭顱，但現在我已經沒有時間好好看清楚它的臉。

車內的水流不斷撞擊著我的身體，也有很多椅子撞到我的頭，瞬間四周陷入了黑暗。

我的頭很冷，脖子後面似乎有什麼東西。我睜開眼，接著吐了好幾口水。

現在我的下半身泡在水裡，上半身則靠在岸邊的石頭上。我用手撥走頭上和脖子上的藻類，另一隻手則是抓住一顆最大的石頭，試著爬上岸。上岸後，我發現自己站在一個全然陌生的地方。望向遠處時，看到了熟悉的同學們。

大概有五十個學生站在路邊，每個人全身都濕答答的。我拖著身子，一跛一跛地走過去找他們，他們看到我都嚇了一跳。

難道我已經死了嗎？

「小珠！小珠！妳沒死，妳真的沒有死！」小娜馬上跑過來抱住我，她抱得很緊，我幾乎快無法呼吸了。拜託，我現在很需要氧氣！不過沒有因為吞太多濁水而死，我想自己已經很幸運了。

「去跟坤庫老師說一聲吧！」

「小川呢？她還好嗎？」

「她在水裡就昏過去了，現在在卡車上聞薄荷棒。」

「誰的車？」

「附近居民的，他們剛好開車經過這裡，他們正幫忙打電話給警察和叫救護車。」小娜邊說邊向小川揮揮手，剛好小川轉頭過來，也向我們揮揮手。她看起來很高興能再見到我，不過那裡的人要她坐著休息，沒辦法過來找我。

坤庫老師正跟一位穿著白色汗衫、牛仔褲的胖男人講話，那個男人拿著手機講電話，講得很快，而且不時皺眉。

小娜用手指著我，然後呼喊坤庫老師。老師和那個男人說了幾句話後便跑過來找我，看起來很開心。

「小珠，妳還好嗎？」

「還好。」我點頭，接著說：「老師看起來不太好。」他的臉上和手上有很多傷口，頭髮也很凌亂。

「妳過去和同學們待在一起，我要再清點一次人數，看看人到齊了沒。」

「應該沒有少人，不過等一下再問問其他同學好了，說不定會有我不認識的同學或新同學不見。」小娜說。

新同學嗎？對啦，就是感覺少了一個人。

「救護車快來了，希望大家的傷勢都不嚴重。」老師小聲地說。此時，我想起來是誰不見了。

「娜亞！娜亞在哪裡？小娜，娜亞呢？」我聲音大到讓小娜嚇了一跳。

「不知道，沒有看到她。」小娜搖了搖頭。

「老師，我有個朋友不見了，怎麼辦？」

這時有輛紅色的卡車開了過來，車子停在我們前面時，揚起許多塵土，我們趕緊用手掩住口鼻。接著，很多身材壯碩的男人從車子後面跳了下來，詢問老師需不需要幫忙把水裡的車子拉上岸。

「請幫忙找找看有沒有學生還沒上岸。」老師跟他們說，接著轉頭問：「小珠，妳有沒有手機？」

「沒有。」

「老師我有。噢！我忘記它已經泡水了，但可以試著打打看。」小娜把濕濕的手機拿給老師。

我們走回同學們待著的地方，坤庫老師則試著用小娜泡水的手機打給其他老師。另外，搜救隊馬上潛到水下找尋其他學生。

我不知道她去哪了，但我確定我們還困在水裡時，她已經跑出車外了。還是她因為抽筋暫時和我們分開？希望她平安無事。

我們坐著等待搜救隊找人。現在已經下午一點半了，似乎沒有找到其他人。

那個不見的同學似乎就是娜亞。

小川過來和我們會合，我們都希望能夠盡快找到她。

我轉頭看著對面的空地。由於太陽不大，所以身體還是很濕，小川還打了兩、三次噴嚏。

無論如何，大家都相信一定可以找到她。

不過我知道，如果失蹤那麼久，可能已經凶多吉少了，但我也不想多說什麼，怕仍引頸期盼的小川會很失望。畢竟每當搜救隊上岸時，小川就不斷探頭去看，希望會有奇蹟發生。

「咦，坤庫老師去哪了？」小娜沉默許久後，突然問了這句話。

「不知道。」

「妳覺得他們會找到娜亞嗎？」

「不知道。」

小川打了一次噴嚏。

「娜亞到底去哪了？」

小川又打了兩次噴嚏，眼淚幾乎要奪眶而出。我試著不去理會她，但小娜仍接著說。

「如果他們找不到？如果她死了呢？」

那我想坤庫老師會遇上很多麻煩，畢竟他是負責我們這輛車的老師。

有輛白色小貨車從另一邊開過來，接著有好幾位老師下了車，但沒有人停下來和我們說話。

坤庫老師不知道從哪裡走了出來，然後跟訓導處的副主任說了兩、三句話。只說了一下子，他就點了兩、三次頭，他的表情看起來就像是比賽輸了的運動員。這時有個全身濕透的搜救隊員從河裡跑上來，跟副主任和老師說：「找到了。」

小川馬上站了起來，而其他老師們則是讓出一條路，讓搜救隊可以抬著他們找到的人走過來。我仔細一看，有隻蒼白的手在我眼前微微擺動，還有水從指尖上慢慢滴落。

當我看到那具屍體時，心臟就像是被雷擊到一樣。

是娜亞……

她的身上被某種東西纏住，似乎是致死主因，還可以看到紅紅紫紫的痕跡，甚至臉上也有紅紅的瘀傷。

小川看到後馬上大叫出來，我可以感受到她痛徹心扉的感覺，像是之前的痛苦再次降臨。

很像小露死掉那時候……

雖然我跟娜亞認識不到兩個小時，但是現在她已經死了，而且是因為我她才會死……

那枚錢幣依舊躺在裙子的口袋裡，我非常想把它捏碎。

是我太笨了，那個時候拿了這枚錢幣，才會讓大家遇到這種事。

這枚錢幣連結著鬼魂世界的大門，我持有它，才會有很多鬼魂跟著我，想要抓我，就像小露遭遇到的情況。我想，最後我可能會像小露或娜亞那樣死去吧！

當我被卡在車子裡時，應該就快死了。我不懂，為什麼死的人不是我，而是娜亞？

我轉頭看著坤庫老師，他跪在已經沒有生命跡象的娜亞旁，我想老師一定還在納悶到底發生了什麼事。

「帶學生們回學校，現在！」副主任很生氣地大聲咆哮。

故事6

讓人活的錢幣，讓人死的錢幣

剛剛發生的事，在大家的腦海裡揮之不去。回學校的路上，每個人的心情都很沉重，而且身體濕濕的，很不舒服。此時車內沒有音樂、沒有笑聲，甚至連談話聲都沒有。

我靜靜坐在位子上，小川和小娜則是呆滯看著不同的方向。小川依舊啜泣著，小娜則沒有哭得很誇張，我想是因為小露走的時候她已經哭夠了。不過，我仍看到她用手拭去了眼角的淚。

我想從這個可怕的漩渦中逃走，非常想。我想當個普通的學生，過一般的學校生活。雖然這沒什麼特別的，可能也很無聊，但總比一直看到自己的朋友死掉好。

在這起事件中，最頭痛的應該就是坤庫老師了。回程他沒有和我們搭同一輛車，而是和副主任一起搭小貨車離開，我想老師會被問很多問題。由於先前搭的車已經沉到水底了，學校找了另一輛比較小的車讓我們搭，所以車上很擠，很不舒服。

車上有些同學剛剛是坐另一輛車，所以他們一直問我們很多問題。但他們一看到我們蒼白的臉，加上知道有個學生死亡之後，他們的臉也跟著蒼白起來。

對我來說，還沒開始宿營就要回學校是件好事，但迫使我們中途返校的原因卻是不折不扣的壞事。

「小珠，那枚錢幣還在妳那裡嗎？」小川聲音沙啞地問。

「嗯。」

「好，回學校之後把它交給坤庫老師。」小娜邊說邊擦掉因為哭所流出的鼻涕。

「要怎麼告訴老師？他一定會很生氣。」

「妳一定要交給老師，因為那枚錢幣……」小娜大聲地命令我。

「都閉嘴好嗎？現在不該為了這件事吵架。」小川說完後咳了幾聲。

「想想是因為誰才會發生這件事！」

「不是我！」我大聲否認，幾乎整輛車都能聽到我的聲音。

「拜託，不要吵了！」

「小川！」小娜伸手抓住小川的領子，這讓我和小川都嚇了一跳。小娜接著說：「妳知道他們把娜亞的屍體抬上岸時，我看到了什麼？我想到了誰？小露是我的好朋友，如果妳們已經不想理她了沒關係，還有我！小露是因為那個爛遊戲而死的，娜亞之所以會死也是因為那個遊戲，我想下一個死的人，可能就是我們其中一個。尤其是妳——小珠，妳收著那枚錢幣。妳也知道坤庫老師已經警告過我們什麼，說不定妳會死，而且會拉別人一起陪葬。我已經跟妳說過了，一定要丟掉那枚錢幣，難道要等老師警告過的事情真的發生，才要丟掉它嗎？」

我嚇了一跳，不過小娜的話也沒錯，當車子沉到水裡時，我才想要丟掉那枚錢幣，但最後我也沒有辦法丟掉它。

本來要回話，但車裡的同學都看著我們，他們可能很納悶我們在說什麼。

「小娜，先放開小川。」我試著放輕鬆和她對話。當我要把小娜的手拉下來時，小娜把小川往後推了出去，然後打了我一巴掌。過了一下子我才發現，她應該是用手肘給了我一個拐子。

小川從座位跌坐到地板上，另一邊的同學則是叫得很大聲。接著，小娜抓住我的衣領，把我推倒在座位上。

「小娜，妳要做什麼？那是小川啊！」

「妳知道嗎？我看到了什麼！我看到了什麼！」小娜瘋狂地大喊。

「冷靜一點！」我推走壓住我胸口的小娜，並拱起腳頂住她的身體保護自己。「小娜，妳先冷靜一點可以嗎？」

「妳們在幹嘛？立刻停下來。」有位老師從位子上站了起來，對著我們說。

我先幫忙小川，把她掛在座位上的腳推了下去，然後把小娜的雙手壓在窗戶上：「妳瘋了！請妳試著控制自己，要不然會造成別人麻煩的人就會是妳，不是我。」

「好了，放開！」老師邊說邊把我拉離小娜。

為什麼老師不先幫忙小川？她還跌坐在地上耶！

我被拉到走道上，然後小娜一直哭一直哭，邊哭邊說她有多想小露。每天晚上她都會做惡夢，夢到黏在廁所天花板上、滿身是血的小露。

對我們這群朋友來說，小娜一直是最冷靜的一個，但現在的她並不是如此，當環境比較暗時她就會異常害怕。

我也夢過小露，她站在廢棄的建築物裡，四周一片漆黑，我們兩個人什麼都沒有做，只是看著對方。

娜亞的死，讓我們起了爭執。小川則是一直哭，很像當時小露死掉的時候。現在必須有所行動了，我暗想。

但我並不是要去找坤庫老師，而是要去找玩一百個鬼魂的國二學妹。

回到學校後，老師要我們按照班級分開站好，方便確認學生人數。

有一個一班的女同學拿手帕給我擦臉，沒有說什麼就離開了。我很感謝她，至少她不像其他同學只是在一旁說閒話。

「有人知道那位不幸往生的同學叫什麼名字嗎？老師要跟她的家人聯絡。」老師問。

我轉頭看著小娜和小川，但她們都沒有開口，我想她們應該沒有注意老師在說什麼。看來，我必須舉手告訴老師，喪生的是娜亞了。

「有個人試著把這個問題變成自己的責任，猜猜她是誰？」小娜帶著嘲諷的口吻，彷彿自言自語般。

我假裝沒有聽到。

「小珠，這件事也算是我們的責任啊！」小川對著我說。

拜託，那剛剛是誰說，會發生這件事都是因為我的緣故。

我從口袋裡拿出那枚錢幣，把它交給小娜：「好啊，妳覺得自己辦得到的話，就把這枚錢幣拿去吧！或許它已經跟好幾條人命扯上關係了。如果妳真的敢做，看要把它丟掉，或是把它埋起來，順便也幫忙埋葬那幾條無辜的生命！」

「妳覺得我不敢嗎？我現在就把它丟掉。」小娜看起來並不害怕地對我說。接著，她從我手上拿走那枚錢幣，我開始祈禱著她不要做出什麼事。不過，小娜什麼事都還沒做時，就有一位老師跑過來找我們。

「妳們知道那位同學的緊急聯絡電話嗎？」

「不知道。」我回答，然後老師馬上跑去其他地方。這時那枚錢幣突然從小娜手中掉了出來，在地板上發出「鏘」一聲，接著我說：「妳看，說到底妳也不敢！」
小川馬上把那枚還沒停下來的錢幣拿了起來：「我要埋了它！」
小娜試著把錢幣搶回來：「小川，妳別管這件事，與妳無關。」
「我要自己收起來，等著看，到底是誰會埋了它。」小川的神情看起來相當堅定。我覺得她生氣了，可能我和小娜起爭執時，就已經超過她可以忍受的極限了。
我一直看著小川手上的錢幣。
好奇怪，小川不會覺得很熱嗎？真的好怪。
為什麼我碰到錢幣時會感到非常熱，而小川卻不會？
小川從裙子口袋裡拿了另一枚五元硬幣出來，然後問其他人還有沒有五元硬幣，她想把一張二十元的鈔票換成零錢。她這樣做，應該是有她的目的吧！
小川膽子那麼小，真的敢做什麼嗎？
她把三枚五元硬幣，包括那枚有問題的錢幣混在一起了！糟糕，她在做什麼！
「這件事我們大家一定要一起負責。」小川語氣堅定地對我們說。「妳們一人拿一枚，其中一定會有一個人拿到那枚玩過遊戲的錢幣，但我們無法分辨哪一枚才是有問題的，所以現在大家都在同艘船上了。」
「妳為什麼這樣做？」小娜生氣地對小川說。

「因為我們一直在吵架，而且妳也知道，如果小珠收著那枚錢幣，她一定會遇到不好的事。妳也會擔心她，不是嗎？現在只有一個方法可以讓我們共同分擔，來吧，一人選一枚。」

我對小川的舉動有一點吃驚，不過接著就從她手上拿了一枚錢幣。錢幣摸起來很冰，這不是玩過遊戲的錢幣。

小娜也從小川手上拿了一枚錢幣，沒有表現出什麼特別的反應，我想可能跟我一樣，拿到了一枚正常的錢幣。那枚有問題的錢幣，可能就在小川手上。

這時小川緊緊地握著手上的錢幣，緊到讓我嚇一跳。她應該會感覺很熱，但她的反應卻很正常，似乎不會熱。

小川笑笑地說：「好了，下星期一我們一起去找那些玩過一百個鬼魂的學生，讓他們可以脫離這個遊戲。」

小娜和小川都點點頭，只有我呆呆看著手上的錢幣，它應該像之前一樣發熱才對。如果不是我拿到那枚錢幣，那麼是誰拿到？

我想問其他人，真的好想問。

我緊握著錢幣，然後放開，最後又把它緊緊握住。然後，那枚錢幣慢慢熱了起來。我嚇了一跳，鬆開手，那枚錢幣掉到地板上。

那枚錢幣還在我這裡，還是我的……

我恍神地慢慢走回家，身邊沒有行李，和一開始要出發去宿營的情況完全不同。我的行李已經沉沒在離這裡一百公里外的地方了。

到家後，我只跟媽媽說我很累，想休息，想一個人安安靜靜的，不想跟任何人講話。

我想趕快結束和這個遊戲有關的所有事情，星期一應該就有什麼結果了。不過現在我只想讓自己放鬆冷靜一下，因為我快發瘋了！

無論如何，那枚錢幣仍在我的口袋裡。

小潘

冰淇淋店外擠滿了人，可能正在舉辦免費送東西的活動。當然啦！免費的東西我也喜歡。有對母子經過店門口，店員要請他們進店裡吃冰。接著，我回過頭來，舀了一匙冰淇淋放進嘴裡。今天是我們的假日，僅限於我們國中的假日，因為高一的學長姊們去參加宿營了。

「喂，小潘，為什麼妳今天看起來呆呆的？」

我看著坐在對面的朋友——小蜜，她人還不錯。接著打了個哈欠，瞇了瞇眼睛，很想睡覺，其實我昨天已經睡了十個小時。

「平常妳就像是喝醉酒的人，話多到不行。」另一個朋友說。

「不用管我啦，就當我酒醒了就好。」

「別人可能會以為我們真的喝酒了。」

「今天大家為什麼這麼安靜，平常說到這個一定是吵吵鬧鬧的。」

「雅麗也死了。」愛蒂邊說邊笑，其他人也是，只有我笑不出來。雅麗是我最親近的朋友，她的死不像報紙所說，只是單純的意外，而且在她掉落月台前說過「我覺得怪怪的，妳可不可以先陪我說說話？」

我不知道那時她為什麼打電話給我，真的不知道。

「小潘，妳還在難過嗎？只是一個朋友而已，並不是家人啊！」莎莎邊笑邊說，彷彿雅麗不是她認識的人，一點都不難過，一點罪惡感都沒有。

「是啊，我們沒有時間難過，還有九十幾個鬼魂等著我們去找。」

「這一點也不好玩。」我用力搥了一下桌子，店內頓時安靜下來。「妳們也知道，雅麗的死並不是普通的事。」

「我們換地方聊。」愛蒂邊說邊站起來，打算去付錢，其他朋友則是看著我，彷彿我是個瘋子。

「我……」

「去廁所聊吧，這層樓的廁所不太有人用。」莎莎平靜地說。雅麗死了之後，每個人的個性都有所改變。大家覺得雅麗只是睡著了嗎？她永遠無法醒來了。

我們走到女生廁所，我邊走邊咬指甲。當小蜜推門進去時，莎莎抓著我的衣服，把我推進去，接著用力地把門關起來。

「妳們要做什麼？」我大喊。我的右肩撞到了廁所的牆，到現在還隱隱作痛。她們沒有理我，往洗手台走了過去，我問：「妳們到底怎麼了？」

「我們會變成這樣，是從妳告訴我們，如果這個月內沒有找到一百個鬼魂，我們就會死的時候開始的。」愛蒂一直按水龍頭，然後用手接水，接著說：「這件事無聊透了。」

「我沒有說謊，如果不遵守遊戲規則，我們真的會死！」

「妳瘋了！普通人怎麼會相信這種事，只有傻瓜才會相信。」愛蒂邊說邊把手上的水珠甩到我的臉上。她的舉動讓我嚇了一跳，我的朋友到底怎麼了。

我一個人站在這側，她們三個人站在我對面。我沒有說話，她們也沉默著，最後我打破這個局面：「我要上廁所。」

大家只是看著我，什麼都沒說。當我關上廁所門時，我深深吸了一口氣，試著讓自己放鬆。現在我很需要雅麗，她還在時，至少有人陪在我身邊，給我贏得這個遊戲的信心。

好想回到過去，回到我跟大家說有好玩的事情可以玩的那個時候。那時大家覺得這個遊戲很特別，而且並不會真的發生什麼事，所以大家都很興奮，很想玩。連決定要玩這個遊戲時，大家都還笑嘻嘻的。現在想起來，那些微笑都是虛假的。

就連雅麗為了補習，下課後要到暹羅去這些事，對我來說都很像是作夢。即使我現在靠著冰冷的門，我都無法感覺到它的存在，就算它擋在我和他們中間，我還是能感覺到有股恨意從門外傳了進來。

我知道她們很討厭我，應該說打從一開始就不喜歡我。如果不是因為雅麗，我和她們也不會變成朋友。

但為什麼會變成這樣呢？雅麗為什麼會死呢？

一定要做些什麼，這個遊戲還沒有結束，如果我和她們起爭執，大家都會死。一定會讓她們知道，輸了這個遊戲一定活不了。

過了一下子，我聽到了關門聲。打開門往外看，她們都走掉了。

她們到底是怎樣的朋友？為什麼要這樣對我？只有我擔心活不到下個月嗎？只有我嗎？

我關上門，抱膝坐了下來，這時才發現前面是馬桶。我只敢小聲地哭，不想讓進來的人覺得我是神經病。

雅麗的死我很難過，也很後悔邀請她一起玩這個遊戲，讓她捲入其中。特別是現在只剩我一人孤軍奮戰，好希望她還在。

我用手擦掉臉上的眼淚，擦掉難過的感覺，然後我站了起來，坐在馬桶上。或許是因為哭太多了，讓我很想上廁所。我的臉上和手上都殘留一些淚水，不過算了，如果她們不相信我，我就自己解決這件事。

「叩！」

好像有人在敲門。我沒有理會，上完廁所後馬上穿上褲子。

「叩！」

又敲了一次門。

「砰！」

這次很大聲，我嚇了一大跳。其他廁所應該是空著的，為什麼想進來這間？

「裡面有人！」我向外面大喊，但回應我的只有笑聲。唉，她們可能沒有離開廁所，只是躲起來，想捉弄我。

我嘆了口氣，然後又深深吸了一口氣。我一點都不想當那些人的朋友，她們要做什麼就隨便她們了。當我按下沖水鍵時，卻沒有水跑出來。

「咦？」

再按了一次，還是沒有水，於是我一直按一直按。

「沒有水！」我在心裡大叫。我生氣到想用手搥爛這間廁所的牆，為什麼剛好是現在？我真的無法留下馬桶裡那黃黃的東西，然後若無其事地走出去。還是趕緊出去拿個「故障」的牌子掛在門上，然後再溜出去？

我現在什麼事都沒辦法做，所以我試著打開水箱的蓋子。原本是要看看水箱內的情況，正要探頭時，我的背就被用力地打了一下。真的沒想到她們會這麼做，接下來就聽到外面有人發出驚恐的聲音。

「不是我……」有個微小的聲音說道。

哼！想騙我嗎？我不會相信妳們的！於是我探頭去看水箱，不想再理她們了。看了之後，我嚇了一跳……

水箱裡全都是血，還有一些東西漂散在裡面。我不敢相信我所看到的，當我眨了一下眼睛，全部的燈突然立刻熄滅。

「啊！」

沒有什麼可以玩的了嗎？我想一定有人把燈關掉，想要開我玩笑。但我沒有大叫，只想馬上出去和她們面對面說清楚。不過現在最重要的事情，就是要先沖掉馬桶裡的東西。

我一直看著水箱，但看不太清楚，我決定再沖一次水。這次聽到水流下去的聲音，讓我放心不少，現在馬桶裡黃黃的東西應該不見了吧！

這時有個東西慢慢從水箱裡浮上來，我想瞧瞧水箱裡的情況，突然間就被那個東西重重撞了一下。

「唉唷！」

我驚恐地往後退了幾步，手不小心碰到馬桶蓋，導致它掉下來，還發出很大的聲響。這時水箱裡的水一直流，似乎沒有要停的跡象，而且燈也還沒亮。

妳們發瘋了嗎？幹嘛玩得那麼超過！

「小潘……幫我……」

「休想！」原本我還在大叫，不過當我看到她時，馬上閉上了嘴。

「雅麗……」她不是已經死了嗎？不應該出現在這，但再仔細一看，似乎就能理解為什麼她會出現在這裡了，可能想找我幫忙吧！雅麗身上沾滿了鮮紅色的血，頭髮很亂。這時她伸出一隻手，看起來很難過，而且很害怕。

「小潘幫我，帶我走。」

「要怎麼幫妳？」我顫抖著聲音問。原本我很想她，但現在卻沒有那種感覺。她死掉之前，我本來也想好好抱她一次，現在也忘記那個念頭了。

因為她現在是鬼……

但想來想去，她還是我的朋友啊！

雅麗，我的好朋友，現在已經變成鬼了，而且還從馬桶水箱中跑出來。

「妳想去哪呢？我會帶妳去，妳要……」

這時燈突然亮了，她也走了。

我真的無法相信剛剛發生的事，我把水箱蓋放在馬桶旁，當我用手打開門時，手還在發抖。出去前，我又回頭看了一次那個馬桶。

雖然這個想法很奇怪，但我不想離開那個馬桶。

我想雅麗應該不是發生意外而死，要不然為什麼她要來這裡找我？

「小潘！」有人叫我。她們三個人緊緊抱在一起，彷彿受了不小的驚嚇。

「妳做了什麼？」小蜜指著我。

什麼東西？她們也看到了嗎？糟糕！我忘記我到底有沒有沖水了。

當我轉頭看到牆上的鏡子時，腦中一片空白，嚇了一大跳。

我的臉沾滿了鮮紅的血，而且還有驚悚的血手印……

故事7

交換錢幣

星期一早上，我睡眼惺忪地走到學校，過去三、四天我幾乎都到凌晨三點才能入睡，黑眼圈已經快比熊貓還黑了。每到半夜就會有人來找我，請我幫忙。它出現的方式有很多種，有時是飄浮在空中，有時是從窗戶進來，有時是從逃生梯進來，有時則是安靜地站在房間門口。

這讓我很害怕，害怕的感覺壓過想幫忙它的感覺。

我所說的它，就是我的朋友雅麗。

思緒一片混亂，一不小心就撞到從學校巷內飯店走出來的男人。他很高，高到連我抬頭看他的臉都看不清楚，穿著看起來髒髒的，不太像是從飯店裡走出來的人，比較像是乞丐，身上還揹著一個泰國傳統包包。

「對不起。」

他沒有理我，逕自往另一邊走去。當我轉頭看他時，人已經不見了。

「好怪。」我小聲地說，然後轉頭回來。準備離開時，發現鞋子底下壓著一張紙，我想這張紙可能原本就在地上，或是剛剛那個男人遺落的。

紙上寫著數字，看起來像是2和8，不過寫得不太好看，有一點怪怪的。

「妳在幹嘛？往前走！」後面的人破口大罵，我趕緊把那張紙隨手一揉，塞進裙子口袋。

對了，坤庫老師，他一定可以幫我。

到了學校之後，升旗時間的鐘響了起來，隨即播起校歌，不過大家似乎無動於衷，一點都沒有要排隊升旗的意思。我四處尋找坤庫老師，老師中坤庫老師個子比較高，應該比較容易找到。不過，今天我卻遍尋不著老師那頭亂亂的頭髮。

「小潘！」

我轉過頭去，感覺有點失望，叫我的人是小蜜而不是我想找的人。

「上星期三的事我很抱歉。」

「什麼事？」我問她，而且試圖讓她知道，我一點都不想提到那件事。

「就是……」

「不好意思，我正在找坤庫老師，妳知道老師現在在哪嗎？」我打斷她的話，因為她的眼神讓我感到很不舒服。

「今天老師請假，妳不知道嗎？」

老師從來沒有請過假，我想如果哪天下雪了，坤庫老師才不會來學校吧！

「坤庫老師從來沒請過假，他那麼健康。」

「妳去問問其他老師好了，我怎麼會知道老師今天為什麼沒來學校。說不定快下雪了，所以他才請假。」

我暗暗笑了幾聲，她講的也沒錯，連我都覺得今天是不是快下雪了。

有個學生從我們前面經過，邊走邊叫：「坤庫老師今天沒來，所以不用上課囉！」

我是個怪學生嗎？

輔導老師對我說，她觀察了我一個小時，發現我的個性有點不一樣，而且邊發呆邊轉筆。

「真的嗎？」我問。這時我還在恍神，老師接著嘆氣道：「妳應該找時間好好休息。」

「是。」我點頭，同意老師的看法。最近真的睡不太好，但如果我跟老師說，我是被鬼打擾導致精神不太好，他應該不會相信我，聽起來太荒謬了。

「小潘，妳一定要找時間休息，不然可能會暈倒。」

我給老師一個微笑，並點頭示意，讓老師知道我會按照他的建議去做，才能趕快離開這裡。

小蜜在教室外等我，不時輕輕擺動雙腳。我走出教室後，她抬起頭看我，其實我很納悶，不知道她為什麼會在這裡等我。因為當雅麗過世之後，她也不太跟我講話。

「妳知道坤庫老師去哪嗎？」她的口氣冷冷的，聽起來一點都不在乎。

我記得早上才問過她知不知道老師去哪，現在她似乎知道些什麼。

「高一的學長學姊們去宿營，後來有輛車掉到河裡，所以他們必須提早回來。」

「那跟老師有什麼關係嗎？」我用疲累的聲音問。

「有個學生死了。」聽到這裡，我一點都不睏了。小蜜接著說：「她是新學生，車子掉到河裡不久她就溺斃了。學校高層覺得是老師的錯，是他沒有先告訴司機先生要小心開車，也沒有救起學生，所以老師被勒令停職了。」

「妳說什麼？被停職多久？」

「不知道，老師們沒有說，連要幫坤庫老師代課的老師也沒說。說不定老師不會再回到學校了。」

我幾乎快崩潰了，現在我全部的希望都已經不見了。剩下沒幾天就到了一百個鬼魂的遊戲的最後限期，而且我們也還沒有開始找鬼……

在剩下的十六天裡，如果沒有看到一百個鬼魂，說不定我會死，就像之前曾經玩過這個遊戲的人一樣。

英文課時，我試著專心上課，但一直覺得很睏。每當我點頭打瞌睡，老師就轉頭過來看我。不行，一定要找點事做才不會睡著。

於是我開始列表，把在學校裡離奇死亡的學生一個個寫了下來，發現每個人都和一百個鬼魂的遊戲有所關聯。

第一個人，我不知道他的名字，是在家中廁所死亡的。警察認為他是自己在水中憋氣溺斃的，但這個原因太不合常理了。

第二個人，叫作羅那猜，是在Suk Sawat路被車撞死的，而且是在第一個人死後兩個小時發生的事，目前警方還沒有找到車禍原因。

第三個人，我也不知道他的名字，他是心臟病發身亡，但他平常身體很健康。

第四個人，我記不住他的名字，也不知道他是在哪裡死亡的。

第五個人，我同樣不知道他的名字，只知道是在學校裡身亡。

第六個人，叫作小露，是高一學生，死於廢棄的建築物裡。學校試著壓下這件事，但記者很有興趣。警察說她之所以會死，是因為在廢棄建築物玩捉迷藏不小心摔倒，頭部受到劇烈撞擊而死。不過，聽說當天和她一起玩的朋友們說了一些很怪的話。

第七個人，叫作小邦，是最近才死亡的。當天他從二號大樓的四樓墜樓，身體被籬笆尖端刺穿，死狀相當悽慘。但小邦的死亡時間和第五個人差距較久，他們兩人的死應該沒有直接關聯。

但是，除了第六個人以外，其他人都同班，而且都是離奇死亡。

第六個人小露是最近死亡的學生中唯一的女生，而且和我們在遊戲中打賭的鬼名字一樣，究竟這些事情之間有什麼關聯？

上星期發生了一件事，我記得很清楚，因為當天晚上我作了奇怪的夢，而且對夢境裡所有事情的細節和感覺仍記憶猶新。

我遇見一個男人，他的口音聽起來很怪，有點像緬甸、柬埔寨或寮國人。

他穿著白色紗龍，舊舊的且有破洞，外表看起來像是精神不太正常的小偷。另外，他有點禿頭，眼睛下方布滿皺紋，看得出來有一定歲數了。他有張大嘴，而且準備開口講話時總會先抿一下嘴。他的牙齒有些已經超出嘴唇露了出來，說話時還可以看到他那部分斷裂的黃牙。他看起來像是座奇怪的雕像，有著短短的脖子、瘦瘦的身軀和鬆垮的肩膀。雙手交叉放在胸前，看起來就像是小說裡的壞人，下半身則是歪斜的，從紗龍中露出乾癟的雙腳。

他跟我說關於我撿到的那一張紙的事，我沒想到會那麼誇張，我會夢到在真實世界裡發生的事。

有張紙上有著咖啡色汙點，上頭寫的「找到鬼魂」。那張紙，現在在我手上。

他用手指著那張紙，接著問我在哪裡拿到的。

「在雞蛋花樹下的桌子上拿到的。」我冷靜地回答。

「妳並非那張紙的主人是嗎？」他說話的口吻很像古人，用了以前才會用的詞彙。

「是的，我只是拿到它，有人把它留在那。」講這句話時，我覺得有回聲環繞在四周，好像是有別人說話，而我只是張開嘴巴，聲音並不是來自於我。

「它是遊戲！」他邊說邊笑，露出髒髒的牙齒，看起來很可怕。他的動作很像劊子手，不像的地方就只是沒有拿斧頭。

「遊戲嗎？」其實我也聽到他說遊戲，原本我並沒打算要問，但不小心就說了出來。

「是我的遊戲。」他說完後接著大笑，這時他的口水從嘴裡噴了出來。「我創造了這個遊戲，它很好玩喔！妳想不想玩？我會教妳。」

雖然是在夢裡，但我也嘗試控制自己的嘴巴回答「不要」，而且對我來說，和這個陌生男人這樣聊天，比我一個人獨自待在森林裡還可怕。最後，當我突然問他怎麼玩時，我對自己的問題感到不太滿意。

「只需要寫一張要玩鬼錢幣的紙，接著叫鬼來，然後問十二個問題。但是一定要小心，不要讓錢幣跑到九號的位置上，要不然這個遊戲就會失敗。當問完所有問題後，就說：『找到鬼魂。』然後那個錢幣就會自己移動去九號兩次。那個錢幣跑到九號兩次所代表的意義，是表示玩遊戲者必須找到的鬼魂數量。最後，大家輪流說出咒語，說到最後一個字的人必須將錢幣翻面，此時第一個鬼魂就會出現。這個鬼魂將會控制、掌握你們的生命，如果沒辦法贏得這個遊戲，妳將會付出生命作為代價！」

當我聽到這個男人說明如何玩這個遊戲時，我感覺周圍的空氣壓得我很不舒服。另外，他在介紹時邊講邊笑，看起來很像神經病，讓人不太想相信。但他的話從頭到尾，包括遊戲規則，我全都背起來了。

「記得，不要請懷孕的鬼加入遊戲中，要不然妳會被殺。」

他講完後，我開始昏眩，而他的聲音則是不斷在我耳旁出現。

「記得，如果妳輸了，我就會變成妳靈魂的主人，這是因為我是這個遊戲的創造者。另外，妳也無法再投胎成人，而會成為我的僕人，去騙那些愚笨的人來玩這個遊戲，最後讓他們一個個死去。」

在夢裡我嘗試忘記他所介紹的事，試著去想其他事，但是這件事卻仍停留在我的腦海裡。

「一定只能找不得善終的鬼魂。因為這些鬼魂很兇猛，一定會喜歡跟你們玩的。」

「玩遊戲的期限是二十一天，如果期限內找不到全部鬼魂，妳就會變成我的僕人。」

他一直講如果輸了這個遊戲會怎麼樣，我也不懂如果真的那麼危險，為什麼還要玩。況且，我也沒那麼多時間去找到一百個鬼魂，特別是不得善終的鬼魂。還有，怎麼知道哪個鬼是善終還是不得善終的！

「哪個人收了錢幣就一定會被抓，而且一定會很快死亡。如果不是八字重的人，是沒辦法活著很久的。最後，如果有任何人死掉，一定要找另外的人來代替。」

學校的鐘聲突然傳入耳裡。原本我一點都聽不到同學聊天或是老師教課的聲音，但鐘聲實在太大聲了，突然間我就醒了過來。

我抬起頭，才發現剛剛自己原來在睡覺。這時我看到同學們站起來向老師敬禮，然後收拾東西準備離開。我想我還需要整理一下思緒，但突然間，我就想到夢境裡的事。

誰收著錢幣一定會先死，如果有人死了，一定要找新的人來代替⋯⋯

這些都是這個遊戲的規則嗎？我想這應該只是部分規則。

「雅麗之所以會死，都是因為保存那枚錢幣的關係嗎？」是瘋了嗎？我怎麼會相信這種事。

午休時，我告訴小蜜和其他朋友一百個鬼魂的遊戲真的存在，而且遊戲規則是真的，同時也試著提醒她們，如果我們沒有完成這個遊戲，過沒幾個禮拜我們可能都會死。另外，依據遊戲規則，我們還要找人來代替雅麗，好讓遊戲能順利完成。

莎莎正在吃泰式粄條，她張開紅紅的嘴巴，看起來準備要罵我，不過我先站了起來，雙手握拳。

「好啊，兩個禮拜之後就會知道了，看誰會先死。」我說。

「請便！我們好怕喔！」愛蒂帶著嘲笑的口吻說，說完接著大笑。我很生氣，很快地離開學校餐廳，接著走進廁所坐著，試著回想之前的事，確認雅麗是真的收著那枚錢幣。

遊戲的最後，我們還得用到那枚錢幣。

如果沒有錢幣，我們也沒辦法贏得這個遊戲。

如果人數不夠，也沒辦法贏這個遊戲。

如果只剩我自己要找到一百個鬼魂，那我們也沒辦法贏這個遊戲。

那錢幣呢？它在哪？當雅麗被捷運輾斃時，她是否隨身帶著那枚錢幣？為什麼收著錢幣的人一定要死呢？是不是跟這個遊戲有關？抑或只是玩鬼錢幣的普通規則？

「已經找到那個國二學生了嗎？」外面的同學在聊天，聲音很大。我抬頭看著門口。

「還沒。」

「要不要把那枚錢幣還給她們？」

「不知道，連真的錢幣在哪裡我也不知道。」

這時聽到了關門和鎖門的聲音，她們則是繼續聊天。「坤庫老師呢？不是要去他家找他？」

「我覺得我們一定要跟老師說明真相。」

「是啊！還不是因為這枚錢幣娜亞才會死……」

我慢慢拉開門上的鎖，慢慢把門打開，想看外面的人是誰。

她們是高中的學妹，其中一個人高高的，是短頭髮；另一個人則是長頭髮，用白色緞帶綁起來；最後一個人則是在廁所裡。

「我們一定會因為隨便更換玩一百個鬼魂的遊戲的錢幣被老師敲頭的，現在哪一枚才是真的錢幣，我們也分不清楚了。」

頭髮最短的那個學妹沒有講話，只有點頭表示同意。

「小珠，為什麼妳都不講話？」綁著緞帶的學姊問，然後接著說：「我那樣做，妳應該不會生我氣吧？」

「不會。」我接著說：「我想跟老師說對不起，並且告訴他都是因為我們才會發生那件事。但是，我不想讓他知道我們換錢幣的事。」

「為什麼？如果不請坤庫老師幫忙，還有誰可以幫學妹她們？不要告訴我妳要幫她們找鬼！我不會幫忙的，連我們自己玩都幾乎要賠上性命了。」廁所裡的學姊說。

「妳還要讓老師再次獨自處理這件事情嗎？當然，老師一定會犧牲自己進來玩這個遊戲。而且無論如何，他一定會獨自處理這件事情。」

「我們也可以在旁協助啊！」

「小娜說得也對，我們可以幫忙老師。」

「我覺得他不會讓我們幫忙的，上次老師自己幾乎快死了，這次如果我們加入的話，只會變成老師的負擔。所以這次我一定要自己處理，妳們不幫忙也行，我只想知道那些學妹是和哪個鬼打賭。」

在廁所的學妹用力打開門，門板撞到裡面的牆壁發出很大的聲響。我嚇了一跳，握住門把的手抖了幾下，但那些學妹沒有理我，只注意著剛剛走出來的那個人，她的名字應該叫作小娜，我想她的個性是比較強勢的。

「妳每次都這樣說，跟坤庫老師沒兩樣啦！每次不管要做什麼事，都只想自己承擔，不讓我們幫忙。拜託！妳覺得妳一個人能幫學妹們嗎？連妳自己都快死了，還有能力去幫別人嗎？而且妳覺得妳是坤庫老師嗎？」

「別在這裡吵架啦！」看起來比較溫和的學姊平靜地說，然後接著說：「小珠，無論如何，我們也都會幫妳的，不會讓妳……」

「誰要幫妳？如果妳想獨自處理這件事，就隨便妳了。對我來說，妳只是一個自以為是的人，爛死了！」

看到那位叫小娜的學姊從廁所走出去後，我慢慢關上廁所的門。

我了解發生什麼事了。那些學姊一定知道一百個鬼魂的遊戲，而且她們感覺跟坤庫老師很熟。另外，她們收著的那枚錢幣，說不定就是雅麗之前收著的那枚。但是，為什麼那枚錢幣現在會在她們手上呢？

我不想探究她們對那個遊戲認識多少。不過，之前坤庫老師似乎幫過她們，所以這次老師一定也會幫我，而且也一定會成功。但是，我一定要先跟她們拿那枚錢幣，再去找老師處理這件事。

「小珠，小娜不是那個意思啦！她只是……」

「算了，我不想管她了。」

「我覺得妳應該放鬆一點，不用獨自處理這件事，我們還有坤庫老師。而且有那枚真的錢幣在手上……」

「妳也知道嗎？」

我再次把門打開一個小縫，然後就看到那位綁頭髮的學姊把手伸進裙子口袋，拿了某樣東西出來。

「真的錢幣在我這。」她說。

我突然有了一個念頭。這時我摸摸自己的口袋，拿出一枚五元硬幣，接著打開門，往那位綁頭髮的學姊走了過去，故意撞到她的手。

她手上的錢幣掉了下去，同時我也放開手，讓手上的錢幣掉下去，然後迅速撿起學姊那枚錢幣，說聲對不起後，立刻跑出廁所。

我使勁全力地跑，停下腳步後還不停喘氣，並緊緊握著那枚錢幣。

因為這枚錢幣會決定我的生命……

◆小珠

我遇到了很多事情，一開始見到希麗察的妹妹——娜帕，她要接她姊姊的遺體回大城府。她知道一百個鬼魂遊戲的事情，雖然不是很清楚，不過至少她知道這是一個會讓人步入死亡的遊戲。

當她把希麗察的遺體接回大城府之後，就沒有來過學校。而自那一天起，我也沒有再見過她。

那時我發現，一百個鬼魂的遊戲越來越流行，就像卡通「遊戲王」的卡片遊戲，越來越多小孩對它有興趣。大部分的人都是因為好奇想嘗試，有些還只是國中生，他們的生命才剛剛開始，為什麼要玩呢？

第一個屍體，是個才十三歲的女孩。她之所以會死，是因為收著那枚錢幣。我知道這件事是因為我夢到她，為了找出真相，我跑到捷運站，那是她最後活著的地方。

因為她不想負責了，所以請我收著那枚錢幣，那時她看起來很難過。

我收著那枚錢幣的頭一晚，有隻鬼試著殺掉我。但它很膽小，當我媽來的時候它就離開了。

除了這件事情，在捷運站我還遇到了很奇怪的男人。此外，在學校午休時，我遇到另一個男人跟我說了些奇怪的事情，他說從這個時候開始會有人跟著我，或是遇到一些事情。

我猜他是一位算命師，剛從外地來到曼谷，住在學校附近的飯店。而這兩個男人都差不多老，而且看起來都很有神祕感。

還有坐車去參加學校佛教宿營的事情，當時那枚錢幣不應該出現在我身上，但它卻在裙子的口袋裡，當我發現這枚錢幣時，車子已經開始搖晃，並且完全不受控制。接著，車子撞破轉角的護欄，掉到路旁的河流裡。河底下的情況並不像浦島太郎所見般美好，有著華麗的水底城；反倒像鐵達尼號沉沒時的悽慘，到處都有人死命掙扎。

車子沉沒後，我是最後一個逃出去的，幸好我活下來。不過，我們剛認識不到兩個小時的新朋友娜亞就沒那麼幸運了。另外，娜亞的死狀不太尋常，我想她也是屬於不得善終那種吧！

還有很多事情等著我，我也一直對自己說，再過沒幾天這些事就會慢慢降臨，而且我想我將遇到的考驗，會比小說中的英雄所遇到的還要糟糕許多吧！

我們在廁所裡聊天時，我和小娜起了一點爭執，她生氣地跑出去，而小川則是一直看著我。

「小珠，小娜不是那個意思啦！她只是……」小川試圖安慰我。我也知道小娜只是脾氣不好，自從小露死了之後，她就變成這樣了。

「算了，我不想管她了。」

「我覺得妳應該放鬆一點，不用獨自處理這件事，我們還有坤庫老師。而且有那枚真的錢幣……」小川邊說邊把手伸進裙子口袋裡，接著拿了某樣東西出來。

「妳也知道嗎？」我問她，心裡也害怕她會知道，用來玩遊戲的錢幣其實不在她那。

「真的錢幣在我這。」小川說。

聽到這句話，我嚇得張大了嘴巴。這時突然有個學妹從廁所裡跑出來撞到小川，她手上的錢幣因此掉到地上。同一時間，學妹手中的錢幣也掉了下來。為什麼會有那麼剛好的事情呢？當時我還因為小川說的話驚訝不已，所以並沒有幫她把錢幣撿起來，最後學妹撿起自己的錢幣走了出去。

「我的錢幣不見了！」小川說。但只過了一下子，我就在排水蓋附近發現一枚錢幣，於是彎腰撿起它，把它拿給小川。她拿到後就收進口袋裡，看起來沒有什麼特別的感覺。

其實我很想大聲笑出來，因為小川以為她收著的是真的錢幣，而且似乎一直這麼認為。但會不會也有可能是她先前已經安排好計畫，要把真的錢幣換到她手上，認為自己比別人還要能好好處理這枚錢幣。如果她真的這樣做，那她的心臟也很強。可惜的是，她誤會了，真的錢幣是沒有那麼涼的。

好，我要讓小川覺得她是收著那枚真的錢幣。「……小川，這樣不太好吧，收著錢幣是很危險的……」

「應該不會吧！而且我也還沒看到半隻鬼。」

因為收錢幣這件事，讓小川從一個軟弱的人變得堅強許多。另外，她也覺得是自己精神力較強才沒有看到鬼。

「一起去上課吧！離午休還有一個小時。」我說。

故事8

拜訪老師

我們想找出玩一百個鬼魂遊戲的國二學生，但是計畫並沒有成功。而且，我還沒有跟大家說真的錢幣在哪。

不是因為我想當英雄，只是我不想讓其他人受到牽連……所以我才獨自承擔這一切。

我做了一些愚蠢的舉動，才會讓事情變得更糟，而且自從那天起，小娜就不再跟我說話了。

今天是星期二，不知道對那些學妹來說，今天是遊戲開始後的第幾天了。但想想，其實這跟我一點關係也沒有，所以我應該不用那麼擔心才對。不過，我不想再看到有人死掉了。

今天我們只上半天課，下午男生們則要上軍訓課，因此我們打算下午去坤庫老師家拜訪。

「妳知道老師家在哪裡嗎？」在我跟小川說出這個想法後，小川問我。

「我問學妹了。」

「我們真的會見到老師嗎？直接去找老師適合嗎？而且老師現在不是已經被停職了？」

「然後呢？老師又不是不能待在自己家，而且除了在家裡休息，被停職的老師還能去哪？」

「相信我，老師不會在家啦！」小川信誓旦旦地說，而且後來也證明她的假設是正確的。

最後我們兩個人決定搭公車去找老師，但小娜並沒有跟我們一起去。

「妳知道小娜在哪裡嗎？」我問小川。

「圖書館，我也不知道她去那裡幹嘛。」小川回答。

聽到小娜的事，我深深嘆了口氣。同時也發現，公車上擠滿了人，但只有我們附近沒有人站。我看到其他人用很奇怪的眼神看著我們，似乎是在納悶什麼。

「呃……沒有人站也好，空氣比較流通。」小川說，但她應該也注意到其他怪怪的眼神。

我感覺其他人似乎很討厭我們，還是只是巧合？

過一會兒，抵達我們要下車的公車站，小川馬上站起來，跑到門口去。當我們下車後，剛好看到坤庫老師正輕鬆地坐在公車站。他抬頭看了看我們所搭的公車，不過他並沒有看到我們，直到我們走過去跟他打招呼。

「老師在這裡做什麼？」

他抬頭看著我們，接著說：「這裡是公共場合，我應該可以在這吧？」

我並不是那個意思，而是想問，為什麼老師有那麼多時間可以輕輕鬆鬆坐在這裡？

「妳們來這裡做什麼？」

「來找老師啊！都是因為我們，老師才會被停職，不是嗎？」

「妳們跟我被停職的事有什麼關係？」老師納悶地問。

「就是……」我正要回答的時候，老師就轉頭到另一個方向，當他把頭轉回來時笑了出來。

「我有事情要跟妳們說，坐下吧！」於是我們就找旁邊的椅子坐下，但這樣的情況讓我覺得很困惑，原本不是我們有事要來找老師嗎？這時老師接著說：「我要告訴妳們一件事，說不定妳們已經聽過了。某天很晚的時候，有個年紀跟妳們差不多的小女孩在這裡等車準備回家，那天公車很晚才到站。那個時候公車站很黑，她等了半個小時才來了一輛公車，她怕在公車站待太久會有危險，於是馬上上車，沒有注意看是哪路公車。」

好奇怪，老師講話時沒有半個人走過來這裡，連經過的車子也很少。

「她上車後，找到位子坐了一會兒，就感覺到這輛公車有點奇怪，車上除了她沒有其他乘客，甚至連隨車小姐都沒有。於是，她走到駕駛座找司機，不過當她走到駕駛座旁時，卻只看到空蕩蕩的座位……」

「鬼公車！老師拜託，這個鬼故事很久了，大家都聽過了！」小川略帶抱怨地說。老師聽了之後也笑了出來，而這樣的笑容是我從來沒見過的。

「真的嗎？我已經嘗試講比較可怕的故事了，以為妳們會相信。」老師試著讓自己不再笑，接著說：「但是，鬼公車真的存在。」

小川嚇了一跳，接著問：「真的假的？」

「妳們看不到公車上的鬼嗎？它站在妳們旁邊喔！」老師的口氣聽起來很輕快，彷彿是在講有趣的事情，但我們兩個都笑不出來。老師接著說：「它們沒有留在車上，而是跟著妳們走下車來，可能對妳們有興趣吧！」

「老師！」小川邊說邊把裙子口袋裡的錢幣拿了出來，讓我捏了一把冷汗。糟糕……錢幣應該還在我的錢包裡。小川把錢幣拿給老師看，接著說：「我猜應該是它，所以才招來很多鬼魂跟著我們。」

老師看著那枚錢幣說：「五元錢幣嗎？」講完後笑了出來。

老師看起來怪怪的，不像我認識的老師，他現在一直笑一直笑，然後慢慢地停止，感覺很像精神狀況不太好的人。

「老師……」

「小珠，怎麼了嗎？」

老師眼睛下方很黑，我們應該要先回去，讓老師好好休息。

「老師還記得那群國二學生嗎？她們曾經問過老師一百個鬼魂遊戲的事。」小川仍繼續問，她可能沒注意到老師已經很疲累了。接著說：「那些學妹們拿到那張玩遊戲的紙。」

那張紙……所有事情都是從那張紙開始的，那張紙上寫著「找到鬼魂」，而且有著很像血漬的咖啡色汙點。那是之前玩過這個遊戲的高三學生們持有的東西，但他們現在都已經死了。

「有人……」

我用腳踩了一下小川的腳，她嚇了一跳，馬上轉過頭來，似乎有點生氣，但我搶先開口：「我們必須回去了，明天還有考試。」

老師轉頭看了另一個方向，皺了皺眉頭，感覺好像有點難過。

「老師怎麼了？」小川問。

「沒事，趕緊回去念書，我也要回家了。」老師站了起來，用手壓了壓額頭，然後轉身離開。但沒走幾步身體就開始搖搖晃晃，最後整個人跪倒在地上。

那時我就確定老師一定發生什麼事了。

我和小川一人一邊扶坤庫老師回家，連賣炸香蕉的阿姨也來幫忙。老師的體重雖然和他的身高成正比，不過當我們扶他時卻是時輕時重，非常奇怪。

到老師家後，我看到一間木頭建造的二樓建築，外牆漆上了藍色油漆。由於年代較久遠，看起來幾乎都變成灰色了。而在房子前面，則有一座小花園，還有一隻狗趴在芒果樹下。

「這是他家，我幫你們開外面的門。」賣炸香蕉的阿姨說。

她幫忙打開外面的門時發出了不小的聲響，花園的大黑狗抬起頭來看著門口，牠以為有陌生人要闖進來，所以跑過來吠了幾聲。

「哇！瘋狗！」那位阿姨馬上關上門跑了出來，然後跟我們說：「我只能幫到這了，我得走了！」

於是阿姨離開了，而且走得很快，只留下我和小川扶著老師。我們慢慢開門走了進去，還好那隻狗記得主人的味道，不斷搖尾巴，沒剛剛那麼兇了。

「老師家是在這裡嗎？好安靜。」小川小聲地說。

「嗯！」我很小聲地回答，然後慢慢靠近房子的門。那是扇普通的木門，而且沒有上鎖。好奇怪，出門卻沒有鎖上裡面和外面的門。當我們推開門進去時，發現還有一扇紗門。

客廳裡沒有沙發，角落有台小小舊舊的電視，另一側是放滿書的舊書櫃，絕大部分都是和社會、歷史、佛教有關的書。最奇怪的是，書櫃上還有如何養狗的書。

「沒有沙發和椅子嗎？」小川問，於是我們讓老師坐在地墊上。屋內幾乎沒有什麼東西，除了電視和書櫃，角落只有張低矮的木頭桌。

「我去拿水好了。」小川說完後就往廚房走。我跪在地上，一直看著桌上的東西，不過看來看去，我想那應該只是張普通的桌子。

桌上有很多照片，還有一塊木板被釘在牆上，上面用圖釘釘了十幾張照片。有些照片是老師學生時期照的，照片上的其他人可能是老師的同學吧！每個人都露出燦爛的笑容，而且都擺出搞怪的姿勢。另外，還有一些是年長男性的照片，另一些則是一位胖女生的照片，戴眼鏡的她抱著很多書，伸出舌頭做出搞怪的表情。

桌上還有一個相框，裡面有一張學校的畢業照，人數大概有三十人。每個人的表情看起來都很認真，像是要拍學生證。但仔細想想，可能是因為要把畢業照拍得漂亮，每個人都面向陽光才會變成瞇瞇眼，所以看起來才比較認真吧！

為了找到坤庫老師在哪裡，我一直看著那張畢業照，但大家的髮型都一樣，而且動作也差不多，所以真的很難找到老師。而坐在學生們中間的，應該就是他們的老師了，他最大的特徵就是禿頭，而且看起來是個好人。

另外，我看到桌上有好幾張紙，有幾張寫著飼養幼犬、去除狗身上寄生蟲的方法，另一些則是學校的文件。而我沒有經過老師的同意，就隨意翻了這些紙，同時我想小川應該是在屋內迷路了。

後來，我找到兩張很奇怪的紙，真的非常奇怪。

「……夢……」

「妳在做什麼？」小川走過來，用有點驚嚇的口氣問，然後搶走我手上那兩張紙說：「這是老師私人的東西，妳不應該隨便亂拿。」

「等一下，還給我啦！我還沒看完。」我站起來，想把那兩張紙搶回來，不過小川馬上把它們拿到背後。

「妳拿水給老師。」

「小川不要這樣，拿給我看一下！」

「不！」小川很嚴肅地回答。我很討厭她這樣，她什麼時候變得那麼有自信？

「還給我！」我大聲地說。剛說完不久，就聽到坤庫老師的咳嗽聲，他已經醒過來了。

「老師！」小川跑去老師身旁，然後轉頭過來看我。她等老師翻身後，馬上把那兩張紙拿給我，示意我把它們放回原來的地方。

命令鬼！擋路鬼！真的很討厭，她打破了我可以知道老師祕密的機會。

我變得很渴望知道老師的祕密。那可能是老師日常的筆記，作夢內容的筆記，像是每個夢的片段、他的希望、老師對我們的想法，或是……下一次的考試內容！

但小川讓這件事幻滅了！

坤庫老師一直咳嗽，他用雙手壓著兩側的太陽穴，看起來很痛苦，而這樣的場景讓我幾乎忘了那兩張紙的事。

「我們一定要送老師去醫院，小川妳找得到電話嗎？」我問。

小川搖頭。我心想，這裡連電話都沒有，老師怎麼能住在這裡。

「到二樓看看吧！」我叫小川去，因為我想讓她知道，雖然她那麼有自信，但我還是可以命令她。這句話裡帶有生氣的情緒，算是我個性的缺點之一吧！還有，因為她實在太愛管我了，所以我要讓她知道，從現在開始別管我太多。

小川可能怕老師會咳到無法呼吸，或是會有其他嚴重的事發生，於是也沒拒絕，快步上了二樓。

我不敢碰到老師，他正在發抖。當我試著拍拍老師的手臂時，我嚇了一跳，馬上把手縮回來，老師的身體實在太冰了。後來，我注意到老師咳得越來越嚴重，他一隻手摀著嘴巴，另一隻手則是嘗試撐住地板讓自己站起來，不過每次都失敗地倒了下去。

糟糕！我轉頭看向外面，那隻大黑狗坐在那裡，豎起耳朵，尾巴不停地搖動，似乎感覺到我會開門讓牠進來找主人。

「去吧！去找人來吧！」我可能真的瘋了，竟然跟狗講話。這時牠突然停止搖尾巴，接著舉起前腳揮動。「不是那樣，去找人來，要不然我去找人，你留在這裡看著主人。」

牠又開始搖尾巴，好像要回答「好」一樣。

原本我要開門讓牠進來陪老師，但老師突然說：「不要……不要讓牠進來，牠會習慣的……」雖然他又咳了一次，不過情況比剛剛好多了。

老師拿起小川放在地上的杯子，喝了一口水。

「老師您怎麼了？」

「沒什麼，本來就這樣，已經很久了。」老師隨口回答。

「為什麼我們去宿營時沒有看到老師咳嗽呢？」我納悶地問。如果我知道老師在那兩張紙上寫了什麼，或許我可能就知道答案了，小川真討厭。

二樓傳來陣陣的步伐聲，老師馬上坐了起來，想看看發生什麼事。

「小川在找電話，我們本來打算叫救護車。」我告訴老師，然後接著說：「小川，可以下來了！」

「小珠幫忙一下，這道門……」

小川使勁全力想把門打開，因此門晃動得很厲害，也發出很大的聲響。於是我跟老師馬上跑上二樓，停在靠近陽台的第一道門前，接著老師用肩膀把門撞開。

小川叫得很大聲，而老師則是氣喘吁吁。這些事情並不適合病人來做，但他不但跑上二樓，還用肩膀把門撞開……

我望向房內，小川正痛苦地倒在地上哀嚎。

「對不起，我忘記妳站在門後，這個房間的門原本就需要用力一點才打得開。」坤庫老師說。

「老師，沒關係。」小川回答，但她的臉色看起來不太好，接著老師把小川拉起來。

這時我看到一面小鏡子，從鏡子中可以看到我們三個人。

但是，我看到的畫面不太尋常……鏡子中老師的陰影不斷地搖動，很像是電影中才會出現的場景。當老師站起來時，我歪著頭再看了一次，發現這次就和普通人一樣了。

我怕每件事都會越來越糟糕，不只是「現在」，而是「從現在開始」！

我很害怕那個唯一可以幫我們的人，自己會陷入危險……

上星期一夢裡的叫聲，還清楚地烙印在我腦海中。

我希望那只是作夢！

▲Chatting Room-School 請遵守學校規定，否則這個聊天室會被關閉

靈異事件研討社本社已經通過在學校網頁設置此聊天室的申請

Participants: Vigorous Campaign, Agony Blood, 東東

Vigorous Campaign says：有誰可以告訴我，昨天下午妳們兩個人到底跑去哪裡？去做什麼？

東東 says：妳說誰？

Vigorous Campaign says：妳們兩個人啦！至少一個人來說一下。

東東 says：小娜妳不是正在生我們的氣嗎？

Agony Blood says：對啊！是誰一整天不想跟我說話。

Vigorous Campaign says：好啊！如果你們真的想要這樣，那我也就真的不跟你們說話了。從這個時候開始，我們就不要當朋友了。

Agony Blood says：拜託，怎麼會那麼小心眼！

Agony Blood says：小珠，妳說吧！

東東 says：為什麼要我說？

Vigorous Campaign says：好啦！快說！

Agony Blood says：應該是妳啦！因為妳說要跟小娜解決這個問題。

東東 says：小川妳閉嘴，要不然妳就死定了！

Agony Blood says：告訴她吧！

Vigorous Campaign says：妳還有什麼事情瞞著我嗎？

Vigorous Campaign says：快說吧！
Vigorous Campaign says：不要不吭聲！
Agony Blood says：三個人這樣聊天似乎有點混亂。
東東 says：我同意。
東東 says：小川，可以請妳先離開對話嗎？
Agony Blood says：討厭，我也想聊天！
Vigorous Campaign says：聽起來妳們還沒開完玩笑！
Agony Blood says：我們去了坤庫老師家。
Agony Blood says：妳一定很羨慕吧！
東東 says：對啊！
Agony Blood says：在那裡我們遇到了很多事情。
東東 says：「道士一定要跟鬼在一起」這句話很好用！
Vigorous Campaign says：老師家嗎？
東東 says：小川都是因為妳啦，害我沒辦法好好看清楚老師家裡那張紙。
Agony Blood says：不是我的錯。
Agony Blood says：妳不該管老師私人的事。

Vigorous Campaign says：那為什麼妳們要去老師家？

東東 says：老師看起來很不舒服。

Agony Blood says：他不舒服的原因，我想是因為落水吧！

Vigorous Campaign says：拜託！妳們可以說得清楚一點嗎？

東東 says：但老師走上二樓時看起來似乎還OK。

東東 says：那妳知道老師說了什麼嗎？

Vigorous Campaign says：好啊！想要兩個人自己聊，那就隨便妳們了。

Agony Blood says：他說了什麼？

東東 says：老師說不要讓牠的狗「小胖」進來，怕牠會習慣。

Agony Blood says：哈哈哈！

Vigorous Campaign says：就這樣吧！

Vigorous Campaign 離開對話！

Agony Blood says：小娜！

東東 says：她已經走了！

東東 says：她是斷線嗎？

Agony Blood says：我覺得她是故意離線的。

東東 says：糟糕，她又這樣了！什麼時候她那個性才會變好？

Agony Blood says：如果從上面的對話來看，我想應該是我們的問題啦！

我關了電腦，走到樓下去看我放在神架的錢幣，它依舊很熱。

故事9

二……三……一……

時間過得有點慢，我試著讓自己過得比較開心，不過令人擔心的事情一直揮之不去，我想這是因為我收著那枚錢幣的關係吧！現在它依舊躺在我的錢包裡。

回家後，我就會把它放在神架上，出門時，我也會帶著它一起出門，這樣至少可以確定錢幣是在我身上。另外，出門時如果我把它放在家裡，我怕媽媽會把它丟進放零錢的盒子裡。

上體育課時，我盡量讓自己表現得很自在，但小娜並沒有，她還是不跟我說話，也不跟小川說話。昨天的事讓她很生氣，比過去的情況嚴重許多。我想，其實她很想知道來龍去脈，但放不下身段來問我們。

我和小川坐在先前我們玩一百個鬼魂的遊戲的那座涼亭，因為有著大太陽和很多學生，所以這裡現在並不可怕。

「要怎麼跟小娜溝通呢？」小川邊問邊把腳放到椅子上，讓下巴靠著膝蓋。

「不用管她，她總是這樣。」我說。

我看著正在操場上玩的其他學生，我一點都不喜歡上體育課，可能是因為我的運動神經不太發達吧！

「妳記得我們在這裡玩遊戲的那一天嗎？」小川抬頭看著涼亭上方。

我點了點頭。這件事讓我的朋友走向死亡，我怎麼會忘。

「那些國二學妹是去哪裡玩呢？」小川問這樣的問題，就好像是問我們的世界以後會變得怎麼樣。

「她們可能不是在學校裡玩吧！遊戲規則也沒有規定一定要在校內玩。」

「但是這裡有好多鬼。」

「如果娜亞現在坐在我們旁邊，她可能也會這樣說。」我不經思考地隨口說出。小川還是給了我一個微笑，假裝自己對這件事不太放在心上。然後我接著說：「算了吧！」

「妳知道娜亞為什麼會死嗎？是因為她特殊的能力。」小川說。

「對了，我有沒有跟妳講過，在水裡時有人來幫我，我想來想去，那應該不是人，可能是鬼吧！」我告訴小川。

突然間，從操場傳來一個女學生的叫聲，我轉頭望向那個方向，看到她被足球砸到了臉。

我笑了出來，但小川沒有。

♨小潘

我說過了，當雅麗死的時候我也說過一次了。因為那件事情是從我的夢境開始，而且很像是真的發生，我很想知道雅麗到底發生了什麼事。

我想知道為什麼雅麗要跳下捷運的軌道，為什麼她死之前會有奇怪的感覺。如果現在我死了，我就無法知道她到底發生了什麼事。

十二天了，如果不包括雅麗的靈魂和那隻叫作小露的鬼，我還沒有看到任何一隻鬼。

而且小蜜、莎莎或愛蒂都不會幫我的。

似乎沒有人擔心我們會走向死亡。現在事情一點進展都沒有，就連要找人來代替雅麗都還沒找到。

現在那枚錢幣在我這裡，這是少數值得高興的事。我把它放在錢包裡，我覺得它看起來不太危險，但大家都很怕它。不過，如果是它殺了雅麗，那我也會挺怕它的。

它很像普通的錢幣，常常差點都會拿它去買東西。

要換教室上課時，我經過足球場要到對面大樓。那時足球突然飛了過來，重重地砸在我臉上，我覺得腦袋都快被撞壞了。那時我的頭很暈，感覺世界會慢慢消失。

我叫得很大聲，但不是因為痛，也不是因為生氣，而是當我視力慢慢恢復時我就看到……它站在四號大樓那裡，正看著另一邊的涼亭。

那隻叫作小露的鬼就在那！她是我們開始玩遊戲時的第一隻鬼。

為什麼她會在這裡？

「妳還好嗎？」有人叫我。當我把視線移回來時，才發現許多人圍繞在我周圍。

而那些不小心把足球砸在我臉上的學長們，表情看起來很慌張，他們可能以為我暈倒了吧！接著，他們把我從地上拉了上來，還有一位眼熟的學姊也過來關心我，這時我很想馬上離開這個地方。

是那個拿到我的錢幣的學姊，我不太確定她是小珠、小娜，還是另一個學姊。

「沒關係！」我趕緊說，馬上從人群中走了出去。其實我還在想要找什麼東西冰敷一下，說不定頭上會有瘀血。但只過了一下，我就想到剛剛看見小露的事。

她來這裡做什麼？要來抓我嗎？還是時間快到了？還是，還有其他我不知道的規則？

我應該跟誰說呢？小蜜她們一定會笑我，但是沒剩多少時間了。

今晚，我一定要開始找鬼魂了！

我在學校待到晚上，現在每個通往樓上的門都已經關上了，而我一個人在二三一教室裡，還可以聞到粉筆的味道，有時聽到風吹的聲音，也會讓我害怕到嚇一跳。

似乎要下雨了，教室變得有點悶，我決定到外面呼吸一下新鮮空氣。而且，出去外面應該會比待在這間聽說有很多猛鬼的教室裡好。

我從包包裡拿出手電筒，心想還好我事先回家拿手電筒，告訴阿姨要到學校做報告，不然現在就糟糕了。接著我打開了手電筒，好讓自己在黑暗中看得到東西，但還是很可怕。

不過想來想去，在黑暗中是看不到什麼東西的，是比在光亮的地方看到東西好多了。

我拿著手電筒，把四周都看了一遍。教室後面有扇大門，連接另一棟大樓，它現在被關了起來。另外，這個門前面放著許多舊箱子和一些舞台裝飾物，還有一個儲物櫃，其中有個門沒有關好，來回擺動發出「吱……吱……」的聲音。

我一直注視著那個儲物櫃，但現在沒什麼動靜了。

我應該要先出去了，我告訴自己一定要勇敢，希望今晚至少能看到十隻鬼。

開始下雨了，比下雨還可怕的是伴隨閃電而來的巨大打雷聲。

現在我從地板上站了起來，坐在教室中間的桌子上。

又打了一次雷。

我不太確定我所看到的陰影只是普通的陰影，還是……它在我這排桌子的最後一張桌子那，但很難解釋它到底是什麼……

我馬上把手電筒照向那邊，但並沒有看到什麼。

「冷靜……冷靜……只要看到就可以回家了，別人也會做得到！」最後這一句我覺得是廢話，因為就我所知，還沒有人敢說贏過這個遊戲。而且……如果還有人做得到，我想只能看到沒幾隻鬼吧！他們會像我這麼做嗎？就是一個人在黑暗的教室裡坐著等，而且外面的情況也是很適合見鬼的。

我把頭髮往後撥，坐著等了一下子，然後決定轉身回去看看後面的狀況，但是這次我沒有用手電筒照那個方向。

黑色陰影還在同樣的地方，很像人坐在桌子上。從形態看起來很像女生，但是當我再次用手電筒照向那裡時，依舊沒有看到什麼。

我轉身回來，深深吸了一口氣，我想我是真的遇到什麼東西了。

我又把頭髮往後撥了一下，準備再次轉身，這次我一定要知道是誰坐在那裡。而且我也不太確定，只有看到鬼的陰影算數嗎？

我用手摸摸頭髮。好怪，這不是我的頭髮啊……我的頭髮只到下巴而已……

死了！我嘗試告訴自己不要逃跑，但是現在我的心似乎已經不見了！

這應該是心不見的感覺吧！會感到身體很輕，背脊發涼。

我抬頭往上看，看到一個讓我很驚恐的畫面……有個女生頭朝下倒吊在天花板上，她的頭髮垂落在我的頭上，而且那邊的天花板是裂開的。

我大叫，聽起來很像外星人的語言，而且我還喊了好幾句，在那一分鐘內，我嘴裡一直念念有詞地咒罵，那種感覺是說不出的可怕。但比這個更可怕的，就是我沒辦法控制自己要從這邊逃出去！逃得越遠越好！跑到佛統府也可以啊！

我踢倒了前面的桌子，這時我看不清楚週遭的東西，我的手臂上看起來好像有刺青。另外，我不斷把在我脖子旁、不屬於我的頭髮往後撥，接著往前跳，這些動作幾乎是在同個瞬間完成的。然後，快馬加鞭地跑到教室前門，途中跳過了一些倒在地上的桌椅，這時我也沒有時間理會放在桌上的手電筒了。

用手是打不開這扇門的，所以我把所有希望都放在腳上的螢光 Kito 牌拖鞋了。

我抬起腳用力地往前踹，幸好門開了，我從小小的門縫逃到教室外。並且試著找出還沒有鎖上的出口，一點都不敢往後看後面的情況。

這時我嘴裡一直念著：「南無……南無……南無……」。

到家後，我也沒有回答阿姨，為什麼去學校做報告會流這麼多汗回來。

今天看到了一隻鬼，還剩下九十八隻，但我想我應該沒辦法一個人做到這件事了。

「幫我這個忙，應該不會讓妳們被當掉吧！」我很激動地告訴小蜜她們昨晚在學校發生的事情，但她們似乎一點都不了解我的感覺。

「每個人都說二三一教室有鬼。」莎莎無所謂地說。

「然後呢？」愛蒂接著問我，她和莎莎一搭一唱。

「如果不找到一百個鬼魂還是靈魂，就會在二十天內死掉，要我們相信這樣的事情會不會太愚蠢？」小蜜邊摳指甲邊說。

「那我們玩這個遊戲是為了什麼？我也不想相信，但是妳們已經忘記了嗎？那天晚上錢幣真的移動到九號這個數字，說不定這些事情也會真的發生。」我問。

「誰說的？不是我們把錢幣推到那裡的嗎？」小蜜笑著說。

「那……鬼呢？小露不是真的存在嗎？昨天我也在這裡看到她，她一定會來……」聽小蜜講完之後，我覺得有點疑惑。

「拜託，那只是意外！就算沒有玩一百個鬼魂的遊戲，也有可能看到鬼啊！」

「我不信！」

「那妳怎麼確定一百個鬼魂的遊戲真的存在？」當小蜜問我這個問題時，我真的很討厭她，對我來說她就像是垃圾。

「就是我夢到的啊！記得嗎？我告訴妳有人跟我說的。」

說完後她們開始放聲大笑，接著說：「就因為妳夢到？妳以為我們會相信妳的話嗎？這很像有人說『愛情就是一種緣分』那麼好笑！」

我的臉漲紅，身體則因為生氣而發熱：「我……我知道是誰創造了這個遊戲，而那個人也告訴我這個遊戲的規則，真的有人因為玩這個遊戲而死，如果妳們沒有興趣，為什麼一開始要玩這個遊戲？」

愛蒂模仿我講話，並露出輕蔑的眼神，讓我現在很想立刻消失。由於現在是午休時間，所以有很多同學看著我們，以為發生了什麼事。

「記得，如果妳輸了，我就會變成妳靈魂的主人，這是因為我是這個遊戲的創造者。另外，妳也無法再投胎成人，而會成為我的僕人，去騙那些愚笨的人來玩這個遊戲，最後讓他們一個個死去。」

大家一直看著我，而從她們的眼裡我看到了懷疑、不相信的眼神。

我急忙用手摀住嘴巴，發現我自己不小心說出這段可怕的話了。

「妳說什麼？」小蜜問。

我確定她已經全都聽到了，但是我沒辦法再說一次，我也不知道那些話剛剛是怎麼說出口的。我想是因為我太生氣了，加上突然想到那個夢境才不小心說了出來。

「妳敢強迫我們？」莎莎站了起來，生氣地問。

「不是那樣，我不是故意要說這些話的。」

離我最近的小蜜用手抓住我的手臂，接著用力地拉我往前走，我的手臂也因此留下了深深的指痕。然後，我的肩膀撞到前面的桌子，還好我用另一隻手撐住身體，才沒讓我的臉撞到另一張桌子。

「我超討厭妳！」她小聲地對我說。現在我感覺到手臂很痛，頭不受控制地抖了幾下，不過不是因為害怕，而是嚇了一跳。接著，她用另一隻手慢慢地拉住我的領子，把我拉近她，她的眼神充滿了殺氣！

「妳們完全不知道雅麗遇到了什麼事，如果妳們沒有像雅麗那樣死掉，是什麼都不會了解的！」我說。

突然間，一杯冰沙從我頭上倒了下去，慢慢地流到我的身體。

小蜜站了起來，手上還拿著冰沙的杯子，她假裝嚇了一跳，莎莎和愛蒂則是在一旁大笑。

我從來沒有那麼難過和丟臉過。

「糟了，一定要馬上清洗乾淨才行。」小蜜抓住我的手臂，推著我往前走。這時，旁邊的人都用奇怪的眼神看著我們。

到了洗手間，小蜜把我推進一間沒有人的廁所，快速關上門後，她跑到我隔壁的廁所，把裝滿水的水盆從上面潑到我這間來，此時外面的人則是發出如雷的笑聲。那時我覺得她玩得太過火了，已經無法控制自己。

「怎麼那麼吵？」似乎有人走進洗手間，於是小蜜馬上停止動作，而她要跑出廁所前，就把水盆丟進我所在的廁所裡。

我舉起兩隻手抵擋，保護自己。此外，身體則因為滿身的冰沙和冰水而不停顫抖。

「等我一下！」外面的人說，然後那個人馬上推開門，當她一看到我就突然大叫出來。那個時候的我應該非常狼狽。

「怎麼了？」她的朋友邊問邊走過來，然後接著說：「糟糕，這樣一定要去找老師了。」

「不用，我還好。」我馬上抓住她的手臂。

「妳確定妳還好嗎？是剛剛跑出去的那個討厭丫頭做的嗎？」

「咦，我覺得這個學妹很眼熟，好像在哪裡見過。」

我吞了吞口水，就想起我在哪裡見過這些學妹，她們就是我偷換掉的錢幣的主人啊！一個叫小珠，一個叫小娜，另一個我記不住叫什麼名字。不過，名字跟長相我還是對不太起來。

我把水盆放回原來的地方，心想我一定得先回家了，整身黏黏的是沒辦法上課的。

「謝謝學姊！」我說。其實我也不知道要謝什麼，至少她們過來關心我吧！讓我感到比較輕鬆，可以露出一點笑容。

「等一下！」應該是小珠學姊叫我。

「我想起來了，妳就是那位玩一百個鬼魂遊戲的國二學生是嗎？」

故事10

地獄，一步之隔

十四天了……

我躺在床上，整個晚上翻來覆去睡不著覺。腦中除了已經知道要找誰幫忙外，還有最近發生的怪事，也包括「小露那隻鬼」的這件事。

我把所有事情都告訴兩位學姊，但是得到的回應卻是「奇怪」這兩個字。

「奇怪嗎？」我問，她們的臉色看起來有點差。

「那為什麼跟你們打賭的鬼沒有跟你們說，要再找一個人來代替已經死去的朋友？應該必須趕快找人來代替才是。」小珠學姊一手扠腰，另一隻手則是搔了搔頭髮。

「好奇怪，這隻鬼……好像不太遵守遊戲規則。」小川說。現在我才知道她的名字叫作小川，那表示另一個不在這裡的學姊就是小娜了。

「為什麼它不來找妳呢？我們玩的時候希麗察卻一直跟著我，好像怕我忘記要去找鬼。」小珠學姊問。

過了一會兒，她們知道跟我們打賭的鬼的名字時嚇了一大跳。

「小露嗎？不會吧！」

「妳們在哪玩這個遊戲？」

我告訴學姊們，我們是在一座廢棄建築物裡玩這個遊戲。那棟建築裡常有人死掉，最近有個女生也在那裡身亡，所以我們才決定到那裡玩。當我講完後，小珠學姊的動作看起來不是感到高興，就是感到擔心。

後來我才知道小露是她們的朋友，而且是因為這個遊戲而死。另外，也知道是因為小露一直收著那枚玩遊戲的錢幣，才會一直遇到奇怪的事情。不過，也因為小露學姊的膽子夠大，才得以存活至看到第五個鬼魂才死。

最後我不想提到的就是錢幣的事情。這時小川學姊表示要保管我的錢幣，而且如果需要，她會代替雅麗繼續這個遊戲。但小珠學姊卻一點都沒有提到這件事，不過我也沒有跟她說錢幣是在我這。

從學姊口中知道，她們之所以會贏，是因為坤庫老師讓跟她們打賭的鬼——希麗察能安息。我想，說不定我們也可以讓小露安息，那就不用再看到鬼了。

「問題就是，上次有坤庫老師幫我們，這次可能要靠自己了。」

「為什麼？」

「就是……老師有點怪怪的，不知道是太累還是不舒服。」小珠面有憂色地說。

回家後，我在床上想著這件事。雖然學姊們要找廟裡的和尚到那座廢棄建築裡念經，讓小露得以安息，但我打從心裡覺得不會成功。

好像……太簡單了。如果想要贏這個遊戲，傳統的方法有用嗎？

這時我想到夢裡那個男人所說的話。

「記得，如果妳輸了，我就會變成妳靈魂的主人，因為我是這個遊戲的創造者。另外，妳也無法再投胎成人，而會成為我的僕人，去騙那些愚笨的人來玩這個遊戲，最後讓他們一個個死去。」

那個男人說的事情讓我覺得有點可怕，可怕到我一點都不想去想，似乎一旦輸了這個遊戲，永遠都是這個遊戲的奴隸。

只剩下八天讓我處理這件事，要不然我可能會變成某間廁所裡的冤魂，就像小露學姊那樣。

我閉上眼睛，腦中突然浮現一個圖像，一張有血的路牌。當我張開眼睛，它便馬上消失不見，但我還記得它的樣子。

「可能只是胡亂想到的吧！」我告訴自己，雖然我心裡並不那樣覺得。接著，我緩緩閉上眼睛……

我的腳有濕濕涼涼的感覺，此時我幾乎要往前跌倒了，於是我調整了一下自己的重心，讓自己重新站好。這時我仔細看了一下四周，發現我站在一條兩側有著灰色雜草的通道中間，旁邊還有一些顏色不太鮮明的大樹。另外，這條通道直直往前延伸，與天空連為一體。

我站在一座小山丘上面，旁邊較平緩的地方有很多人在龜裂的地上走來走去，擁擠的人群和廣闊的土地形成了強烈的對比。我看不清他們的臉，只看到他們直挺挺地往前走，好像被施了什麼魔法似地。

原本我站在通道中間，現在我的腳不受控制地帶著我往前跑，快跑到通道盡頭時，又發現另一個盡頭在遙遠的一端，一樣和天空連為一體。

於是我決定不走這條通道，往旁邊跳了下去，滾到下面那片龜裂的平緩大地上。

我看到人群一直不停地走，而且總數有越來越多的趨勢，但他們所走的路卻越來越窄。人群中有人穿著白色帶些許紅色的衣服，他們的臉看起來很不清楚，感覺會從頭到腳開始慢慢消失不見似。

這時我慢慢撥開人群往前走，心裡感到很抱歉，不過他們好像一點都沒有生氣的感覺。

其實，他們似乎沒有感覺到我的存在。

下面的道路和小山丘上的通道看起來差不多，似乎都沒有盡頭。雖然有好幾萬人跟我走在一起，但我不知道該不該高興，因為他們看起來沒有生命且有點不太乾淨。儘管有人穿著乾淨的白色衣服，不過有些人的衣服上卻有著黑色汙點或紅色血漬，讓我起了雞皮疙瘩。讓我更害怕的是，他們沒有腳！而且就算有，看起來也像煙霧。

最後，我走離龜裂土地上的道路，跳進旁邊的小水潭，那裡的水深只到我的腰，接著我慢慢地撥開前方的水往前走，但奇怪的是，我的腳都沒有碰到東西，只感覺到下半身涼涼的，衣服因為濕了，貼在皮膚上。

夢境裡的感覺會這麼真實嗎？

過了一下子，傳出了莫名的笑聲。

「妳能逃離我的手掌心嗎？」

此時我很想逃，我不斷撥開前方的水往前走，逃離這個瘋狂的夢境。

現在無論是誰，只要能帶我逃離這裡就好！

「啊！」

我突然跌了一跤，好像有什麼東西割到我的腳，應該是水裡的石頭吧！我痛得抬頭往上看，當我回過神時，發現潭裡的水都變成紅色了。此時，腦中最深層的記憶突然跑了出來，而這也是一個我想忘卻忘不了的過往記憶。

那個讓我感到最痛苦的深層記憶又回來了！

我一隻手扶著腳，另一隻手則是拉住岸邊的草，試著讓自己爬到岸上去。

當上半身癱在岸上時，我感覺到有點冷，整個人爬上岸後，我就把嘴裡的液體吐了出來。

這時有某個東西似乎要從喉嚨跑出來，我試著把它吐出來，但沒有成功，於是我把手指伸進喉嚨催吐，卻發現我的喉嚨全都是血！

很難過，想吐卻吐不出來，現在我的臉上都是眼淚。

誰來幫幫我！

我抬起頭看著前方的通道，但眼裡都是眼淚，看不太清楚，於是我一邊用那隻沾滿血的手摀住我的嘴，另一隻手則是揉了揉眼睛，想要看清楚前方的情況。

「一點點……一點點……」

有個聲音在我耳邊細語，要我再往前面一點點就到了。

我看到遠處有座拱門，兩側的柱子很高，高到幾乎看不到頂。而在每根柱子旁邊都站著一個人，他們看起來沒有什麼反應，沒有理會我的意思。

我用膝蓋緩緩地往前移動，試著不要想到那個卡住我的喉嚨，讓我想要吐出來的東西。再次把手指伸進喉嚨時，我感覺到它是個軟軟的東西。

當我到達那座門時，我伸手抓住其中一個人的腳，那個人低頭看著我沾滿血的手說：「還好妳可以活著到這裡。」

他說完不久，我就被後面的力量用力抓回去，那個力量彷彿飛機即將起飛時的力量。

突然間我驚醒了，全身都是汗水，同時不斷喘息。這時我試著讓自己坐起來，並用從外面照進來的微弱燈光看著我的手。

全都很正常……

但在夢裡，那個感覺非常真實。

我馬上把夢裡所發生的事情寫在紙上，當然我也沒有忘記，要把睡前突然出現在我腦中那張有血的路牌的事情寫下來。

我感覺到夢裡的情況和那張有血的路牌都是不好的預兆，一定得找人請教，但是現在已經那麼晚了，我要打電話給誰？我不跟小蜜她們聯絡了，而我也沒有小珠學姊們的電話。

在找筆記中的電話號碼時，我找到了它，它躺在我桌上的一個盒子裡。

我把它拿起來，那錢幣感覺冰冰涼涼的，一點都不像是之前曾經被用來玩遊戲的感覺。

「這個錢幣的號碼也滿不錯的，它是在佛曆２５３１年被生產出來的，而當時我是從爸爸放零錢的盒子裡拿出來的。一開始它有點髒，不過擦拭之後就可以拿來玩遊戲了。但有點可惜，找不到佛曆２５１３年的錢幣，不然效果可能會更好。」

腦中出現雅麗說過的話，彷彿提醒我那枚錢幣是在佛曆２５３１年被生產出來的。

於是我看看手上這枚錢幣，一股寒意驟然而生……

這不是我正在找的那枚錢幣啊！這個錢幣是佛曆2540年的，一切都錯了！

真的錢幣到底在哪？

小珠

我在床上翻來覆去不下十次之後，決定從床上爬起來。今天我覺得很不舒服，那些鬼魂好久沒來找我了，或是它們來了，只不過我看不到它們？

半夜的天氣有點涼，我把椅子拉近窗戶坐了下來，然後過一會兒就轉頭去看放在桌上的那枚錢幣。

今天我把錢幣放在裙子口袋裡，但是忘記拿出來就丟進洗衣機，不知道錢幣泡了那麼久的冷水會不會變得比較不熱。

於是我把那枚錢幣拿起來，不過只過了一下下就趕緊放開，因為它還是很熱。

對那些國二學妹來說，遊戲期限還剩下幾天呢？五天、七天、一星期，還是只剩兩天？

聽那個學妹說，好像只有一個人試著進行遊戲讓自己存活。

我跟她說，如果只有一個人就想要贏這個遊戲，說不定最後的結局就是辦自己的喪禮！我不是要讓她更擔心，只是想告訴她這件事並沒有那麼簡單。但當我講完之後，我就發現其實她真的很擔心。

這時我突然想到娜帕小姐，雖然她已經離開一陣子，不過我還沒有辦法忘了她。

她是希麗察的妹妹，而這個名為希麗察的鬼魂，已經從這個遊戲的輪迴中脫離了。

我真的很想知道她現在到底在哪，而且她現在對我們還有什麼幫助嗎？

她會跟我說希麗察死的那一天到底發生什麼事嗎？

而它又是怎麼自殺的？

為了什麼？

到底它有沒有玩過一百個鬼魂的遊戲？

唉……有很多需要擔心的事情。

坤庫老師現在剛好被停職，而且身體也不太好。

娜帕小姐好像也從我的生命中消失了。

國二的學妹也努力試著去找鬼魂。

小娜從上星期二到今天都沒有跟我們說話。

另外，還有小露的事情，它和國二學妹打賭的鬼魂是同一個嗎？

「而且，那位陌生的算命師，那個男人……」我突然想到這件事。

我沒辦法把他說的話全部背起來，但還是記得一些。

「他」，那個男人提到的人是誰？為什麼會跟我有關呢？為什麼他要跟著我走？還是那個算命師只是想警告我，現在有很多偷內衣的小偷呢？嗯……對啦！最近我的內衣倒是真的少了一件。

拜託，應該沒有任何一位算命師的出現，只是為了警告有偷內衣的小偷吧！

另外，他還問我上輩子的事情，他要講的事情似乎跟我上輩子有所關聯。

為什麼當我聽完算命師的話之後，坤庫老師會很生氣呢？對我來說，我幾乎聽不懂他在說什麼。

而且一個普通人怎麼會突然消失不見？

我拿出筆記本，撕了一張紙下來，開始把下個星期為了找答案而要做的事情寫下來。

- 那位陌生的算命師到底要告訴我什麼事情？（如果問坤庫老師，可能會得到好的回應，也可能會是不好的回應）
- 為什麼希麗察要自殺？（問娜帕小姐）
- 問國二學妹，如果老師沒有跟她們說明，為什麼她們會玩一百個鬼魂的遊戲？
- 坤庫老師到底怎麼了？（如果不直接問老師，那應該問誰？）

- 學妹們玩遊戲的期限還剩下幾天？
- 為了談關於一百個鬼魂遊戲的事情，要試著去見小露，而且現在也有可能是它在跟國二的學妹們打賭。（如果它記不得我，就沒有辦法了。）

外面照進來的燈光讓那枚五元錢幣看起來比較亮，因此可以清楚看到錢幣上的圖樣與文字——泰國佛曆２５３１。

鬧鐘顯示六點三十五分，還很早啊。不對，遲到了！我馬上從床上爬起來，趕緊拿手機再次確認時間，已經七點半了！

我馬上把門打開，三步併作一步跑下樓梯，由於很急很喘，幾乎無法好好呼吸新鮮空氣。昨天我好像開了窗戶後就不小心睡著了，也還好昨天天氣沒那麼涼，要不然可能就感冒了。當我急忙跑進廁所時，媽媽只有在旁看著，並沒有說話，而且我想今天可能沒時間吃早餐了。

到學校時約八點十五分，已經超過升旗時間很久了，而且大部分同學也都回教室了，但小川還在那裡等我，也還有一些學生在那裡聊天。

「今天妳很晚到喔，等一下有泰文考試，走吧！」小川看著手錶對我說。

由於考試的關係，我們必須按照號碼排座位。我的位置後面是一整排的鐵製書櫃，左右兩側一邊是窗戶，另一邊則是缺席同學的空位。考試時我坐著搖動椅子，嘴巴則是咬著筆，因為沒有念書，此時腦中一片空白。都怪昨天晚上一直在想一百個鬼魂遊戲的事情，忘了今天有泰文考試。

「在讀完『團結泰國』這首詩後，用較正式的文法寫下你的感覺。」

看了這個問題後不禁想大笑，現在的泰國幾乎快分裂成好幾個區域了。

「小珠……」有人小聲叫我。

我抬起頭看著另一排前面的小川，她回過頭來，丟給我一張揉成團的紙。此時我心想「作弊，想作弊！」但當我打開那張紙，上面寫著「今天中午去找國二的學妹。」

我對著小川點點頭後，馬上把紙團塞進裙子口袋，害怕老師會誤會我在作弊。接著把注意力放在考卷上，期間我不斷用筆輕敲桌面，好不容易才寫出一道題目的答案，一點都不像老師說的那麼簡單。

「好難過……」

「小珠，把這個拿給她一下。」坐在我旁邊的人請我幫忙傳一張紙。

當我接過那張紙，然後傳給她時，我並沒有特別的感覺，只注意著自己的考卷。但有點納悶，好像怪怪的。

「好難過……」

「哪個是代名詞？」我一直小聲地念著題目，因為剛剛那個聲音有點打擾到我的思緒。到底代名詞是什麼東西。

「幫幫我……好難過……」

「拜託，安安靜靜作答不行嗎？」我小聲地抱怨，手也停止寫考卷，而此時我的筆指在A這個答案。我抬頭看老師，但老師現在正看另一個學生的考卷。我也轉頭去看小娜，她坐在最前面的位置，正專心作答。另外，我也轉頭去看小川，她則是認真地寫著考卷。

「真的好難過……」

此時我挺直了身體，感到有股涼意，於是慢慢轉頭去看旁邊的位子，並沒有人坐在那個位子上，就像是鬼片中的情節。

「帶我出去……帶我出去……」

我試著要看下一道題目，但跟考試比起來，那道神祕的聲音更讓我無法轉移注意力。

「帶我出去……帶我出去……」

「砰！」突然發出一個很大的聲響，讓正專心作答的同學們都嚇了一跳，有些甚至叫了出來。而我手抓著考卷馬上往前跑，卻不小心撞到前面的桌子。

後面的書櫃搖了一下後就停下來，看起來什麼事也沒有。

我轉過頭去，內心其實很不想轉頭去看，但如果我沒有轉頭，整間教室就只剩我沒有看到了。

小川一直看著我的臉，我覺得她也感覺到不尋常，問題不是出在我的臉，就是在後面的書櫃。

我跟大家一樣都看著書櫃，但最糟糕的就是我是最靠近的那個人，而且那個書櫃的門並沒有鎖起來，正慢慢地打開。

這時老師刻意發出咳嗽聲，示意我們專心考試，這讓我很高興，不用再看著那個書櫃了。但是我也沒辦法否認，剛剛我在書櫃裡確實看到它了。

那是個瘦瘦小小的小男孩，它的身體被堆積如山的文件壓住，但它的身體就像是橡膠一樣，可以隨情況調整。它望向書櫃外，眼睛則是白白大大的，幾乎快要跑出來了。另外，它有好幾顆爛瘡的黑色嘴巴張開著，手則是放在旁邊的文件堆上。總之，它的姿勢有點奇怪。

因為只透過微微的燈光看到書櫃裡的情形，不知道那個小男孩的身體還有什麼古怪之處。

我把椅子拉近桌子一些，現在我好想換位子，或是想找人幫忙關上書櫃的門。我覺得它正看著我，儘管它似乎沒有眼球……

「學姊幫我……幫我……」

這時我隨便把考卷寫一寫，然後就交卷，想跑到外面去。當我把考卷拿給監考老師時，老師看了我一下下就讓我出去外面。

到了外面之後，我真的很想打自己幾個耳光，或是把自己從大樓上推下去，剛剛考卷的最後七道題目我都是胡亂作答的。我想老師應該不知道為什麼我要那麼快交卷，這是因為在我後面還有一個沒有參加考試的小男孩啊！還好它沒有嘗試要告訴我答案！

在考試時間終了之前，小川從教室走了出來。她問我：「還剩下十五分鐘，為什麼要那麼早交卷呢？」

「因為我快瘋了，有人要請我幫忙，考試時它就在我後面。」

「什麼啊？」

「鬼啊！鬼在我後面！」我說得很大聲，大聲到有很多學生轉過頭來看我們。於是我拉她到另一邊的通道，然後接著說：「它在書櫃裡面，它一直說好難過想請我幫忙，要不是正在考試，我可能就會幫它了。」

「妳的意思是當那個書櫃搖得很大聲的時候嗎？」

「妳沒看到嗎？」

小川搖了搖頭說：「因為我看不清楚，我以為是妳自己撞到後面的書櫃，其他人應該也是這麼以為的。」

我用力地把書包掛到肩膀上，有點不高興，因為沒有人看到我看到的情景，當然也沒有聽到「幫忙我」的聲音。然後我接著說：「很特別吧，只有我有靈異體質。」

小川停了一下，轉頭看其他學生，然後回過頭來看著我說：「我知道了！」

我納悶地皺著眉頭。

「因為除了我們之外，教室裡沒有其他人有那枚玩過一百個鬼魂的遊戲的錢幣！」

上英文課時，我把昨天寫下的那張紙拿給小川，而她也毫不遲疑地拿過去看。

「我知道妳為什麼沒有念泰文了。」

「那不是主要原因，不過現在我想知道還有幾天可以處理這些事情，而且也要安排時間去找小露。」

「我想妳要自己去問小潘，我不知道她有沒有算玩遊戲的時間。不過找小露的事，參考希麗察的情況，或許可以在廟裡找到它。」

「但學妹們是在那間廢棄的建築物裡見到小露，不是嗎？那表示小露可能還在那附近。」

「希麗察呢？我們是在學校的涼亭看到它的，而且它的屍體也是埋在那。」

「可能是剛好吧！說不定希麗察是在那附近自殺的。」

「我也不確定，說不定我們的假設都是錯的。」小川一直看著那張紙，然後接著說：「嗯……我們應該去那間廢棄的建築物看看。關於坤庫老師的事情，我覺得現在先不要去找老師會比較好。」

我的想法和小川相反，我覺得現在有人陪著坤庫老師比較好。我一點都不知道老師現在的情況，那個賣炸香蕉的阿姨和那隻黑狗不曉得是否陪著他？這時我突然想到，在老師家的鏡子裡，我看見了動來動去的老師的陰影，不知道這是不是一種不好的預兆？

不過，在鏡子裡看到沒有人頭的陰影應該不是件好事吧！

「我希望小娜陪著我們，她已經不跟我們說話很久了。」

「只有我，不包括妳。不要忘記跟小娜吵架的人是我，不是妳。」

我用手摸摸下巴，想來想去，如果只是因為想法不一樣就吵架不講話，實在是件很愚蠢的事情，於是我們決定在教室前等她。但當所有同學走出教室時，就看見小娜經過我們離開，這時才知道她是故意不跟我們說話的。

「什麼時候妳才要停止這種愚蠢的行為？」我故意大聲對小川說，其實是想讓小娜聽到。

「妳是在跟我說話嗎？」小川回問。

我嘆了口氣回答：「應該吧！」

這時我看到小娜往我這邊看，但臉色突然改變了，眼睛睜大著說：「那個……」看到小娜的反應，我也回頭去看我後面樓下的通道，看到一個高個子、長頭髮、穿著工作服的女生，拿著黑色包包走了進來。雖然她戴著無框眼鏡，但是我清楚地記得她的長相。

娜帕小姐！

下課後，我和小川馬上就在附近尋找娜帕小姐。最後，我在社會科學老師的休息室見到她，不過當她發現坤庫老師不在時，神情顯得有點失望。

「娜帕小姐！娜帕小姐！」她走下樓梯前我大聲叫她。

她轉頭看我，接著說：「是妳們啊！」

我們停了下來，我接著說：「很高興又能見到妳。」我邊喘氣邊說話。

「為什麼想見到我呢？」

「我們到下面木桌那裡聊聊吧！」小川看起來比較冷靜，提出了這個建議。於是我們一起走到樹下的桌前，之前坤庫老師常常在這裡批改學生的作業。

「妳們有什麼事要跟我說嗎？」娜帕小姐笑嘻嘻地問我們。我在想當我告訴她那件事情之後，她的笑容會不會消失，不過我也必須告訴她，因為時間所剩不多了。

「我們……我們想問關於妳姊姊的事。」

娜帕小姐愣了一下，笑容還在，但下一秒表情就變了。

「我以為之前我們就已經結束這個話題了。」她邊說邊注視著我。

「我們只想知道所有的事情，我們想知道希麗察是否贏得一百個鬼魂的遊戲，而且也想知道它是用什麼方法贏的，或是它如何知道這個遊戲，我們真的需要妳的幫忙。」

「我之前就說過了，我一點都不知道一百個鬼魂的遊戲，而且我已經跟妳說過全部我所知道的事情了。」

我搖頭接著說：「我知道妳並沒有把全部的事情都跟我們說，但現在還有好幾個學生即將因為這個遊戲而死，而我相信妳可以幫我們。我想，要是妳可以告訴我們關於那個遊戲的一些規則，說不定……」

娜帕小姐馬上站起來：「小珠，真的不好意思，我沒有辦法幫妳們。」

「至少妳應該知道為什麼希麗察會跟這個遊戲有關係，畢竟它造成了很多人不幸死亡！」

突然有人說出這句話，聲音又大又清楚。我左右張望，想要找到聲音的來源。

「小娜！」小川說。

小娜站在桌子另一邊，右手揹著書包，左手放在桌上。對我來講，她現在的出現就像英雄降臨，讓這件事出現了一道曙光。而且小娜一直注視著娜帕小姐，看起來似乎很恨她。

「妳姊姊做了很多事情！」

「妳們到底要說什麼？」娜帕小姐對小娜的出現似乎嚇了一跳。

「妳姊姊……」我頓了一下，想確認她注意聽我說話，然後接著說：「它是在遊戲中跟我們打賭的鬼！」

「我們在玩一百個鬼魂的遊戲時，它是我們生命的主人，它也掌控了所有規則。而且那時如果有人對它不親切，它就會馬上殺了那個人。」小川說。

這時我們就像在說一件普通的事情。其實要告訴娜帕小姐她姊姊是鬼，而且還殺害了很多人並不是件容易的事。但娜帕小姐也是普通人，她搖搖頭，不同意我們所說的話。

「這不是真的，我姊姊不會那樣做，姊姊總是陪伴著我，姊姊……」

「娜帕小姐，我們也不想這樣說，但……」

我本來要伸手握住她的手，讓她相信我說的話。但她卻馬上把我的手撥開，起身走向學校門口。

「娜帕小姐！」

「我們做錯了什麼嗎？算了，妳們還好吧？」小娜抓了抓頭說。

我轉頭去看小娜，她看起來有點害羞，而且接著又說：「我知道有時候我是有點愚蠢，但是……」

「我們要去找小露，如果沒辦法解決這個遊戲的問題，就一定要找到導致問題的原因。」

我說。

故事 11

人鏈（Chain of human）

那棟廢棄建築物原本很高，不過現在已經被拆除了，外面則是圍著一層綠色金屬隔板。隔板裡有著拆除後所留下的磚瓦與廢棄物，直到現在都沒有人來處理，也可能是他們已經忘記這裡的存在了。

我移動手上的手電筒照亮四周，看到綠色隔板上有著一塊紅底白字的牌子寫著：「危險！施工中！」看到這塊牌子，心裡感到有點可惜。

小娜在附近走來走去，發現了一道缺口。這道缺口被鋼線綁住兩側，防止有人進入。

「我知道要怎麼進去了。」我用手電筒照著那些鋼線，小娜把一側的鋼線解開，接著我們一起走進裡面。

進去後，我們所站的地方十分不平坦，且散布著許多大大小小的混凝土塊，其中還有幾塊鋼筋外露。廢棄物相當多，堆疊成一座小丘狀，在裡面活動時必須越過許多障礙物，一定得格外小心。過了一會兒，小川搖動著手電筒，似乎是要給我們什麼信號。

「這裡應該就是廁所！」當我和小娜試著爬過那些混凝土塊時，小川對著我們大叫。

「妳猜對了。」小娜小聲地說，同時用手電筒去照馬桶，才發現它已經被毀壞，分成兩半了，然後接著說：「他們可能要破壞這個馬桶。」當她一講完，突然有陣風吹過來，我們便聞到一股惡臭，趕緊用手摀住口鼻。

「到底要怎麼做才能見到小露？」小川有點害怕地問。

「就叫她吧！我們有很多叫鬼的方法，選一個試試吧！」我回答。

「小珠，這裡除了小露，可能還有其他鬼……」聽了這句話，我知道我認識的小川回來了。

小娜把手電筒靠在她肩上，不理會小川，接著說：「為什麼不找叫作小潘的學妹一起來？說不定她會幫忙我們確認，那個鬼是不是我們正在找的小露。」

「小潘年紀太小了，那麼晚叫她出來應該不太好。」

「那我們呢？那麼晚出來應該也不太好，如果警察看到我們就麻煩了。」

「還有其他事情會比跟遊戲有關的事令我們害怕嗎？我很想知道創造這個遊戲的人現在在哪。」我說。

突然間，小川用手摀住口鼻，從她原來站著的地方跳走。

「怎麼了？」我問。但是小川一直搖頭，而且皺著眉頭。

這時小娜用手電筒去照馬桶的底座，但沒有發現異狀，於是她對小川說：「妳在怕什麼？」

「妳們一點感覺都沒有嗎？」小川說。

我愣了一下，馬上就了解了。隨著風吹過來，傳來香的味道，如果沒有注意聞，很容易就會忽略這個味道[1]。

「就是那個啦！」小娜大聲地說。她慢慢把手電筒往下移動，就看到前方有個黑色陰影緩緩飛過來，但是飛到一半就消失了。

「那一定不是小露！」小川抓住我的衣服說。

我沒有說話。過一下子，又有微微的風吹了過來，同樣帶著香的味道，此時黑色的陰影又再次出現……

那個陰影在距離我們五公尺的地方停了下來，這時我們三個人都把手電筒關起來，不想去照不是人的東西。小川再次緊抓著我的衣服，我不想看那個陰影，但沒辦法……

「小露……是妳嗎？」

沒有任何回應，而且那個陰影也停在那裡。

「我們來是為了拜託妳……」我準備開始說，但是小娜突然走到我前面，然後拿起手電筒照向那個陰影。

眼前是個女生，它的頭髮蓬蓬的，而且很亂。眼睛四周有著很深的皺紋，眼睛是白色的，眼球部分看起來被割過，還有血從眼裡流了下來。當手電筒的燈光照到它的臉時，它看起來很生氣，接著張嘴大叫。

「小娜！」

我馬上用手撥開她手上的手電筒，這時小娜失去重心，先跌在小川身上，接著滾到馬桶旁。而我也跌坐在地上，不過還好我馬上停住了，要不然我的臉可能會撞到地上的鋼筋。

這時那個陰影的叫聲停了，不過仍可以聽到小娜和小川的叫聲。

「噢……」

我慢慢撐住身體站起來，右邊膝蓋因為擦傷隱隱作痛。而小娜的手電筒則是不知道掉到哪去了。

我們三個人在只有月光的情況下待了一會，然後小川打開她的手電筒，讓我們重見光明。

「我的背好痛。」小川邊說邊用手摸了摸背。

「小娜，妳還好嗎？」我馬上跑向小娜，她看起來很痛苦，然後我對她說：「對不起，我應該用說的，不該直接動手。」

「這樣也好，要不然我會因為嚇一跳而愣在那，那個鬼真的超可怕。」小娜說。

註釋

1. 在泰國故事中，鬼出現之前會先聞到香的味道。

「我也沒看過……呃……那樣的東西……」
「妳的意思是鬼嗎？」她問。
「不是不是，之前我以為鬼會害怕燈光，就像是傳統的鬼。但是現在的鬼卻不再害怕燈光了，可能因為在大城市裡，到處都是燈光的緣故吧！」
「可能有些鬼也會怕燈光吧！」小川用手電筒照著我們兩個人，然後慢慢走過來，接著說：「那應該不是小露吧？」
「當然不是！」我馬上回答，「如果是小露，那麼以後我什麼都不想做了，我可不想和嘴巴大到可以吃我的頭的鬼溝通！」
「小川，有那麼好笑嗎？」小娜說。
「妳說什麼？」
「就是妳一直笑啊……」
「我哪有，是小珠啦！」
我沒有接話，現在我已經知道，除了我們三個人，這裡還有其他東西存在。
「為什麼妳一個人在那裡？」我問。
「妳在跟誰說話？」小娜邊問邊環顧四周，接著說：「因為我現在和……」
我們又要看到某個東西了，某個會讓我們感到驚恐的東西……

我感覺到小娜正試著控制自己，不讓自己受到太大的驚嚇。

這時眼前的影像越來越清楚，我們看到小露站在黑暗的環境中，頭髮很亂。

「小露……真的是妳嗎？呃……還是不是妳？」小川顫抖著聲音問。

如果我是小川，我也會對之前是我們好友的小露感到害怕，因為最近見到她時，她也沒有好好地跟我們講話。

我記得那時候小露好像要對小娜做什麼事，讓小娜驚恐地跑出大樓的陽台，我想也只有小娜知道事情真相。但我並沒有問她，畢竟小露是她最好的朋友，如果我一直問一直問，可能會對小娜的心情造成影響。

「來幹嘛？」小露的聲音一點都不像活著時候的聲音，也不像之前那麼活潑。

「妳是不是和國二學妹們玩一百個鬼魂的遊戲？」我直接了當地問，連打招呼都省略了，因為現在的小露已經不是我們所認識的小露了。

「是！」

「為什麼妳要這麼做？妳也知道如果玩這個遊戲會遇到什麼樣的事情，妳應該……」小川語帶失望地問。

「妳們覺得那些國二學妹會遇到什麼事？為什麼妳們不想想我會遇到什麼事？」

「什麼意思？」

「那些人很笨，是她們自己想玩這個遊戲的，她們的死活對我來說並不重要。」

「小露，每個人都愛惜自己的生命，包括我、那些國二學妹，還有妳之前也是一樣。」小川說。

「告訴我，妳到底怎麼了？」我問，同時瞇著眼睛看著它，看到它的臉和凌亂的頭髮，我意識到現在的它已經不是我們普通人可以碰觸的了。

小露面露苦笑，那個笑聲似乎意味著我們一點都不知道它現在的情況。然後她接著說：「妳們應該不知道吧！如果因為玩一百個鬼魂的遊戲而死會遇到什麼情況？像我就是會被一直關在這裡，不能出去其他地方。」話聲剛落，它就從黑暗中伸出手來。

這時小川突然叫了一聲：「啊！」

而我則是一直注視、一直注視著眼前的情況……

小露長長的頭髮掩蓋住它伸出的手臂，當它把手往上平舉時，有個看起來像是黏在它手上的身體一起被舉了起來……

其實我不應該把那個東西稱作身體……因為那是人的頭，沒有脖子以下的部分。

「我從來沒有看過這種場景……」小娜說，她的聲音沙沙的。我也是，不知道玩這個遊戲的下場竟然是這樣。

「一般來說，我們不常讓普通人看到這樣。」小露說完不久，它手上的那個頭就突然消失了，氣氛也隨之凝重起來。

希麗察應該也是這樣吧！每個因為玩這個遊戲而死的人，應該都是一個拉一個，就像一條人鏈般接連死去。

小露笑著看著我說：「嚇了一跳嗎？妳沒有見過這樣的情況？妳沒想到如果輸了就會遇到這樣的事對不對？如果一開始妳就知道，應該就不會玩了，是不是？而且妳也不會試著要去幫其他玩遊戲的人，對吧？」

說不定小露是對的，如果我一開始就知道輸了會有怎麼樣的下場，那這些亂七八糟的事情也就不會發生。

而且，我也不會找大家來玩這個遊戲，不會為了要玩這個遊戲而找大家去問坤庫老師，最後也不會讓小露因為這個遊戲而死。還有，那些國二學妹們也不會跟這個遊戲有所牽連，更不用遇到可怕的情況。

「妳到底要不要幫我們？」小娜問，她的聲音聽起來也滿害怕的。另外，我想那個黏在她手上的頭說不定還在這裡。那個東西可能還會抓住另一個頭或身體，像是人鏈一樣，一個黏一個。

「幫什麼？」

「請妳不要讓她們用生命來跟妳打賭，而且就算期限到了，也不要殺了她們。」

「如果我留下她們的生命，我會得到什麼？」

「如果妳再繼續殺人，妳就會變成和希麗察一樣。拜託妳，請妳停止一百個鬼魂的遊戲！」小川說。

小露笑了出來，是個讓人感到害怕的冷笑。這個笑聲就像回音一樣，不斷環繞在我周圍。小露接著說：「我已經殺了人，如果妳要罵我是殺人魔，也隨便妳們。」

「妳殺了誰？」我用略帶生氣的口氣問它，這時很像在跟陌生人講話，一點都不像跟朋友講話。

「一個叫雅麗的小女孩，因為它收著那枚錢幣。」

我不認識那個女孩，但我猜，它就是在暹羅捷運站被捷運輾斃的學生。那個女孩叫我去月台，為了讓自己得以自由，它請我收下那枚錢幣。現在，我覺得那個女孩已經在這個遊戲的人鏈裡了，永遠沒辦法好好安息。就我所知，收著那枚用來玩遊戲的錢幣的人處境最危險，因為那枚錢幣變成通往兩個世界的門，或者說是給鬼走的道路也行。而且它就像信號的發射器，會吸引許多鬼前來，收著那枚錢幣的人會就此發瘋也說不定。而之前的小露，也就是因為收著錢幣而不幸死亡。

「為什麼要殺她？時間還沒到不是嗎？而且無論她是收著錢幣的人，或是輸了這個遊戲，妳都沒有權力殺她，也不該把她推下軌道！另外，妳也沒有任何權力殺掉其他的人！」我納悶且略帶生氣地說。

「珠塔麗，那是遊戲的規則！」小露叫了我的本名，這時我就更加確定它不是我所認識的小露。過去兩年，它從來沒有叫過我的本名，我們彼此都叫對方的綽號。小露接著說：「一百個鬼魂的遊戲是有主人的，而且他創造這個遊戲是為了給我們這些愚蠢的人來玩，然後跟隨他的規則。看在我們是朋友的份上，我告訴妳其中一個規則：收著玩過遊戲的錢幣的人一定會死！無論是不小心收著或是刻意保存，來不及把它丟出去的話一定會死！」

主人嗎？

遊戲的規則嗎？

誰創造這個遊戲呢？

不是只是有人杜撰這個故事嗎？

小露說的到底是什麼事？

「如果我不動手，其他鬼魂也會動手，要不然我的主人也會親自出馬。」

「妳會不會看太多卡通了？沒有人可以當妳的主人，妳會不會只是自己騙自己？而且妳的意思是指，這個遊戲有背後的操盤手，而且他還可以掌控所有人的生命，並且讓大家都步入死亡？」我說。

小露慢慢低下頭，整個身體彷彿被黑布掩蓋，接著說：「我真的沒有辦法幫妳們，妳們自己也要小心，我的主人厭惡想要終結這個遊戲的人。」

我馬上站起來，轉身離開，一句話都沒有說。小川、小娜也轉身一起離開，兩個人的臉色都不太好。

「如果小露說的事情是真的，那該怎麼辦？」小川對我說。

「小露的死並不是意外，是她自己笨，會讓別人叫她去死！」我回答。

「妳還記得之前在學校的時候嗎？當我被拉出去四樓的陽台，小露告訴我它被拋棄在那棟廢棄建築裡，我覺得她還在氣我們把她留在那。」小娜說。

「它已經死了，現在它已經不是我們的朋友了，至少我也不想當鬼的朋友。」

「小珠，我們不是收著那枚錢幣嗎？如果小露說的是真的，那我們之中一定有人會死。如果……死的是我呢？那我收著的一定就是真的錢幣……」小川顫抖地說。

「妳們在說什麼？」小娜問。

「我覺得我這裡的錢幣是真的，是學妹們拿來玩遊戲的錢幣。自從我收著它之後常常遇到奇怪的事，有時候也會聽到奇怪的聲音……」小川說。

「現在已經很晚了，我們先回家吧！」我立刻結束大家的對話，然後走到外面的大馬路，路上還有很多車。由於我不想再聽到小川發表她的想法，所以跳上一輛最靠近我的公車準備回家。

「再見囉！」小娜揮手向我告別。當我上車之後，先付錢買票，然後抓住上面的握把，一點都不想轉頭去看後面的小娜和小川。此時，我感覺到心跳加速，而且不太舒服。腦中閃過小露的話，如果小露說的是真的呢……

我馬上把車票放進褲子口袋，還好那枚錢幣不像之前參加宿營時突然出現在口袋裡，這也讓我鬆了一口氣。

如果小露說的是真的，說不定我可能會被某些鬼魂或是小露稱作「主人」的那個人列入黑名單。這樣的話，可能下個月、下個星期、明天或下一分鐘我就會死，而且連自己是怎麼死的都不知道。

雖然已經到家了，不過腦中還存有很多疑惑。而且小露也透露，其實一百個鬼魂的遊戲還有許多我們不知道的面向。

媽媽坐在客廳沙發上等我，從她的眼神我可以感覺出自己要挨罵了。有位客人坐在另一邊的沙發，我只能看到她的背面。

「為什麼這麼晚才回來？」媽媽問。

「不小心玩得太晚了。咦，那位是誰呢？」我說。

當那位客人轉頭過來，我快嚇暈了。

「娜帕小姐！」

「您請便，不用客氣。」媽媽對娜帕小姐說完後就走開了。這時娜帕小姐給了我一個微笑，然後走過去坐在媽媽剛剛坐的位子上。

「您有什麼事嗎？」

娜帕小姐拿了一個東西給我，那是一本大大厚厚的日記本，裡面似乎寫了很多事情。不過，為什麼她要拿這本日記本給我？

「我最多只能幫到這樣了。這是我姊姊的日記本，我讀過兩次，但還是不了解姊姊所提到的那件事。我想妳應該比我更認識一百個鬼魂的遊戲，說不定妳看了之後就能夠知道我姊姊提到的是什麼事。」

我打開日記本，第一頁是空白的，第二頁則是希麗察與娜帕小姐的照片，照片裡的她們年紀還很小，看起來很活潑。另外，希麗察的臉一點都不像我之前見到的那樣。

「我得走了。」娜帕小姐說完後便離開了，我連再見都來不及說。現在的她感覺有點悶悶的，或許是因為上次在學校時我們對她說的話太重了。當然啦，沒有人會喜歡別人說自己的姊姊是殺人魔。

我拿著那本日記本回房間，躺在床上一頁頁地翻。對我來講，別人的祕密就是我感興趣的事。

我從第一頁看到只剩最後二十頁，而這二十頁就永遠改變了希麗察的人生。

故事12

代罪羔羊

佛曆2534年10月7日

聽說學校裡有很多學生正在玩一百個鬼魂的遊戲，這個遊戲聽起來滿有趣的，但我倒是不太相信這些事。

佛曆2534年10月8日

小莫她們也玩這個遊戲，我從來不曉得她那麼勇敢。不過，她們玩了這個遊戲之後，當有同學問起她們到底發生什麼事時，她們看起來都不太高興，似乎不想回答這個問題，後來小莫才跟我說，她們必須找到一百個不得善終的鬼魂才行。雖然這件事情聽起來很誇張，但是她們卻莫名認真。

佛曆２５３４年10月9日

這天小莫的朋友小波來找我，請我幫忙收著那枚用來玩遊戲的錢幣。雖然我沒有笨到會收這枚錢幣，不過由於我也不太相信這件事，最後我還是答應幫忙她們。當我同意幫忙保管錢幣直到她們完成遊戲時，她們顯得非常高興。但到現在我也還在納悶，為什麼她們對這件事情那麼認真？

佛曆２５３４年10月10日

她們的神色看起來越來越糟糕，於是我叫小野去問小莫，她們到底怎麼了？後來小野跟我說，她們對於這個遊戲太認真了，但是到底為什麼要那麼認真呢？現在我開始想知道這個遊戲該怎麼玩了。

每次當上自然科學課的時候，我們班看起來總是亂七八糟！！

雖然我和小波沒那麼熟，不過當我跟小波正在做我們所負責的打掃工作時，我們聊了一下，才知道她已經好幾天沒有睡覺了，就只是為了玩那個愚蠢的遊戲。後來我也問她為什麼要對這個遊戲那麼認真，不就是要找一百個鬼魂嗎？而且就算沒有完成，也只是輸了遊戲，沒什麼大不了！

不過她跟我說事情並不只是那麼簡單，輸掉遊戲的人不知道會遇到什麼可怕的情況，而且要找到不得好死的鬼魂，也並非一件容易的事情。甚至她也告訴我，有很多鬼魂跟著她回家！

這真是太好笑了！但是應該只有我一個人覺得好笑吧！我看到小波一點都笑不出來，而且低頭沉默不語。但是當我試著問她錢幣的事情時，她就請我繼續收著，同時急著要結束這一個話題。到底她們是怎麼了呢？還有她說：「剩下沒幾天，要是來不及就慘了！」這句話是什麼意思呢？

佛曆２５３４年10月11日

當我走路上學的時候，我感覺到有人在我耳邊吹氣，而且當氣吹進耳朵之後，我就聽到有人講話的聲音，但是由於聲音太小，所以我不知道到底講了什麼？另外，當我轉頭環顧四周時，也沒發現有任何人走在我的旁邊。

關於學校附近那棟曾經發生火災的廢棄工廠，最近校內正在流傳，有人想要把它買下來，然後改成賣文具的商店。另外，就我所知，那棟建築物以前是塑膠工廠。

但是現在那位買主已經死了，死在那棟廢棄的工廠裡面。另外，有人說他是為了要監督在裡面工作的勞工，才會搬進裡面住。不過因為他並沒有告訴別人要在那裡過夜，因此那些勞工都不知道他死在那裡。

真的很可惜，這棟工廠可能會這樣繼續荒廢下去，而且我想也沒有人敢再買了吧！另外，清理工作一直沒有完成，只看到被燒燬的東西被放在外面。不過現在或許已經被放回去了吧！

二十年前的一把大火，造成裡面很多人不幸死亡，就連那時來處理善後的老闆兒子，也不幸去世。因此，才會讓買主的死因蒙上神祕感，同時也讓其他人不敢再來買這棟工廠，怕會遇到相同的悲慘遭遇。

對了，流傳在那棟工廠旁邊的小路，有人在那邊玩一百個鬼魂的遊戲，而且好像其中有一位小男孩死亡，這則新聞還被刊登在報紙上。不過大家對這件事情並不太在意，覺得那只是一場意外；但對於我們學校的學生來說，大家倒是挺相信的，特別是和一百個鬼魂的遊戲有關係。

現在無論去到哪裡，都有人提到一百個鬼魂的遊戲，讓我感覺很無趣！而且到現在小莫她們也沒有來把錢幣拿回去。另外，我不想把錢幣放在身上，並不是因為害怕，只是擔心會不小心花掉。

小野對於那棟工廠的事情很感興趣，今天應該也有很多人在那裡圍觀吧！

跟我想的一樣，的確有很多人在那裡圍觀。而且大家並不只是走路經過，而是真的在工廠周圍觀看。另外，也看到有警察正在那裡作記錄。

當大家都在圍觀時（我也在那裡），我看到有個像是大學生的男生，上面穿著咖啡色上衣，下面則是穿著一條牛仔褲。我看了他很久，不曉得他來這裡做什麼；他則是一直注意裡面的情況，一點都沒有注意到我。不過後來當我靠近他的時候，他就問我這裡發生了什麼事。

我告訴他這裡又有人死了。他聽了之後點點頭，然後接著問我死掉的人是誰，我告訴他是一位新買主，想要買來改建成文具店。聽我講完之後，他一語不發地倚靠著身後的牆壁。

感覺好奇怪！

一會兒就有另一個看起來帥氣有錢的男生，坐著一輛賓士車過來。後來當我聽到他跟我之前說話的那位男生打招呼，才知道剛剛跟我講話的男生叫作坤庫！

我偷偷聽他們兩位講話滿長的時間，才知道他們是來這裡找朋友，但似乎並沒有找到。另外，當他們聊天的時候，那位叫作坤庫的男生則是一直看著那棟工廠裡面。過了一下子，我就聽到那位比較有錢的男生跟坤庫先生表示，不用找那位朋友了，聽到這樣，我想他們已經找那位朋友很久了吧！現在，警察先生請圍觀人群離開，他們也不例外，所以我就沒有再聽到他們的對話了。

今天有很多讓我感到納悶的事情！

佛曆2534年10月14日

小莫身體越來越不舒服，最近常常請假。另外，跟她一起玩的朋友也差不多，情況看起來也不太好，當早上要來學校上課的時候，幾乎都是跑著進教室的，看起來像參加馬拉松比賽。

佛曆2534年10月15日

今天上烹飪課的時候，小莫不小心被刀子割傷了手，真是可憐。

佛曆2534年10月16日

到底是怎麼了？小莫她們輪流請假一天，或是兩天。現在就連老師都感到有點納悶。

佛曆2534年10月23日

現在我的生活已經開始被打擾了，儘管我不想相信，但還是得相信，因為當我正在寫日記的時候，我開始看到了！其實我一點都不想寫到這件事，因為它真的很可怕！一開始我並沒有什麼感覺，不過沒多久就有水從天花板滴落到我的桌子上，為了看得比較清楚，我開了燈，接著就看到紅紅黑黑的液體在我的桌子上。然後我抬頭去看上面，所看到的情況就讓我嚇到說不出話來了。

我發現它可能是一直跟著我走，但是為什麼它要跟著我呢？

一定是那枚錢幣造成的，我明天就要把它還給小莫！本來兩天前就打算還了！

我現在快發瘋了，儘管我從來不相信這樣的事情！

佛曆２５３４年10月24日

今天我忘記還那枚錢幣了，晚上可能要跟媽媽睡了。

佛曆２５３４年10月25日

呃……又忘記了！

佛曆２５３４年10月26日

小莫那一群人今天全都請假，我本來要把錢幣還給她的，快發瘋了！

佛曆２５３４年10月29日

小波死了，真是令人不敢相信！她怎麼會死呢？聽說她是從樓梯上面摔下去，頭部重擊地面而死。另外，今天小莫來學校上課了，我們一直追問她到底發生了什麼事，不過她看起來比較擔心自己，而不是難過小波的死。最後當我要把錢幣還給她時，她一直推拖拒絕，不想收下，還告訴我要丟掉那枚錢幣，她不會再用它了！對了！她還說一切已經來不及了。怎麼可以這樣，讓我收著這枚錢幣那麼久，而且還遇到可怕的事情！

佛曆２５３４年10月30日

我現在快受不了了，小莫還跑來家裡找我，請我能夠代替她死。我一直大聲咆哮，然後問她到底是什麼事情，不過她只說了一聲對不起，就跑走了！

她說她好像正在通往死亡的道路上，而這和一百個鬼魂的遊戲會有什麼關聯嗎？

我本來想要丟掉那枚錢幣，但想來想去就決定把它拿去花掉。

佛曆２５３４年10月31日

今天我發現小莫她們騙我收下那枚錢幣！這是因為小莫的一位朋友告訴我，如果玩這個遊戲輸了，就一定會死！簡單的說，就是在二十一天之內，如果找不到所有鬼魂，就會被殺掉！而且收著錢幣的人，也同樣會死！所以我才發現之前小莫是在騙我，她告訴我只有收著錢幣，並不會怎麼樣。但是現在我正走向死亡嗎？………（這裡看不清楚）………都是因為她們！

故事13

房子的主人

就以一間只要住三個人的房子來說，小川的家是相當大的。現在因為她的父母已經外出工作，所以我和小娜才有機會到她家參觀。

小娜背靠著牆坐著，手裡則是正剝著橘子要給我吃；小川則是在床上讀著希麗察的日記本，而且她看起來比念書準備考試還要認真多了。

當小川讀日記的時候，她一直咬著手指甲，我從來不曉得她有這樣的動作。在我問她之後，才知道當她讀書的時候，會有這樣的習慣，並不是因為嚴肅的關係。

「看完後，是否得到什麼訊息？」我問著正把橘子塞進嘴巴裡的小娜。

「我說真的，當我念完之後，根本沒有得到什麼訊息！」

這時小川闔上日記本，然後在她的床單上擦了擦手指，接著說：「這本日記也挺厚的，念完也花了我不少時間！」

「誰教妳從頭開始念啊！」小娜說。

「我只是隨便瀏覽過去而已啊！但是這倒可以證明小露所說的是真的！」小川說。

「所以儘管希麗察沒有玩這個遊戲，她還是得死嗎？」小娜邊咬著橘子邊說，同時手裡還在把玩著其他的橘子，然後她接著說：「那些人真的很難看，讓她當了代罪羔羊！」

「但是……有人說希麗察是自殺死的，不是嗎？」小川從小娜手裡拿走了橘子，然後接著說：「到底她是自殺，還是被……某樣東西所殺的呢？」

這時我放鬆地躺在地板上，現在似乎有很多事情需要思考。

知道越多，疑惑也越多！

只有讀希麗察的日記本，並不足以讓我們知道一百個鬼魂的遊戲其他的規則。不過就算是我，也不會把這個遊戲的規則與細節寫在日記本上吧！

「那這一頁……」小娜把希麗察的日記本拿起來，打開到有寫字的最後一頁。上面有著紅紅黑黑的汙點，而且顏色很深，深到我們看不到下面的文字；另外一邊則是有很多黑色的汙點，布滿了整個頁面，看起來很像……

「血！這裡一定有一些字句被遮住了！」小娜說。

「可能有兩種情況，第一種就是希麗察在被殺之前，就先自殺了；或者是直接被殺！但是……當我們第一次見到她的時候，她不是自己告訴我們她是自殺的嗎？」我說。

「坤庫老師應該知道這件事情吧！」小川邊說邊打開那本日記，所翻開的那一頁記載著在10月11日所發生的事情，而這算是當她認識一百個鬼魂的遊戲之後，所寫過最長的一篇日記吧！不過對我來講，這篇日記並沒有什麼特別的地方。

「到底那裡特別呢？」小娜問小川，她應該跟我有相同的想法。

「這裡呢？希麗察所見到的男生，他的名字叫作坤庫啊！」小川指希麗察所寫下的坤庫給我們看，雖然名字是寫錯的，但發音卻相同。

「到底老師去那棟廢棄的建築物做什麼呢？那個……也是滿奇怪的，老師曾經見過希麗察嗎？」我說。

小娜想了一下，同時抓了抓她的下巴說：「為什麼老師沒有告訴我們呢？有可能老師真的不認識她，連希麗察都寫錯老師的名字！」

「對喔！最近妳們是否見過老師？」小川問。

我在心裡回答沒有見過，因為自從那一天我們到老師家拜訪之後，我們就再也沒有見到老師了；但是對小娜而言，由於老師被停職，所以自從宿營活動之後，她就再也沒有見過老師。另外，現在我也滿擔心老師的，因為自從知道他生病很嚴重之後，一點都沒聽到關於他的消息。

「我們……一起去找老師嗎？妳們去過老師家了，應該還記得路吧！」小娜嘗試問問大家的意見。

「錢幣的事情呢？」小川邊說邊從床上跑到地板上，小小聲地繼續說：「收著錢幣的人會被列入黑名單，因此過不久或許我們其中一個會死，說不定就是我……」

「為什麼會是妳呢？妳好像知道真的錢幣在哪裡？」小娜聲音嚴肅地說。

這時我心裡在想，該怎麼跟她們說不用擔心錢幣的問題，因為真的錢幣其實在我這裡。不過想來想去，最重要的就是不要跟她們講真的錢幣在哪裡，否則她們兩個人或許會做出什麼愚蠢的事情。

我到底怎麼了……不是想要當好人……或是想要當一個很好的朋友，就只是覺得那枚錢幣是故意來找我的，所以或許一開始我就被列入黑名單了，而且說不定現在我即將要死。還是……如果我可以找到丟掉錢幣的方法，那麼可能我就不用死了！

但是……如果明知道可能被殺掉，而我還是把錢幣給小娜或小川，那麼我的行為會不會太誇張呢？

我覺得我做不到，我實在太膽小了，而且我一直說是小露給我們帶來很多麻煩，但是其實這件事是從我開始的，小娜和小川也是後來才被捲進這個事件。另外，如果當初我不要理那個叫雅麗的女孩……那我也不會帶給朋友們麻煩……

或只是把錢幣給其他的人就好了……就只是這樣……

「小珠！」

我嚇了一跳，抬起頭來看著兩個朋友，她們則是用很關心的眼神看著我。

「不要發呆啦！我們一定要一起找方法，該如何處理錢幣的事情？」小川說，接著把一枚五元的錢幣從她的包包裡拿了出來。

「把錢幣放在這裡吧！這樣它就不會出去害人了！」小娜建議。

「這樣不行啦！我已經嘗試過了，當我們參加宿營的時候，那時我把錢幣放在家裡，但它卻還是出現在我裙子的口袋裡，我也不知道它是怎麼來的？所以我覺得放在自己身上比較好，至少可以隨時確定它在哪裡！」我說。

「那我們就把三枚錢幣放在一起，然後輪流保管，如果開始遇到比較不好的情況，就可以先把錢幣放在其他的地方，等到情況比較好再拿回來。」小娜建議。然後她接著說：「因為我們無法真的把它丟掉，所以就先用這樣的方法吧！」

這時大家準備要把各自的錢幣拿出來放在一起，而我則是知道自己該怎麼做，所以當我把手伸進口袋時，我的潛意識要我拿另一枚錢幣……一枚沒用來玩過一百個鬼魂的遊戲的錢幣！

我看著小娜和小川把錢幣放在一起。不過還好她們並沒有注意看我，沒有發現我那想要做壞事的眼神，而且當我把一枚錢幣拿出去放的時候，手也是緊張到發抖。

這時我感到很害怕……害怕會被誰發現。

「小珠！」小娜叫我。

「什麼？」我嘗試平覆自己的情緒，同時不讓自己的臉色太過難看。

「為什麼妳這麼想要幫忙學妹們呢？」小娜銳利的眼神似乎想要從我這裡得到她想的答案，而且她好像知道我正在想什麼……另外，似乎她也知道我真正的理由，我想要幫忙學妹們，是因為我想要掩蓋自己的過錯。所以儘管我看起來是在擔心別人，但其實是我帶給大家麻煩啊！

「我……只想……」

「沒有人會想要看到自己朋友或是其他人在自己面前死掉是不是？我好納悶，為什麼之前沒有人幫忙希麗察呢？如果她真是自殺身亡，那她自殺前也應該跟別人請教啊……是嗎？如果還有時間，我想要去找娜帕小姐問一些問題，因為我想要知道更多關於希麗察的事情……想知道為什麼希麗察沒有問別人的意見就自殺身亡！」小川說。

「去找老師吧！」我打斷大家的對話，然後馬上站起來，但由於坐太久，所以我現在感到有點頭暈。

我直接走了出去，根本沒有注意看誰的臉，只聽到小川的聲音和被放在塑膠袋裡的錢幣相互碰撞所產生的鏗鏘聲。

「我要自己收！」

這時我一隻手準備開門，另一隻手則是伸進口袋，此時那枚真的錢幣則是冷得像冰塊，而我則是慢慢地……摸著它！

但過了一下子錢幣就開始釋放能量，從冰塊變成了熱熱的煤炭，但是又過了一下子，它則是又回到常溫！

已經剩下沒幾天了……它會殺了我，甚至或許就是從這一秒鐘開始也說不定！

每件事情都有起因……而且一定會有開始發生的地方。但是又會有幾個人知道其背後真正的原因呢？

就像是一百個鬼魂的遊戲，它也一定會有開始點。

但是……到現在還沒有人能夠確定這個遊戲背後的原由。

也沒有人知道到底是誰創造了這一百個鬼魂的遊戲。

「誰！」我所說的這個人，到底是不是還在人世間？而且連我自己也還不太確定，在死亡之前，是否能夠了解關於這個遊戲的所有事情。

對於我們這些普通人來說，每一件事可能都還是祕密。

但是對於小露來講，她可能知道，因為她提到她的主人，而且這個主人控制小露死後的生活。另外，當知道有人輸了這個遊戲，主人就會大笑……像是一個神經病！

為什麼小露不跟我講她的主人到底是誰呢？

而且一百個鬼魂的遊戲還有其他規則嗎？

而且在她和她的主人之間，還有怎麼樣的條件存在？

另外，現在希麗察真的已經離開了嗎？她真的是去安息或者只是消失在某個神祕的角落呢？還是現在她仍然像小露一樣，被囚困在這個遊戲的人鏈之中呢？

關於這些事情，坤庫老師會知道多少呢？過去老師曾經玩過這個遊戲，而且最後也是成功完成，所以他應該對於那些規則很清楚吧！就算只是要找人問關於這個遊戲的事情，老師應該也是最佳人選吧！

說不定……這次我們去找老師就會得到有用的答案！

「是這一站！」小川叫得很大聲，馬上跑到前面的公車門，似乎剛剛才發現要在這一站下車，而且其實我也是剛剛發現。這時小娜就跟著小川跑到公車門口，但是我還想到，那一天老師跟我們說在公車站有鬼的事情……

「小珠！小珠！！」小娜大聲地叫我，因為當公車都已經起動出發的時候，我還留在原來的位子。於是她們跟著公車跑，邊跑邊叫我趕快站起來，直到公車又停下來一次為止。最後當我下車的時候，車上的車掌小姐看起來生氣到要把我吃了一樣。

「妳到底在幹什麼呢？」當看到我呆呆地跑下車，小娜看起來似乎已經失去了耐心。

「小珠！妳暈車嗎？」小川問。

我搖搖頭，接著深呼吸一次，要讓自己的精神回復。然後我說：「我只想到那一天老師所講的話。記得嗎？小川……那一天老師說有鬼跟著我們……跟了一整路。而且那個時候老師看起來怪怪的，不像我們之前認識的他。」

「希望這次老師已經回復正常，可以幫忙我們回答每一個問句！」小娜說。

「不過我們也要準備告訴老師所有的事情。」小川補充，但這和我原來的想法有點出入。

「不一定每件事情都要跟老師講啊！」當我跟著小川走進老師家前的小街道時，我小聲地跟小川說。

我們現在站在一棟舊舊的木製房屋前面，這裡有一個小小的花園，儘管沒有那麼漂亮，但也是照顧得很好。小川花了很多時間找電鈴，但也還是找不到可以請裡面的人來開門的東西。我想不是老師故意不裝，只是要讓自己覺得……呃……安靜。

「我記得妳們之前告訴我，老師家裡有養狗，那牠在哪裡呢？牠叫作……什麼呢？」小娜說。

「小胖！我覺得牠可能在花園裡面。」我說。

小川在房子前面大叫，看起來想要大家都知道我們在這裡，而且我想就算坤庫老師在後面洗衣服，也能夠聽到小川的聲音。卻是一點回應都沒有，不過一下子，就聽到有一連串的腳步聲靠近門口……不是人的步伐聲，而是動物的腳步聲！

小胖發出了很大的吠叫聲，我想牠不是因為看到我很高興，就是想要警告我：「不要再靠近了，要不然我就會咬掉妳的頭！」但是無論如何，我看到小川把手伸進去摸摸小胖的頭。

「你好，小胖！可不可幫我們開門呢？」小川說。

說也奇怪，小胖竟然點點頭，但是我覺得牠只是見到我們覺得開心，不是真的答應幫我們開門。

「老師去哪裡了？是不是外出了呢？」小娜說。

「試試看，說不定我們可以自己開門進去。」小川伸手進去圍欄裡面，試著尋找門鎖，卻找不到。她接著說：「記得嗎？當我們第一次來，門口也沒有鎖，所以無論老師外出或是在家裡睡覺，我想他都不會鎖門。」

「如果我們隨便進去老師家，他應該不會叫警察來抓我們吧！」我說。

小川眨了眨眼，然後慢慢地試著把門推開，這時門就發出嘰的聲音。這時小川說：「不要忘記，老師家裡也沒有電話，沒有辦法叫警察來啦！」

「我們這樣偷偷地進去老師家，應該不太好吧！另外，如果有人看到三個女學生跑進一個男老師的家裡，應該也會產生不好的想法。」小娜說，她看起來還不同意小川的做法。而當我聽完小娜的話，我也有了相同的想法。

「好啦！不要那樣啦！我們都知道只是來找老師談一談，並沒有其他怪怪的想法。另外，除了我們，還有一隻狗啊！」小川說。

這時小胖就變成我們做壞事的共犯，因為當我們開門走進去的時候，牠只坐在那邊不斷地搖著尾巴。最後我幫忙關上老師家的門，走到一棟木製房屋前面，而這一扇門也如同我們所想的，並沒有上鎖。

「如果老師為了保護房子而養了這隻狗，那我覺得老師大錯特錯了。」小娜說，當她看到小胖就只是坐著等我們開門進來的時候。

「老師可能不在家吧！老師！老師在家嗎？」小川說。

沒有回應……老師家裡面連一點動靜都沒有。

我們走進老師家裡的客廳，小胖則是坐在比牠身體還要小一半的墊子上面，我想這個墊子應該是老師平常看書時所用的，現在卻被一隻又黑又胖的狗坐在上面。

「不管如何，如果老師是為了保護房子而養了這隻狗，那真的是錯了！」小娜又說了一次，然後我們回頭看看小川，她已經往房子後面走去了。

這時我轉頭去看老師的桌子，跟上次所看到的情況差不多。像是被釘在牆上，且用圖釘釘了好幾張相片的木板，也是還在那裡；另外，那些上回看到的學校文件與養狗文件，也是在相同的地方。

之前看到的兩張紙應該還在那裡，於是我跪在老師的桌子那裡，開始尋找我想要的東西。

「小珠！妳要做什麼呢？」小娜問我，因為她看到我正隨便翻找老師的東西。

「找兩張紙！」我只有回答這樣，但是在這些文件中，並沒有我要找的東西，於是我抱怨地說：「拜託！我就幾乎知道老師在那些紙上寫什麼了！」

「老師寫了什麼？」小娜用酷酷的聲音問我，這時我馬上離開老師的桌子，不過動作倒是沒那麼敏捷。然後小川接著說：「老師真的不在家，但是我覺得在被別人發現以前，我們還是趕快離開這裡會比較好。」

我站起來，然後說：「好啊！」這時我的腳不小心碰到桌子，導致有個紙團掉了下來。我把它打開來看，發現上面有泰文所寫的數字。

「猜猜看這是什麼？」小娜走過來看，然後把我手上的這張紙搶走，同時說：「上面寫……二……呃……」

「二十八！這是泰文的數字，看起來是隨手寫寫的。」我說。

「這樣隨便寫的東西不應該在老師的桌子上吧！不過老師也滿奇怪的，算了！」小川說。

「雖然老師很奇怪，但是還沒奇怪到會收著這張紙吧！我覺得這個數字似乎是要表達什麼！妳們覺得我把它收起來好嗎？」我說。

「放回原來的地方就好了。然後趕快離開這裡……順便叫小胖一起出來！」小川對我們說。

我一定得下定決心，才能把那張紙放回原來的地方。然後我就拉小胖的尾巴，讓牠從那個墊子上起來。接著我們三個人和一隻臉色不太好的黑狗，一起走出這間房子。

「究竟老師去哪裡呢？害我們浪費時間來找他！」小娜說。

小川把房子的木門關起來，接著說：「說不定學校已經讓老師復職了，而老師現在已經回去學校了。」

我們都帶著失望的神情準備離開老師家，但是小胖可能比我們還要失望吧！因為牠不能再進去房子裡趴在墊子上面睡覺。牠慢慢地跟著我們走向大門，而快要到門口的時候，牠就轉頭走回房前的花園。我們則是打開大門走出去，然後輕輕地把大門關上。

出了老師家，我們本來要走到公車站討論一下，但是我心裡突然有怪怪的感覺，於是我轉頭回去看老師的家。那個時候就看到一位長頭髮的女生站在老師家前面，而她的正面則是面對著大門。

「喂！有人來！」我趕緊抓小娜和小川的上衣，要她們轉頭去看。

「是不是娜帕小姐呢？」小川說。

「我想不是，娜帕小姐的頭髮沒那麼長。那個……會不會是老師的女朋友？」我說，而且突然冒出了奇怪的想法。

「是喔！」小娜張大了嘴巴。現在我們三個人就一直看著她，看到自己都感覺到有點不好意思。

「不是吧！」

「看……她正要走進去了！」我說。我們就看到那一位小姐往前走，然後停在大門前面，我覺得她正在想是要叫人來開門或是按門鈴。另外，我也心想她是否看到我們從老師家走出來，如果她看到了，可能會有很大的反應。

「我們一起去找她吧！」我建議，然後帶著大家往前走，而當靠近老師家的時候，我看到她的側面，看起來也挺漂亮的。接著我跟她打招呼：「您好！」但是她沒有轉頭來看我，只是斜歪著頭，好像在聽我說話。於是我接著說：「您要找誰呢？我們認識這間房子的主人。」

她沒有回答！

「您好！您是誰呢？」我繼續問。

這時小川突然走到那位女生的正面，為了直接跟她講話……但一下就聽到小川的慘叫聲！小川馬上往後跑，然後一直用手指著那位女生。而我也不太了解她的動作是什麼意思。由於小川奇怪的舉動，所以我往前去看老師的客人，當看到之後，也嚇了一跳，不過倒是不像小川那麼誇張。

「呃……」我嚇到講不出話。

這時有臭臭的味道撲鼻而來，真的很臭！而且那個女生很漂亮，漂亮到我快被她嚇死了，因為她漂亮得像死人的屍體！她的嘴巴微張，而且往下歪斜，可以看到她嘴巴裡紅紅綠綠的牙齒；另外，從她的喉嚨則是發出「呃！呃！」的聲音；而她的眼睛則是綠色的，凸到幾乎快掉下去了。當她看我的時候，是帶著一張咖啡色的腐爛臉孔……所以她漂亮到我快死了，對吧！

由於我受到很大的驚嚇，所以我整個人癱軟在地面上，幾乎快死了！

接著她就直接穿過大門進去老師家裡，過一下就聽到小胖嚎叫的聲音，牠的叫聲聽起來很令人感動：如果是正常的人跑進去，牠應該是另一種吠叫聲吧！而且普通的狗吠叫，是因為有陌生人跑進去，而現在小胖的叫聲，聽起來已經比這個嚴重許多，可能是因為那位女生有著一張特別的臉吧！

這時看到那位女生突然穿過老師家裡的木牆消失……是真的消失！

「鬼……她可以穿牆進去！」小娜小小聲地說。

「只看到她的臉，就可以確保這隻鬼的品質了。別廢話了，我們趕緊逃離這裡才是真的。」我說完就馬上站起來，準備逃走。

我們邊走邊跑，從老師家前面的小街道跑到公車站所在的大條馬路。然後我們突然有了一個想法：要到學校去找坤庫老師！

故事14

理由

「我猜想那一隻鬼就是那間房子的主人！要不然她怎麼會直接走進那間房子呢？」小娜說。從坤庫老師家到學校的途中，我們一直在討論這件事。

「如果她真的是那間房子的主人，那也太不友善了吧！如果妳沒有看到她的臉是不會了解有多可怕，特別是她的味道……噢……超級糟糕！」小川說。

我都沒有說什麼，對這件事也沒有什麼意見，不過她的臉直到現在還深刻地留在我的腦海中。

「小珠，妳沒有什麼意見嗎？」小娜轉頭問我。

「妳是想要我說明她長得怎麼樣嗎？不過我們……到底在那裡遇到了什麼東西？」我說。

在往學校的途中，看到在那棟廢棄的工廠旁邊，聚集了許多圍觀的人群，雖然那棟工廠已經廢棄了十幾年，但會不會是有新的商店開幕？

「那棟工廠……是不是希麗察在日記本上所寫的那棟廢棄工廠？在二十幾年前發生火災的塑膠工廠！」小川疑惑地說。

「如果算到我們現在的年代，應該已經三十幾年了。」我說。

我們三個人也是站在圍觀人群後面，這時我們聽到附近居民的談話，才知道是因為有人聽到在這棟廢棄的工廠中，傳來人的叫聲，因為怕有什麼事情發生，所以才打電話報警。因此，這時看到警察和幾個當地的基層政府員工，來這裡幫忙開門。

「那是！坤庫老師！」小娜大叫，而且高興得跳來跳去，像是有人中大獎。這時我們就看到坤庫老師正站在一根電線桿旁邊，他穿得很普通，不像是要進去學校。

「老師！」我邊叫邊跑過去找老師。這時老師轉過頭來看我們，但他的臉色看起來就和當時在老師家看到鬼臉的小川一樣驚恐！

「妳們來這裡幹什麼呢？」老師問，他的聲音聽起來又累又無趣，可能是因為每次見到我們，都會給他帶來一些問題吧！

「我們是來找老師的，我們去……」

「那老師來這裡做什麼呢？」在小娜快要說出我們已經去老師家的事情前，我趕緊打斷她的話。

「我是來看這裡發生了什麼事。聽說有一隻貓不小心跑進去那棟廢棄的工廠，而且昨天晚上叫了一整晚，所以附近居民才打電話報警處理。」坤庫邊說邊指著那棟廢棄工廠，這時就看到兩位政府員工在慢慢清除灰塵和雜物，準備進去裡面。

「只是一隻貓迷路，應該不用那麼大費周章吧！」小娜說。

「有人說那隻貓叫得很像嬰兒的聲音，如果是妳，會不會嚇一跳呢？會不會以為真的有嬰兒在裡面？」老師邊說邊笑，而這也是最近我們第一次看到老師的微笑。

「呃……是喔！」我說。

「聽說政府想要清掃這棟廢棄工廠，因為……裡面的味道實在很臭。另外，附近的居民也相信，裡面還遺留有三十多年前火災所留下的某些東西，如果經過清掃，那些可怕的味道應該就會消失。」老師說。

當老師講完之後，我就看到老師走進那棟廢棄工廠，同時也看到許多垃圾與當時被火災燒燬所遺留下的東西。另外，那些基層政府員工則是開始做地毯式檢查，像是塑膠袋、鐵櫃，甚至是燒剩的沙發骨架都不放過。

當老師轉頭去看那些基層政府員工工作時，他的臉色又開始嚴肅起來了。

似乎老師來這裡並不只是想了解發生了什麼事，而是還有其他的目的。

如果在希麗察的日記本中所寫的確實是坤庫老師，那他一定和這棟廢棄工廠有某種程度的關聯。因此老師現在才會出現在這裡，希望從這一次的調查之中，能得到他想要的訊息。

「我覺得他們至少會找到牠的屍體。」我發表我的看法，老師也轉頭過來看我。

「我也希望如此！」

「老師在等什麼呢？是在等貓的屍體……還是等著看其他的事呢？」我問。

小娜和小川回過頭來看我，我想她們可能知道我所提到的事情是什麼。

「看其他的事？像是什麼呢？」似乎老師假裝不知道我所提到的事情，同時從他的口袋中拿出了一條格紋手帕，擦了擦他的臉。

像是什麼呢？我在心裡問自己，但我怎麼會知道十幾年前，老師想知道的是什麼事情呢？而且大約十四年前，在希麗察死亡前後所發生的事情，我又怎麼會知道呢？

「十四年前，老師也來過這裡是嗎？老師來看他們把原本要開文具店的主人屍體搬出來是嗎？」我問。

老師皺眉地說：「妳為什麼會知道這件事情呢？小珠！」

「老師還記得一個女生嗎？一個十幾年前老師在這裡問她發生了什麼事的女生。」我問完之後，一直注視著老師的表情，但是老師則是一直看著他的手帕，然後抬頭去看那棟廢棄的工廠。這時原本我已經要放棄了，覺得老師不會主動跟我們講這件事情，但是不久老師就突然開始說：

「十四年前，並不是我第一次來到這裡。而是要從二十年前開始說起，那個時候我也是站在這棟廢棄工廠前面，同樣等著有人來開門，然後找……」老師突然停了下來，可能覺得自己說太多了，於是他接著說：「其實這件事情跟妳們也沒有什麼關係。」

「老師，其實我們有事情要跟您討論。關於遊戲……」小川直接跟老師說。

「真沒想到，找到了！」有一個居民大叫，然後就看到政府員工帶著一隻扭曲的貓屍走了出來。

「好可怕！」小川說。

「看起來那隻貓被抓起來像擰毛巾般扭轉。為什麼牠會被這樣對待呢？」小娜小聲地說。

我一點都不想看那隻貓的慘狀，但當我轉頭去看坤庫老師的時候，他突然消失不見了！

「喂！老師去哪裡了呢？」我對小娜和小川說，並且要她們幫忙找找。

「在那裡！」小娜說，然後用手指著那棟廢棄工廠。正當大家都在注意那隻貓屍的時候，老師慢慢穿過人群，走進工廠裡面。

「快跟著老師走吧！」我說完，馬上就要小娜和小川跟著我走，然後一起穿過人群，走進工廠裡面。現在我們躲在黑色的塑膠袋後面，附近傳來陣陣的臭味，就像是廁所壞掉所散發出來的味道；而當我們每走一步，就揚起許多灰塵，讓我幾乎不想在這裡呼吸。

在工廠裡，有一座壞掉的黑色鐵梯，可以連接一樓與中間的閣樓。而當我們抬頭往上看，就看到在工廠屋頂有著許多毀壞外露的鋼筋。接著我慢慢地爬上那座壞掉的黑色鐵梯，途中還發出「嘰！嘰！」的聲音，因為我想老師應該是在上面，所以我就握著生鏽的扶手繼續往上爬，但當我爬到一半的時候，就發現前方被擋住了，只剩下面一個小小的開口，所以我只得趴下去，慢慢地爬到閣樓的位置。

到了閣樓，我就聽到外面居民的叫聲，可能他們覺得有陌生人隨便跑進來這棟廢棄工廠吧！然後我轉頭去看右邊，看到一個半倒的鐵櫃、一個在鐵櫃後面的大垃圾袋和一個穿著咖啡色衣服的人，在那個垃圾袋中翻來覆去。

「老師！」我小小聲地叫他。這個時候就聽到下面的人叫我們下去的聲音。

坤庫老師咳了幾聲，聽起來很嚴重……我怕老師會像上一次，突然暈倒在這裡……於是我跑過去找他，剛好老師也往後走，手裡拿著一個垃圾袋，裡面裝著骨頭！

我用手摀住嘴巴，同時跑進眼睛的灰塵讓我流下眼淚。不過當我再仔細看老師手中的骨頭，就像之前我在學校看到被挖出來的希麗察的骨頭一樣，這次的骨頭上面已經沒有肉了，只有一些黑黑髒髒的布蓋在上面，看起來像是它的上衣。

老師用一手掩住他的嘴巴……一直咳嗽……接著就把那些骨頭拿起來，不過我看來看去，就發現在那些骨頭中，少了一隻手臂。

小娜和小川到現在才知道我看到了什麼，她們兩個人叫得很大聲，害我幾乎嚇到癱軟在地上。

這就是老師等了十幾年的事情嗎？就是為了要找這些骨頭嗎？

「老師！」我摀著嘴巴叫他。

老師咳得越來越嚴重，現在他把那些骨頭抱在懷裡，但是當我們注意到那些骨頭的尺寸之後，就發現這些骨頭的尺寸比老師的還要小一半。

應該是小孩的骸骨吧！

「小珠！我們帶老師離開這裡吧！」小川建議，不過一下子就有兩位基層的政府員工跑了上來，叫我們趕緊下去下面。

「老師……」我嘗試著站起來，但是現在周圍的灰塵很多，我一不小心就吸了一大口，然後開始咳嗽……而且由於灰塵太多，我看不清楚周圍的情況，倒是還可以看到老師後面，另一個沒有門的房間門口。那個房間黑黑的，幾乎沒有外面的燈光照射進去。這時我用手擦了擦臉上的眼淚，然後就看到某個東西！

「請你們趕緊下去！」

這時我聽到小川講話的聲音，但是聽不清楚。

「請幫忙一下！老師……老師！」

當我站起來的時候，頭還有點暈，但是我仍然嘗試去看那個房間的門口。

「小珠！回來一下！」小娜叫我。

現在我看不到老師了，而且老師咳嗽的聲音越來越遠……因為老師已經倒下去了……

為什麼我不幫忙老師呢？

我站在這裡幹嘛？

那我看到在那個門口的東西是什麼呢？

我伸手去摸在我褲子口袋裡面的錢幣……它現在不熱……接著我把它拿出來。

「小珠！」

當我拿著錢幣一下子，就發現周圍的人離我越來越遠，也越來越聽不到他們的聲音，感覺像是我去了另一個世界……另一個世界！

我看到後面的陰影越來越清楚，是一個老人，他的臉先慢慢地浮現，而且臉上露出了輕蔑的笑容。

過一會兒，他的頭就從正面轉到後面去，然後突然掉了下去。而他的身體則是看起來像剛剛被尋獲的貓屍，全身被扭轉。這時我看到他的身體開始移動，像毛毛蟲似地往前蠕動。他的兩隻手，一隻歪斜地往前伸，看起來想要抓住什麼；另一隻手則是無力地下垂，黏在他扭曲的軀幹上面。而他的腳看起來不是人的腳……一定不是……因為從他的膝蓋以下，是全都黏在一起的，而且呈現相當奇怪的角度。

這時我聽到了嬰兒的聲音，真的是嬰兒……有男孩子……有女孩子……有很多的聲音同時出現。而現在我的身體很熱，好像我的周圍被火焰圍繞著。

當天氣開始慢慢變涼，我的身體也慢慢變涼。此時嬰兒們的聲音已經消失，只剩下一個小男孩的喊叫聲，他大叫要人放開他……然後給他自由！

有一個聽起來很像重物掉落的聲音！

我轉頭去看剛剛坤庫老師所在位置的那個垃圾袋。

就看到一個小男孩的屍體，從垃圾袋中滾了出來，他的眼睛瞪得很大，全身是血，而且他的手臂有一邊是不見的！

那個屍體張開嘴巴大聲喊叫……越來越大聲……

這時那枚錢幣就從我的手上掉下去，所有事物就又回到黑暗的情況！

「相信我，她已經發瘋了！」

「妳才發瘋！」

「我覺得最近她怪怪的。」

「小娜！她是妳的朋友啊！」

「當她在公車上也是怪怪的！」

「小珠……小珠，妳還好嗎？」

現在我張開眼睛了，不過也滿可惜我已經回到現在的情況。現在我左邊的頭不斷地抽搐，看起來似乎快要爆炸了。我抬頭看到上方白色的天花板和日光燈，鼻子則是聞到藥水味，混雜了一點嘔吐物的味道。

「我在哪裡呢？」

「醫院！」小川回答。我轉頭去看她們，她們坐在我床的旁邊，而且兩個人看起來剛剛洗好臉，因為她們的領邊有著濕濕的痕跡。然後小川接著說：「妳的媽媽很快就會來了，我們剛剛已經打電話給她了。」

我笑了出來，卻發現自己的聲音很沙啞，感覺喉嚨很乾，像是一整個星期沒有喝水。

「我知道妳需要一些說明。」在我問她之前，小娜先對我說。她接著說：「其實我不想跟妳講啦！那個時候妳很像瘋子，而且為什麼妳不跟我們說，錢幣是在妳身上呢？小珠！妳真的想死嗎？」

「我到底怎麼了？」我問她，現在我的聲音很像病人，但其實我並沒有那麼嚴重。

「發瘋！」小娜說，這時小川用手肘撞了小娜一下，表示要自己說明。

「小珠！妳暈倒了！之前老師跌倒的時候，妳就一直呆站在那邊，站了很久，然後突然大叫一聲……那個聲音並不像妳的，很像是一個男生。過一會兒就有一枚錢幣從妳手上掉下來，那個時候，我們才發現發生了什麼事。不過還好我們趕緊抱住妳，否則妳就會撞到旁邊的鐵條，後果將不堪設想。」

「那老師呢？他發生了什麼事？他又再一次跌倒了嗎？」我問。

「我剛剛才從醫生那裡知道，他說坤庫老師身體裡面的器官不太正常！這樣的情況會讓他咳嗽，甚至有時候會咳到吐血。而且如果情況更嚴重，他就會突然暈倒！」小川說。

「現在老師在哪裡？」

「在隔壁的病房，而且情況比妳還好。」小娜略帶嘲笑地說。然後她接著說：「小珠！為什麼之前妳不跟我們講一下呢？如果妳告訴我們，妳會死嗎？」

「什麼事情呢？」

「就是錢幣的事情啊！瘋子！」

我開始感覺頭痛了，我剛剛應該先不要跟小娜講話。接著我無奈地說：「我不怕死，但是我怕會帶給妳們麻煩。」

「小珠！我們一直都是一起面對所有困難，而且這樣的事情只算是小事情。」小川慢慢地跟我說，但同時我也聽到小娜小聲地說：「喔！真是好人！」然後小川接著說：「至少妳應該讓我們知道真的錢幣在哪裡！我們可以一起解決問題。」

「一開始我也是這麼想。記得嗎？一開始我們都相信，如果把錢幣給膽子比較大的人，比較有機會活到整個遊戲完成。」說到這裡，我停了一下，因為感覺有點累，我接著說：「但是現在並非那樣，收著錢幣的人一定會死，我現在已經被列入黑名單了。如果已經知道是這樣，那我為什麼要把死亡的機會分給別人呢？反正無論如何都要死！所以我就自己收著錢幣，好好照顧自己就好！」

「但是妳也很清楚，只是收著錢幣與好好照顧自己是沒有用的。像我們去宿營途中所發生的事情，就是最好的證明。」小娜說。

「小珠！我們拜託妳了！雖然妳覺得過去所作的任何事，都是為了大家好，但是這卻讓我們大家幾乎快死了！」小川說。

「是啊！幾乎全車的人都快死了！」小娜補充。

「對我來說，我只能想到這個辦法。妳們要說我笨，或是發瘋都可以，但是現在我很累了，我想睡覺。」我說。

「我們要先去找坤庫老師囉！我們要問他關於一百個鬼魂的遊戲，看看老師是不是有辦法幫幫學妹她們。所以小珠妳也不用擔心了，好好休息就是。」小川說。

我閉上眼睛，想趕快進入夢境，這樣就不用擔心自己和別人的事情，同時也就可以逃離現在頭痛欲裂的症狀。現在，我就聽到了拉開椅子與開門的聲音。

噢！糟了！忘記錢幣的事情了！

「等一下！錢幣……」

門已經關上了！

現在連想在醫院裡休息，不管任何事情，也不行嗎？

這間醫院的冷氣沒那麼涼，而且走來走去的人也沒那麼多，看起來應該不是一間大醫院，就像常常在鬼電影裡面所出現的醫院型態。

醫院的牆漆上了綠色，應該是出於心理學角度，可以幫助舒緩嚴肅的心情與壓力；但是從生物學的角度來說，看起來就像一片大吐司上長滿了綠色的黴菌，可能會讓一些有這種想像力的病人感到恐懼。

由於腳不太方便，所以我慢慢走去隔壁的房間，在那間房間的門上，有一張綠綠舊舊的牌子，上面寫著坤庫老師的名字。過一下子，就有護士推著一個病人經過這裡，順道給了我一個微笑，然後離開這裡。這時我看到自己也穿著綠色的病袍，拜託！什麼東西都是綠色的，一點都沒感到讓我比較輕鬆。

頭好痛喔……我坐在地板上，身體靠著病房的門，雙手則是抱著頭。現在我想打開腦袋，然後把它敲一敲，如果這樣可以讓它比較好的話。

「錢幣在這裡！」我聽到從病房內傳出來的講話聲。

「老師！我們會自己收著的，不用擔心！我們會找到最好的方法，讓它不會來影響我們！」小川說。

「小川！對一百個鬼魂的遊戲來講，沒有什麼方法是不危險的！」坤庫老師說。如同小娜所說，聽起來老師的確比我還要有精神。

我覺得錢幣一定是在小川那裡，她們一定是想要輪流保管那枚錢幣，直到整個遊戲結束！我了解為什麼坤庫老師會那樣說，老師應該是和我有一樣的想法，儘管她們那樣做，可能也是沒有什麼幫助。

「妳把錢幣交給老師吧！我們不能收著它！」小娜說

「不了！我有自己的方法！」

「小川！就像我所說的，關於這個遊戲，並沒有什麼最安全的方法。所以老師要自己收著這枚錢幣！」

「把錢幣給老師吧！」

「不！」

「好啦！」

「小娜……但是我們……」

這時有聽到抽屜的聲音……被拉開……被關上！

「小珠已經睡著了嗎？」老師問。

「是的。」由於很小聲，所以我無法分辨是誰的聲音。

「老師，我們有沒有辦法讓小露安息呢？我已經看到她……陷在遊戲的人鏈裡面了。看起來好可怕，我們沒有辦法幫忙她嗎？」

「我們可以採用之前用在希麗察身上的方法嗎？」

「聽妳們說，小露現在在那棟廢棄的建築物裡面是嗎？但就一般情況來講，是很難請到一位和尚幫忙小露安息的。」老師邊說邊嘆氣，然後接著說：「而且我們不應該讓太多人知道這件事，因為越多人知道就越危險！而且即使告訴他們事情的真相，他們也不一定會相信我們。」

「但是有人因為這個遊戲而死……」

「就是因為這個遊戲太危險，所以更不能讓別人知道！」老師的聲音聽起來很生氣，而且他的聲音很像我們之前所見面的那位怪怪的陌生人。

「我們應該去找降頭師[1]！」

「不應該去找降頭師！不要……不要相信他們！」老師說，同時咳嗽了幾聲。

「為什麼呢？」

「我不想讓妳們遇到危險的情況！」

「但是我們沒有其他的選擇了。」

「不過我認識一位和尚，他應該可以幫忙。我會自己請他到那棟廢棄的建築物。」

「但是老師的身體還不太行啊！」

「老師應該待在醫院休息才是。」

現在我的喉嚨癢癢的，有點想要咳嗽，於是我趕緊用手蓋住嘴巴，避免咳出聲音來。

「等我一下，請學妹她們再等我一下……」老師又咳嗽了。

「請老師先休息好了，我們不打擾您了。」

我聽到走路的步伐聲慢慢靠近我，然後一下子房門就突然被打開，幸好我躲在門的另一側，才沒有讓她們看到。接著我就看到她們往陽台的方向走去，看起來是想要離開醫院，但似乎沒有人注意到我，這時我心想不是往我房間的方向走就好了。然後我慢慢地站起來，打開門走了進去。

現在穿著綠色病服的坤庫老師正獨自躺在床上，而且對於我走進來，並沒有什麼特別驚訝的反應，因此，老師這樣的舉動讓我感覺到自己有點愚蠢。

「有時候我也納悶為什麼泰國人有特別的文化，就是喜歡常常拜訪病人。雖然有時候也會帶給病人鼓勵！不過大部分來訪的人，都不知道其實病人是需要時間躺著休息的。」

嗯！可能老師心想：「不要來找我，我要睡覺！」

「我有事想請教老師。」我不是太誇張，是真的還有很多事情想問，但是不知道要從哪一件事情開始問起。

「先開始問關於那棟廢棄工廠的事情嗎？」

剛好，我也打算從這件事情開始問。

「我看到……那個骨頭……當它還是屍體的時候！是一位沒有左手的小男孩的屍體！那個男孩……」我開始對老師敘說。

「二十年前，那位小男孩是我的朋友，他的名字叫作阿偉！」

「為什麼他要進去那棟廢棄的工廠？而且為什麼老師知道他的屍體在那裡呢？」

「當我們在玩一百個鬼魂遊戲那段時間，他就死了。我不知道會發生這樣的事情，我以為

註釋

1. 在泰國，降頭師給人的印象是不太好的，通常只是為了錢而做事，而且使用的是比較黑暗的法術，並非正道。

大家都安全了，但是有一天，阿偉就被車撞了……」老師停了一下，然後搖搖頭接著說：「那時我也在那裡，我走在他的旁邊，聽著他說關於一百個鬼魂的遊戲，還提到玩遊戲時，遇到比萬聖節還要嚴重的情況，然後一起跑去找師父。我還記得找師父之後，阿偉整個人異常驚恐，而且越靠近他死亡的時間，他看起來就越像神經有問題的人，一直說他會被流沙捲進去，沒有辦法再回來！但過一會兒，他就被一輛車給撞上了，整個身體都被撞飛，只留下一隻手臂！」

我慢慢坐在椅子上，雙手放在大腿上面，看起來像是小孩在聽長輩講話，然後接著問：

「那他的屍體呢？」

「那時我受到了很大的驚嚇，以為阿偉的屍體已經四分五裂了。不過當有人請我去找人來幫忙的時候，我就看到路上有血漬，一路延伸到一個地方，然後就轉向進去一間廢棄的工廠。那時我也看到奇怪的陰影……我還記得當我們玩一百個鬼魂的遊戲時，我就曾經看過那個陰影了！它是一個老人的鬼魂，身體曾經被火燒過，而且兩隻腳連在一起。我知道它就是在遊戲中控制我們的鬼魂！我也知道它也就是帶走阿偉的鬼魂！」

當老師停止說話，這樣安安靜靜的情況，是最讓我感到難過且不舒服的，而這時我一直低頭看著我的手。

「沒有人找到阿偉的屍體，大家都相信當他被車撞到的時候，身體已經被撞成碎片，所以我們只埋葬他的手。但是我知道並非是如此……所以我找了幾個朋友，要一起去那棟廢棄工

廠。我們試著去找可以進去裡面的入口，但是沒有找到。後來當我是大學生的時候，也常常回去那裡，等著是否有人買下它。」

「最後老師也找到了是不是？」

「對！但是他先死了，所以工廠都沒有清理，就又被關閉了。由於我想確認阿偉的屍體確實在裡面，所以等了很久。後來當我被調到你們學校上課的時候，我很高興，因為我就可以一邊上課，一邊注意關於那棟工廠的新聞了。」老師說。

「為什麼老師那麼想要找到阿偉的屍體呢？」雖然我心裡覺得不該管老師的事情，不過最後我還是決定問他。

「因為我是阿偉的朋友！」這是老師的答案，句子短短的，但是很難理解，我想應該需要花很多的時間才能夠真正了解吧！

「老師覺得他還在那棟廢棄工廠裡面嗎？」

「我不知道，他並沒有來找我。」

這時我想到當我看到小露的時候，我得到了一個新的知識，就是每一個因為玩一百個鬼魂的遊戲而死的鬼魂，最後都會陷入死亡人鏈的無盡循環。

同時我也想到了希麗察，記得之前幾乎每天都看到她，而且除了她，還看到很多其他的鬼魂，我不禁聯想到，難道這就是所謂的人鏈嗎？

我應該告訴老師關於學妹們的事情嗎？如果告訴老師，對於解決這個問題會有幫助嗎？還是無論做什麼都沒有辦法幫忙小潘她們呢？

我覺得應該先跟老師說再見，然後好好休息一下……

至少在她們回來之前……

但是就我心裡的感覺來講，我想要跟老師多聊聊，然後解決所有的問題。

然後呢？講得越多，會不會給老師帶來更多問題呢？……會不會讓老師變得更加嚴肅呢？就連現在老師身上那個奇怪的病症，會不會就給老師帶來了許多困擾呢？

為什麼我會有對老師忘恩負義的感覺呢？

「老師不生我的氣嗎？」

「什麼事情呢？」

「就是一開始我們並沒有跟老師說，關於學妹們發生的事情啊！」

「我當然生氣……很生氣！但是生氣也沒有用，我想妳們應該有特別的理由，所以不想讓我知道。或許是因為最近我身體不太好吧！」老師說。

「我應該回房休息了。」我說完，馬上站起來，但是心裡還在想，還有其他的事情要問老師嗎？

這時老師突然問了我一個問題：「現在學校的情況如何呢？」

「學校嗎？」說完我頓了一下……呃！對了，老師已經被學校停職近一個星期了，從那一天起，老師就沒有再去學校，直到最近我們才在學校附近的那棟廢棄工廠見到他。然後我接著說：「就還好。呃……沒有什麼問題！」

老師露出微笑，然後點點頭，接著說：「下個星期我就要回去上課了，不要忘記寫我出的功課喔！」

我給了老師一個微笑，但心中則在想，老師就連已經躺在病床上，卻還在意功課嗎？然後我就把椅子拉出來，準備出去，但突然想起來還有一件事情要問老師！

「老師，那一張紙……」

「小珠！妳知道嗎？我從來不覺得我會贏一百個鬼魂的遊戲！當我玩這個遊戲的時候，我也失去了位朋友；而當妳們玩這個遊戲的時候，我也幾乎來不及幫忙妳們，是直到有一個學生死亡之後，我才知道這件事情！另外，差猜他們也是，我來不及幫他們。」老師先打斷了我的話。

我開口接著說：「老師……」

我還沒有講完，房門突然被打開。我轉頭去看，就看到有兩個男生走了進來，其中一個看起來高高白白的；另一個則是矮矮黑黑的，不過他們兩個人的臉都有點滑稽。

「喔！你有客人嗎？」那位高高的男生說。

「沒關係！我已經準備離開了。」我說，然後就從他們旁邊走過，準備出去。這時我再仔細端倪了一下，發現他們兩個人看起來就像是天與地的差別，那位高高的男生看起來就像是來自富裕的家庭，身上噴著高級香水；而那位矮矮的男生，身上則是散發出一股味道，看起來就像剛剛打完球。

當我關上門走出去，就聽到一個男生講話的聲音。

「坤庫！你現在要包養小女生嗎？」

「你真是的個好老師，沒想到連你生病躺在這裡，都還有學生來這裡探望你！」

「因為你的個性笑笑嘻嘻的，這樣下去就沒有學生會怕你了。」

裡面是在開派對嗎？這裡是醫院，不是飯店，還講話那麼大聲！

然後我決定到旁邊的陽台走走，不想回去自己的房間，不想要待在那個密閉的空間，那會讓我感覺跟人群越來越疏遠。另外，其實醫院裡的冷氣沒那麼強，不過在聽完老師講話之後，我的身體就開始冷了起來。

我一個人在那裡走來走去，只聽到拖鞋和地面接觸所發出來的聲音，這會讓我感覺到有人正跟著我走。

這時我走到一個路口，往前面一點有三、四間病房，右邊則是樓梯。

拜託！連電梯也沒有嗎？如果是行動不便的病人，要怎麼回去自己的房間呢？

接著我走樓梯想要到下面去，當我往下走了一層樓之後，才發現原來電梯就在樓梯旁邊！

叮咚！

我轉頭往後看，就看到電梯樓層指示燈跑到三樓，然後就突然消失不見！

咦！這裡是幾樓呢？

如果我算得沒錯，現在我應該是在二樓才對，而且電梯現在是在三樓……正要往下來到這裡。

「沒想到這間醫院有好幾層樓！」我小小聲地對自己說，然後雙手交叉放在胸前，繼續往下走。

叮咚！

到了一樓之後，我看到左邊有一條通道，可能是連接醫院的大廳；右邊則有一扇門，上面貼著一張車子的圖片……

接著我沿著左邊通道走到醫院大廳，看到有一位護士正在櫃檯工作。而在大廳，沒有看到電視與自動販賣機，倒是看到兩台舊舊的冷氣，一台是在門口上面，另一台則是在櫃檯那邊。它們持續發出老舊的運轉聲，不過我想除了浪費電之外，看起來並沒有什麼作用。最後，我在櫃檯前面的長椅，看到了小娜和小川正坐在那裡聊天。

我聽到她們正討論某件事情，於是我決定裝作什麼都沒聽到，朝著她們走了過去。

「我已經告訴妳了，放在老師那裡應該最安全！」

「但是老師還要住院好幾天！」

「我覺得老師的心理沒那麼脆弱吧！」

「妳們在討論什麼事情呢？」我打斷她們的對話，這時她們兩個馬上轉移話題。

「小珠！為什麼妳走下來這裡呢？先回去吧！我怕如果妳媽媽來醫院，會找不到妳！」小娜說。

「如果我媽媽來醫院找我，無論如何也得先問櫃檯的護士才行。」我說，然後在小川旁邊坐下來，接著說：「妳們正在討論什麼呢？」

小川和小娜兩個人互看了一下，就決定告訴我。

「我們決定把錢幣放在老師那裡，這應該是最好的方法了！妳看老師上一次也是成功存活下來了！」小娜說。

這時，小川也馬上想表達她的意見：「小娜！要是小露說的事情是真的呢？那麼每一個收著錢幣的人，一定都會被列入死亡的黑名單中！但是我們卻都還沒有跟老師講這一件事情。另外，如果老師最後來不及把錢幣丟掉，那會發生什麼事呢？」

「我們會害死老師啦！」我做了結論。

「妳覺得我們跟老師比起來，誰比較容易死呢？」小娜問，這時小川看起來似乎不太滿意小娜的說法。

「我不會安安靜靜地讓老師去面對這些可怕的事情！因為這些事跟老師一點關係都沒有！其實跟我們也沒有什麼關係，是國二學妹們自己的事情。只不過是因為我們同意幫忙她們，所以才會變成是我們的事情！」小川說。

「但是是老師自己要幫我們啊！所以小川妳就不用一直說自己會變成殺人魔了。」

「妳們都差不多啦！」我不小心說出這句話，連在櫃檯工作的護士小姐也抬頭看著我們，不過一下子她就又回去做自己的事情了。然後我接著說：「雖然我們不知道老師真正的理由是什麼，但會不會是和我們相同的理由，所以老師才收著那枚錢幣？無論如何，現在我們一定要找方法幫忙學妹她們！關於錢幣的事情改天再說，因為學妹們的時間已經所剩無幾了。」

「我覺得這次我們一定要自己找方法了。因為老師的身體情況看起來不太好，好像他會……算了！」小娜說。

我可以猜想到小娜想要說什麼，但是心裡還是慶幸她沒有講出來！

「但是老師說請學妹們等著，不是嗎？」小川說。

「我們不能再等了！我已經聽到妳們跟老師講全部的事情了。但我不同意老師一件事情，就是不找降頭師送小露去安息，那麼還能找誰來做呢？」我說。

「老師啊！老師之前也會念經驅鬼呢！」小川開玩笑地說。

「老師病那麼嚴重，妳還在開玩笑嗎？」小娜罵小川說。

我們全都安靜下來了！

「我們可能要找降頭師了。如果妳們夠聰明，應該不會跟老師講這件事情吧！」我下結論。

關於我最後所說的那一句話，其實我也知道沒有人會跑去跟老師講，而且就算真的有人告訴老師，也一定不是我們說的。另外，對我們而言，則是還有很多事情還沒有跟老師講……很多必須隱藏起來的事情……

我站起來，可能是動作太快了，所以血液感覺還留在下半身，頭則是有一點暈暈的。因此，我趕緊抓住椅背，接著說：「我要回房了，如果我媽媽來找，請跟她說不要叫我，我想要睡覺。」我說。

我離開醫院大廳，一方面是不想留在那裡，因為她們跟這件事情一點關係都沒有……一點都沒有……另一方面我也不想回去病房，所以我就在有部分損壞的綠色磁磚上走來走去。

她們兩個人會和這件事扯上關係，就只是因為是我的朋友。而且她們也不會允許讓我一個人去面對危險的事情，像是小說裡會出現的句子「因為我們是朋友，所以沒有辦法離開你去哪裡！」一樣。

但這是真實的情況，如果她們真的想死，只要跳進來說：「小珠！我們不會離開妳！」然後她們可能就會真的達成願望！

真是愚蠢，如果是我，我就不會跳進來跟這件事扯上關係！本來我就不想管這件事情。另外，這也不像電影，就算女主角可以存活到最後……也無法保證她的朋友一定還會活著！

但對這件事來講，不只是女主角會死，就連跟她有所關聯的人也會死！

大家一定都會死！

電影裡面的所有人都會死！

我慢慢地走到樓梯旁邊，不經意地抬頭看看上面，然後我就看到一個人站在那邊！

……我只有看到她腳的部分……而她正走上二樓，我則是跟在她的後面，並且透過樓梯綠色扶手旁的空隙往上看，就看到有個人正彎腰望著我。

「小露！」當我叫出聲之後，那張臉就突然不見。於是我往上跑，卻只能看到她握著扶手的手，而且很快地就消失不見。

叮咚！

聽到電梯移動的聲音，我也往上跑，好像是我要跟著電梯走似。我走得很快，而那台舊舊的電梯則是移動得很吃力，看起來快要掉下去一樣。另外當我跑動時，拖鞋和地面所發出來的聲音很大聲，聽起來就像是有人在鼓掌。

最後我跑到三樓，這時我完全沒有看到小露了！

她來這裡做什麼呢？應該不是來找我的吧！還是來找小娜和小川呢？

「誰收著它，無論是不小心、故意或是其他原因，那個人一定會死！而且如果來不及把它丟掉，也同樣會死！」

糟了……

錢幣在坤庫老師那邊！

我馬上往通道的方向跑，然後左轉……是哪一個房間呢？第幾個房間呢？

我轉頭去看門上的牌子，順便喘息一下，然後手握住門把，準備開門。但這時卻聽到裡面的人講話的聲音。

「你要找阿偉的屍體，就只是為了跟他道歉？」

我停下動作……一直喘氣，一直喘氣。

「呃，阿偉死了之後，他也沒有來找我們。」

「坤庫，我覺得阿偉死掉的事情，根本不是你的錯。你不要一直覺得你一個人可以幫忙全世界的人！」

「我只是想盡我所能地幫忙。因為是我找阿偉來玩這個遊戲的。」老師的聲音聽起來很虛弱。

「也是我們的錯啦，當時隨便起鬨，才讓大家開始玩這個遊戲。」

「坤庫，你不要想太多了！」

咦！還沒有發生什麼事情……還沒……但是小露來幹嘛呢？

我的手放開了門把，把耳朵貼靠近門，接著就聽到有人講：「坤庫！你改變了很多，你看起來比我們還要成熟，而且我從來不知道你會想當老師。」

「呃，我也以為你會跑去當算命師。」

老師的兩位朋友笑了起來，但是我沒有聽到老師的聲音。

「我還記得在十四年前，你為了去那棟廢棄工廠而蹺課，還打電話叫我們一起出來。那個時候，我想你還對這件事情有興趣嗎？也因為你要我蹺班出來，當時我實在很想罵你一頓，不過當我看到你的臉之後，就罵不下去了！因為你的臉就像小孩拿到人生的第一份禮物時，露出了十分高興的神情。」我邊聽邊休息，心跳也感覺比較緩和了。

「呃，那個時候我罵他了。我罵他叫我來這裡幹嘛，於是他回答我：『關於這一件事情，每個朋友都應該盡一份心力，不是嗎？』那時我完全不懂他在說什麼！」另外一個朋友說。

這一次我聽到了坤庫老師大笑的聲音，但他還是沒有說什麼。

這時我心想還好老師是安全的，於是慢慢地走回我的房間，然後躺在床上休息，同時思考剛剛老師他們對話的內容。

我想小娜和小川的愚蠢行為，或許就像坤庫老師花了幾十年的時間，就只是為了找朋友的屍體，在其背後所隱藏的真正理由吧！

因為是朋友……這是唯一的理由！

故事15

第七十一個小孩的警告

我跟媽媽說我已經好了，沒什麼事了，不過她還是不相信我。現在我不會頭痛了，也沒發燒了，什麼症狀都沒有了，但媽媽還是要我繼續住院觀察。當媽媽說要留下來過夜陪我的時候，小娜和小川就馬上跟我媽媽說話。

「我們可以陪著她，而且我們會跟我們的父母聯絡，不會讓他們擔心。」小川說。

因為不想打擾別人的孩子，加上這間醫院沒有提供小床給陪病者，所以媽媽停下來想了一下。

「媽，妳回家吧！我朋友會在這裡陪我啦！妳不是還有很多家裡的事情要處理嗎？」我說。

最後媽媽同意我的想法，讓她們兩個人留下來陪我……呃……但實在不應該這樣。

晚上六點，我們開始吃起媽媽買來的便當。我坐在床上吃，小娜和小川則是要在地板上吃。如果晚上真的沒有地方睡覺！

「妳現在有其他計畫了嗎？」小娜問，接著把水拿起來喝。

「什麼計畫啊？」我回問。

「就是要幫忙學妹她們的計畫啊！妳說我們要先找方法處理這件事情，不是嗎？」

「現在還沒有什麼計畫，但是首先我們一定要知道，她們究竟有幾個人玩一百個鬼魂的遊戲？因為除了小潘之外，其他人我們一點都不認識。而且聽說其他人不相信這個遊戲的規則！」我說。

「如果不相信，那就讓她們死，好嗎？」

「小娜！我們不能這樣做啦！」小川大聲地說。

「對了，如果我們拜託小露幫忙我們呢？或許我們可以努力一點，然後請小露去廟那裡，接著請她……」小川轉頭跟我說。

「她已經來這裡了！但是沒找我，她似乎躲著我。一開始的時候，由於那枚錢幣已經在老師那邊了，所以我以為她來這裡是為了殺老師！」我說。

「那老師呢？」

「他還好。」我邊說邊把便當盒闔上，然後丟進塑膠袋，接著說：「至少現在他還是安全的，不過後續會發生什麼事，我就不知道了。」

小川用力敲了地板一下，然後大罵：「我不是已經告訴妳了嗎？不要把錢幣交給老師！這樣下去老師可能會死也說不定！」

「老師應該不會那麼容易死吧！」小娜說。

「對！我同意，老師已經經歷過很多事情了！經驗比我們豐富多了！如果小露要殺他，他一定會有應對的方法。」我同意小娜的說法。

「但是似乎小露也不敢殺我們！」

「妳確定嗎？妳還記得小娜被拉出去四樓陽台嗎？那不也是小露的傑作？連自己的好朋友，她都可以這樣做！」我說。

在那之後，我們就沒有講什麼話，而小娜和小川則是打算真的在地板上睡覺。睡覺之前，我們就請護士小姐多拿兩個枕頭和兩件棉被給我們，其中一件棉被就鋪在地板上，另一條則是拿來蓋。最後，當小川上完廁所之後，她就關了所有的燈，因此整個房間就陷入一片黑暗。

對我來說，晚上的醫院是其中一個不應該去的地方，尤其是比較膽小的人更是如此！這主要是因為醫院裡有出生的人，也有死亡的人；這也就表示有嬰兒，也有屍體的存在。因此，晚上的醫院給人的感覺就是又冷又黑暗，會讓人全身起雞皮疙瘩，特別是舊舊的醫院，更有這樣的情況！

我在心裡告訴自己，已經那麼晚了，不應該獨自走出去陽台。但是這對我來講很重要，我一定要……做某件事！

我看到老師房間的燈已經關了，於是我慢慢地打開老師房間的門，小心翼翼地走了進去。

還好老師的房間並沒有拉上窗簾，所以可以讓外面的月光照射到老師那張白色的床上……是唯一我覺得沒有像長滿綠色黴菌的東西！

我慢慢靠近床旁的桌子，這時由於我的心跳比較快，所以呼吸也比較急促與大聲。而我現在則是想，該如何把錢幣從老師那邊拿回來？我已經準備好另外一個五元錢幣來替換了，這枚錢幣是媽媽離開前留給我的，可能她以為醫院裡會有自動販賣機吧！

桌子抽屜的把手很冰，我緊緊抓住它，慢慢把它拉開。

嘎……嘎……嘎……

我把抽屜拉開了一點點，然後把一隻手伸進去。這一切過程很慢很安靜，但是其實我的心裡很熱，想要趕快完成任務，然後走出老師的房間，因為如果被老師發現，後果就不堪設想了。

一點點……一點點……

我有一隻手已經完全在抽屜裡了，不斷地摸來摸去，只為了找需要的東西……

啊！找到了！它在那裡！！

錢包……還是什麼東西呢？應該是錢包吧……

我把它拿出來，接著放在地板上，用外面照射進來的月光來幫忙我尋找我要的東西。那是個黑黑舊舊的皮包，除了放零錢的地方，其他的部分我則是一點都不管。

一定有啦！一定有……

出現吧……神祕的五元錢幣！

我把皮包中所有零錢倒了出來，開始尋找，就發現只有一個五元錢幣，而且當我摸它的時候，一點都沒有發熱的感覺。

還是他放在其他地方呢？一定還要找……我一定要找到！

這時我再檢查皮包一次，就突然有一枚錢幣從放照片的地方掉到地板上，讓我幾乎快要停止呼吸了！

鏘！

我驚恐地用手掩住了我的嘴巴。冷靜……冷靜……一點都沒有東西在動，連老師的呼吸聲都還是正常的。

我馬上把其他錢幣收進原來的錢包，然後盡量把錢包放在原本在抽屜裡的位置。最後把抽屜慢慢地關了起來。

接著當我彎腰拿到地板上那枚我所需要的錢幣時，我感覺突然被帶去了另外一個世界！

雖然現在的情況跟原來的情況很類似，房裡有照射進來的月光，還有冷氣機所吹出來的涼涼微風，而這個風並不會讓人感覺到冷。另外，這個房間仍然很安靜……但是對我來講，這已經不是原來的情況了！

很快地在房間的角落，就有綠色亮光慢慢開始出現，那裡是靠近探病家屬休息的地方。我嚇一跳，往後倒退了幾步……幾乎要撞到抽屜了！

過一會兒，那個綠色亮光就慢慢呈現出人的形狀……

他就是……沒有左手的小男孩……

他一直低著頭坐在那邊，似乎對我沒有什麼特別反應。但是對我來說……則是又怕他，但又心疼他，特別是那個亮光表現出一種讓人感到可憐的氛圍。

是因為一百個鬼魂的遊戲，讓他的生命在二十年前就已經走到盡頭！

我沒有辦法跟他打招呼，而且我本來以為老師一定會起床，但是好奇怪，老師好像一點都不知道，他已經來到這裡了。老師一直躺著睡覺，難道他不知道有鬼來探病了嗎？

我該怎麼跟他打招呼呢？其實我知道他叫作阿偉。

他是老師之前的朋友，是因為玩一百個鬼魂的遊戲死掉的。

他就是被車子撞到，只留下一隻手給老師當禮物的那個人。而坤庫老師……則是在他生命的最後一刻，陪著他的那個人。

這個時候我的身體是僵硬的，我把手伸進自己上衣口袋，發現還沒有把事先準備好的假錢幣放進去。不過這時我已經決定把真的錢幣還回去了，而且當我把它放回去老師的錢包之後，那個綠色的亮光就馬上消失不見！然後我邊走邊跑到房間的門口，接著馬上開門走出去，也不管門是否關好了！

當我來到自己房間的門口，本來要開門進去，但突然看到有個人站在通道中間。

「小露！」我小聲地叫。她慢慢地靠近我，還是她是飄過來，我也不太確定。但是當她到距離我約四公尺的地方，就停了下來。

「妳來這裡做什麼？」

「要給老師警告！」

「警告？妳是要來警告他，還是要來殺他呢？」我回問。

「如果不相信就隨便你！」她的聲音聽起來很冷漠，跟她的型態很相似。然後她接著說：「我的主人已經知道，妳們嘗試要去換保管錢幣的人了，所以我的主人很有可能會自己動手處理。因此，現在我的主人對坤庫老師很有興趣，我很擔心老師會因此被殺！」

「妳的主人怎麼會對老師有興趣？」我用不太相信的口吻問她。

「因為坤庫老師嘗試要抵抗一百個鬼魂的遊戲！就如同我之前說過的，我的主人不喜歡有人想要抵抗他的遊戲，更何況先前坤庫老師已經成功抵抗過一次了！」說到這裡，小露停了一下，但不是停止呼吸……她是為了等某件事情。她接著說：「她們已經起床了。小珠！請記得妳們現在已經遇到很嚴重的問題了，除了不僅要贏這個遊戲，更要思考該如何讓自己能夠存活。由於妳們之前曾經贏過一百個鬼魂的遊戲，所以現在妳們依舊受到注目！」

「所以是哪一個神經病在當妳的主人，而且正在給妳洗腦？」我回問她。

「很快地妳也會遇到他啦！」小露回了我一句，她的聲音變得比較凶狠。說完後她就轉身準備離開，於是我跑向她，要她停下來，一點都不管我的聲音會讓全醫院的人都起床。

「為什麼妳要做這些事情呢？妳知道嗎？過不了幾天，妳就會讓好幾個學生不幸死亡，而且說不定老師也會死！」

小露轉頭面露微笑地說：「小珠！不就是妳嗎？會讓每個人死！因為是妳自己跳進來跟這件事情扯上關係，也拉了其他人一起進來。其實妳是一個很自私的人，妳只注意自己會不會存活，不是嗎？另外，妳就是害那個被水淹死的學生死亡的殺人凶手！」

我現在可能要做在我生命中最愚蠢的事情了吧……打鬼……

我的手用力地想要打她的身體，不過卻是從她的身體穿了過去，而且她一點都沒有要逃跑或是害怕的感覺。另外，由於我實在太用力了，所以我幾乎要失去平衡往前跌倒，這時看起來有害怕感覺的人反倒是我。

不……我不害怕……但是我生氣……我很生氣地跟小露說話，因為她所講的話都是真的！

我實在太自私了，才會讓別人死，特別是娜亞的死亡！

我保留那枚錢幣，直到車子落水前的最後一秒都捨不得把它丟棄，才會導致娜亞的死亡！是我自己把老師拉進這件事情……也是我把她們再一次拉進這件事情，我實在做了太多愚蠢的事情，而且最後想要一個人面對所有的後果！

我跪在地板上，頭上的血管不斷地跳動，似乎快要爆炸一樣。我哭到幾乎無法呼吸，感覺有很多事情一直塞進我的胸口，讓我感到胸悶難受。

「小珠，我不會生妳的氣！但是那位新同學娜亞，她可能要妳的命！」小露向我耳語。

娜亞……如果她知道是我害她死，當然一定會很生氣。

但是……

「小露！妳怎麼會知道娜亞死亡的事情？妳又怎麼會知道她是班上的新同學？」我邊發抖邊問。我嘗試要讓自己冷靜，但是這件事情好奇怪……真的很奇怪！

「問我嗎？當時在巴士底下的就是我！我是第七十一個小孩！」

小露剛說完，我後面的門突然被打開，其他門也是同樣被打開。過一會兒，小娜和小川就從房裡跑出來，這時小露已經消失不見了！我癱軟在地板上面，感覺很累很累，可能是因為哭了很久吧！另外，我感覺到今天時間過得很慢……而且今天我做了很多事情……這時小娜和小川跪下來嘗試攙扶我……很快地我就感覺身體被扶起來了。

這時我彷彿看到一扇門慢慢地被打開，月光則是從門內漸漸顯露出來。
這是坤庫老師的房間門口！

我睡到隔天下午才起床，這時並沒有人在房間裡，只有掛在床邊的點滴陪著我，而且它比我高大約一公尺左右。現在我感覺到身體又餓又累，頭也很痛，我想我應該多休息一點，還是要請護士來把我手上的點滴針頭拿掉？
算了吧！沒多久媽媽就應該會來接我回家了。
睡覺吧！

當我再度起床，就聽到有人按馬桶沖水的聲音。
雖然我現在還是很睏，不過為了看時間，還是得盡力睜開眼睛。
早上八點嗎？
「八點！！星期一！學校！」我嚇一跳大叫！
這時媽媽打開廁所門走了出來，她的臉色看起來很納悶，接著說：「孩子，妳還想要去學校嗎？」

「為什麼昨天媽媽不帶我出院呢？」

「因為妳看起來還不太好啊！醫生說妳可能太緊繃了，我覺得妳應該先把去學校的事情忘記，好好地休息就好。」媽媽說。

「是誰幫我裝上點滴呢？」

「醫生說妳的身體很虛弱，需要打點滴才行。而且妳已經好幾天沒有進食了！」

「媽！我一定要去學校！」我從床上坐起來說。這時我心裡還在思考，要不要像電影所演的，自己把針頭拔掉，然後逃離這座醫院。

不了，我覺得這不是個好想法。

「媽！我一定要去學校！」

「喔……我的小公主，妳一定要待在醫院裡休息才行，把去學校的事情先忘記了吧！」媽媽說。

「坤庫老師！坤庫老師呢？」我問。

「他星期日就出院回去了。」

糟糕！如果老師知道了錢幣……錢幣的事情！

我一直在上衣口袋摸來摸去，想要找先前準備的那枚錢幣，不過它已經不在那裡了！但是我的上衣並沒有換過啊，為什麼它會不見了呢？

「媽！有沒有人碰過我的身體呢？」

「沒有啊！只有昨天有一個護士進來幫妳擦身體，連衣服都還沒有換過。」

我又再度坐起來一次，然後翻開我的枕頭，很快就發現它正乖乖地躺在枕頭下面……有兩枚錢幣！我趕快把它們放進我的錢包裡面。

「明天我要去學校了！」

媽媽點了點頭，不過並沒有開口答應。我很怕明天就是期限的最後一天！

星期二早上，我上學遲到……一定會遲到，因為跟媽媽溝通關於要出院的事情結束之後，已經是早上十點鐘了。再加上我得回家換制服，所以當我到學校的時候，已經是第四堂課了。

有時候……如果我們抱持著很大的希望，那它們可能不會發生，或者是會有其他因素讓它們產生變化；如果我們不抱持什麼希望，說不定它們就會發生。有時候在生命之中，好運往往會比壞運要來得少，而且在日常生活的每一天也可能會是如此。人生就是這樣！

我到了教室之後，大家一直看著我，他們可能覺得我的情況還好，一點都不像是病人，只像是單純遲到，所以我感到有一點丟臉。我走過去坐在位置上，小娜和小川轉頭過來看了我一下，就轉頭回去繼續聊天。

上課的時候，我一點都沒辦法專心，現在我的頭腦裡……不是功課的事情，也不是老師上課的內容……

而是之前發生過的所有事情！

當我們玩了一百個鬼魂的遊戲之後，生命就遇到許多麻煩的事情……包括星期六的事情……小露的事情……我自私的事情……娜亞死亡的事情……坤庫老師生病的情況……坤庫老師其他的事情……在角落出現的小男孩……還有在我錢包裡面錢幣的事情……

我沒辦法說哪一件事是最不重要的，也沒辦法說哪一件事讓我最不頭痛！

現在我的頭腦裡面已經沒有人打鼓的聲音了……沒有痛的感覺……沒有睏的感覺……因為我之前已經睡了很多，休息了很多，而且也打了很多點滴。

現在我需要的東西就是時間……

我需要時間去思考該如何幫忙學妹她們……我也需要時間呼吸……我需要時間來延長即將要死的人的存活時間！

我把手裡的筆轉了兩圈，但不小心讓它從桌子掉了下去，於是我彎下去把它撿起來，然後壓出筆芯，收回筆芯，重覆了好幾次，直到我感到無聊為止。

要找降頭師嗎……但是感覺好可怕，那些人可能會因為我們是小孩，而有想要騙我們的念頭。但是我們也不能請長輩陪著我們一起去，是長輩同時也知道一百個鬼魂的遊戲的人，就只剩下一個人：坤庫老師！現在他的情況不太好，所以他會是我們尋求幫忙的最後選擇。

但是老師已經出院了，說不定可以幫忙我們了。

學校的鐘響了起來，現在已經過了五十分鐘了嗎？在這五十分鐘之內，除了玩手上的筆之外，我到底做了些什麼？一點都沒有想到任何可以幫忙別人的方法！

下課後，我從教室裡走了出去，準備去找小娜和小川。

「有看到坤庫老師嗎？」我問。

「壞消息……他已經回來上課了，不過只上了一天，他又回去住院了。」小娜說。

什麼？

小川把她的東西放進書包，接著說：「老師原本好好地在辦公桌工作，突然跌落在地板上，似乎有很嚴重的頭痛症狀。」

「接下來我們應該怎麼做呢？我們一起去找降頭師踢小露下去地獄，好不好？」小娜問我。

「但是降頭師算是很危險的人物，而且他們也需要費用。我們並沒有錢能夠請他們做這樣的事情。」小川看起來和我的想法差不多。

「現在我們一定要先處理所有的功課！然後……再找錢付給降頭師了吧！」我說。

小潘

我們是學妹，晚上待在學校裡的經驗比較少，而且對於分辨事情對錯的經驗也很少，所以當有人說他很了解學校的情況，或是一些校園裡所流傳的事情與旁人所分享的經驗，我們都無法判斷它是真的還是假的！

我也是學妹，晚上待在學校的經驗同樣很少，更不用說要去分辨所遇到的事情的對錯了。所以當副班長跟我說關於學校裡面奇怪的事情，其中包括流傳的故事與他自己的經驗，他都相當了解的時候，我都相信確實有這些事情存在。

「喔！在二三一的鬼魂嗎？」穆拉說……他是副班長，黑黑的很像泰國故事中拉都周拉嘎王子[1]，長得不太帥。而且這個男生說他什麼事情都很了解，就是除了念書的事情不太在行……這時他的頭從手上的工作日誌中抬了起來，嘴裡不斷念念有詞：「二三一……二三一……喔！是在三樓的教室嗎？」

我點頭。

註釋

1. 他是泰國傳統故事中的人物，長得又黑又醜。

「聽很多人說那間教室裡有鬼！但是沒有人能夠確認是哪一隻鬼！而且說不定裡面根本什麼都沒有！」拉都周拉嘎王子……呃……穆拉說。

「我可以跟你打賭，裡面真的有鬼！」我說。當然……因為我曾經親眼見過。我接著說：「你能不能跟我說，在那間教室是否流傳什麼鬼故事？」

我們星期二晚上留在圖書館裡討論事情，再過幾分鐘，圖書館就要關了。這時其中兩位同學先出去外面上廁所，留我和穆拉兩個人在這裡。穆拉現在正安靜地統計遲到學生的名字，但過一下他就回答了我剛剛的問題。

「妳是否認識四班的小姬？」他隨便問，看起來並不需要什麼答案，然後接著說：「小姬她們說，在晚上會看到一位留著學生頭的小女孩，身上穿著跟我們一樣的國中制服，出現在二三一教室的角落。特別是下雨天，更常看到她！但是沒有人知道那位小女孩為什麼會坐在那裡，另外我也沒有聽過有學生在我們學校裡死掉的事情。」

當然啦……這樣的事情應該沒有人想提吧！是嗎？

「另外，去年高三的學長姊們也跟我講過，在那間教室裡面的中間桌子，已經有主人了。它是穿著紅色衣服的守護鬼。」穆拉把臉靠近我小聲地說。

聽完後，我全身都起雞皮疙瘩了……但其實是因為看到穆拉的臉。然後我接著問：「然後……還有什麼呢？」

「那一個房間也有儲物櫃是吧？」穆拉闔上了他的工作日誌，接著用筆在上面敲啊敲，然後接著說：「有些人說，在那個儲物櫃裡面有個小男孩。但是有誰可以確認呢？因為如果哪一間教室看起來比較陰暗，馬上就會有新流傳的事情產生了。」

「對了！還有另外一個地方！是在那間教室後面的門那邊。聽說如果一個人待在那裡，背後常常會有毛骨悚然的感覺，是因為似乎有人正從背後看著你！」穆拉似乎突然想起這件事。

「但是另外一邊不是放東西的地方嗎？」

「那裡啦！就是女生們喜歡說會有人頭從垃圾桶飛上來的地方啦！聽起來有沒有起雞皮疙瘩的感覺呢？」他笑著說。

看你的臉就起雞皮疙瘩了！

「那其他地方呢？除了二三一的鬼故事之外，還有其他地方嗎？」我問。

「小潘小姐，為什麼妳會那麼想要知道這些事情呢？」

這個同學真的很奇怪，總是喜歡叫別人什麼小姐或什麼先生，聽起來似乎很有禮貌，不過我覺得他是帶著嘲笑的口吻。

「先不要問我啦！我是因為覺得你最懂這些事情，所以才會問你。」

「那妳可是問對人了！」拉都周拉嘎王子用他的筆指著我的臉說……呃！拜託！趕快回答吧！然後他接著說：「最近有一個傳言，非常流行，就是關於在醫護室裡面的鬼！所以現在很多女學生不敢去那邊休息了。」

「這件事情我也聽說過，不過對詳細內容並沒有那麼清楚。」

「就是有個女學生去那邊休息，但是不清楚她在哪一張床休息。剛好那一天是佛教的日子[2]，她睡了一會兒，就聽到高跟鞋走來走去的聲音。但是當她張開眼睛……」穆拉突然停了下來。拜託！講到一半停下來幹嘛！

「你要講什麼就快點講吧！」我說完，就有一隻冰冷的手突然抓住我的脖子。

「啊！！！」我馬上從椅子上跳起來，同時把那隻手推了出去。不過穆拉卻是叫得比我還要大聲！

「它出來了！它出來了！」

「出來你的頭啦！」

我馬上停止喊叫，然後轉頭去看後面，就發現是剛剛去廁所的同學。

「喔！拜託不要這樣，不要拿濕濕的手碰我，我們剛剛正在討論鬼故事啊！」我說。

「我們去圖書館吧！那邊的老師一直看著我們。」另外一個朋友說，就先往前面走去，於是我和拉都周拉嘎王子也跟著一起離開。不過剩下的那位朋友，卻是轉頭來開我們玩笑。

「喂！今天是我打掃醫護室，要不要去看一下那個地方？」拉都周拉嘎王子給了我一個眼神，就先走了出去。

我看看手上的手錶，現在才下午四點十五分，我還不想回家，而且遊戲的期限也幾乎要到了。另外，小蜜她們現在也不跟我講話了；真的錢幣也不是在我這裡，我想如果有人會死，那可能就是我們了吧！

小珠學姊正在做什麼呢？她真的會幫我嗎？

應該會吧！因為她們也曾經贏過一百個鬼魂的遊戲啊。

「喂！妳知道嗎？現在坤庫老師的症狀好像很糟糕！」

我轉頭去看樓梯那裡，就看到一群學姊拿著手機，邊走邊聊，好像很擔心坤庫老師的事情。

「他不僅僅是被停職，而且還要住院！」

「另外還有傳言，就是老師和死掉的學生有關係！」

「真的嗎？」

「好可怕啊！」

「如果是真的，就請他辭職好了。」

我轉身回去，假裝從圖書館的窗戶看出去外面的球場。這時我還聽到那些學姊們，仍然一

註釋

2. 泰國人相信在佛教日，比較容易看到鬼。

直談論著關於坤庫老師不好的事情。

我走上樓，途中一直看著自己的雙手，說不定過沒幾天，它們就會變成歷史了。而且如果我真的死去，我的事情可能會變成很多學生談論八卦的話題。

但是會有幾個人知道所有事情的真相呢？這些事情像是我為什麼死……什麼東西導致我死……一定沒有人可以真的了解，大家一定會杜撰可以讓自己相信的事情。而這樣的情況，可能會有不好聽的話跟我扯上關係，可能會被流傳並非意外死亡，而是自殺身亡也說不定。最後，我想當我死了之後，可能就會變成學校裡的鬼魂，然後像小露一樣，等著下一個人來玩一百個鬼魂的遊戲。

這時我看到在足球場踢球的男學生們，想到他們現在的生活為什麼跟我不太一樣呢？好像他們一點都不擔心會發生什麼事情，可能他們只擔心今天能不能踢贏對手；或是擔心如果踢的動作太大，褲子會不會破掉；或是太晚回家，會不會被媽媽罵而已吧！

但對我來講，這些事情都是小事！

另外，像是上課的事情、考試的事情、朋友的事情、學校裡面的事情、家裡的事情等等，跟我可能過不了幾天就會死掉的事情比起來，這些也都是很小的事情！

我記得之前自己也是跟他們一樣，一點都不管明天會不會死，也一點都不管未來會怎麼樣啊！

但是……剩下沒幾天我就要死了，所以我也就不用擔心自己的未來了吧！現在應該擔心的是如何讓剩下的生命活得更有價值，我想把注意力放在上課和考試的事情會比較好吧！

故事16

「妳已經輸了」

在靠近一樓女生化妝室的醫護室裡面，我看到五、六位學生正在打掃，另外我也看到了穆拉和負責監督的老師。這時穆拉時而點頭，時而搖頭，嘴巴似乎一直在回答「是」這個字。

我打開玻璃門走進去，接著放下書包。這時，裡面的人都轉過頭來看我，不過很快地他們就又把精神放回自己的工作上。

我看了一下醫護室的環境，裡面看起來被分成四個部分。一進門的左邊，是老師的位置，被一整片玻璃環繞著，中間則是拿藥的櫃檯。另外，沿著左邊的小通道，就可以走到這裡的儲藏室。至於右手邊則是被分成兩個房間，靠近門口的是女生的休息室，一共有六張床；另一間則是男生的，也同樣有六張床。

過一會兒，監督的老師就走出去，把鑰匙留給穆拉。

「老師先走了，她請我在打掃結束之後，先檢查一下四周環境，再關門離開。這可是妳的大好機會，先進去房間裡等吧！」穆拉似乎已經知道我心中的疑問了。

「喂！其實我一點都不想跟你兩個人留在這裡，我來這裡只想知道，你先前告訴我的故事的結局。」我把話先說在前頭。

「如果妳想一個人留在這裡也沒有問題，打掃完之後就麻煩妳關門囉！」他示意要把鑰匙拿給我，看起來想開我玩笑。

不久，其他同學就一個接一個離開，最後只剩下我和穆拉留在這裡。其實在那麼晚的時間，只跟他兩個人在一起，對我來說並不太好，所以我先到房間外面的櫃檯，等著正在整理男生房間床鋪的穆拉出來。

這時他轉過頭來對我說：「看起來很閒嘛！」我聳了聳肩，當作給他的答案，然後他接著說：「幫我處理女生床鋪一下吧！那些同學真是糟糕，老師前腳剛剛離開，他們後腳就跟著開溜了。」

「那你呢？為什麼不先回去呢？反正也不會有人知道。」我問。

「但是如果房間沒有整理好，我還是會被臭罵一頓啊！人生也是這樣，如果有人做錯事，那個人就必須接受挨罵的後果。」他微笑地說。

我笑說：「哪有，如果有人做錯事，一定會找代罪羔羊。」

他停下來想了一下，接著說：「應該是吧！」

我走進女生的房間，把床上的床單拉好鋪平，接著用手打了打枕頭，讓它看起來比較膨鬆，最後把棉被覆蓋住整張床，不讓裡面的東西被看見。我從最前面的床開始整理，越來越靠近位於角落那張床。當我正捶打那一張床的枕頭時，突然有水從上面滴到我的頭頂。

「噢！」我用手摸摸頭，接著抬頭看上方的天花板，就看到有一條水管在那裡，這條水管沿著牆延伸到外面櫃檯的洗手台那邊，接著繼續延伸到另一邊牆，最後消失不見。我想水應該是從這條水管滴下來的吧！最後，我用力地甩甩棉被，把它覆蓋在這張床上面。

叩……叩……

我停了下來，包括停止我的呼吸，直到我再也沒有聽到其他聲音，才接著繼續調整棉被。

叩……叩……

拜託！我又再調整棉被一次了。

叩……

「弄好了沒有？」他從另一邊的房間問我。

「好了好了！」我馬上回答，然後轉身從這個房間走出去，一點都不想再轉頭去確認什麼。這時，剛好穆拉走到控制燈光的開關旁邊，站著等我。

「我要關燈了喔！」他說完，馬上按下開關，瞬間一整個房間都陷入黑暗，只剩下外面微微的光線照進來。當我們正往外走的時候，他就開始跟我聊起剛剛所講的事情。

「妳剛剛說的也對。」他說。

「什麼事情？」

「就是說『如果有人做錯事，一定會找代罪羔羊』這句話。聽起來妳似乎有過這樣的遭遇！」他說。

「沒有啦！你以為我的人生有那麼辛苦嗎？一定要每天哭，心裡總是很痛苦，像是肥皂劇中的女主角嗎？」我邊說邊把書包拿起來，接著就推門走出去，最後把門關了起來。

「我覺得每個人一定都有印象不好的事情。像我啊！從小到大，都沒有女生理我，每當我想要跟她們講話的時候，她們總是馬上離開，甚至連同一群的朋友，都還拿我的長相來開玩笑！」穆拉說。

我不知道該怎麼回應他，因為連我自己也曾經開過他的玩笑，而且還替他取了奇怪的綽號。

「我想也不是全世界的人都覺得你長得不好看吧！如果有一個人想要跟你交朋友，他一定是注意你的優點，而不是在乎你的長相！」我嘗試用最好的方式去安慰他。

他點點頭，看起來同意我的話，然後接著說：「不管怎麼樣，人都是想要找好看一點的朋友吧！像我這樣，之後可能沒有人想要跟我在一起吧！」說完，他把手伸進了褲子的口袋，突然說：「咦，鑰匙……」

「噢！鑰匙好像還留在那個房間裡，是放在櫃檯上面。我回去拿好了。」我說。

我打開門，直接跑過去櫃檯那邊，接著說：「咦，放在哪裡呢？」

我記得是放在櫃檯啊，咦……還是放在包包裡面呢？同時，我先翻了翻下面的資料，然後轉頭去看在櫃檯邊的洗手檯，看完後再轉頭去看那邊的不鏽鋼桌子，最後回頭去看穆拉，用雙手在胸前比出一個叉，示意我找不到鑰匙。這時他用手向裡面指了指，嘴裡似乎在說「罐子」兩個字。

於是我轉頭去看在櫃檯上的筆罐，呃……原來它躲在這裡！我把它拿起來，接著繞著櫃檯想要走出去，忽然就聽到那個聲音！

叩……叩……

我回頭去看女生休息室，看到一個黑色的陰影出現在那，正在最後一床附近走來走去。

叩……叩……

這個時候我確定她是女生，因為她留著一頭長髮，從最後一張床的後面走到同一張床的側邊。然後她就慢慢地轉頭來看我，似乎發現了我正看著她。

「啊！救我！救我！」我叫得很大聲，然後很快地跑到外面的門口那裡，這時剛好穆拉也開門進來，被我的舉動嚇了一跳。

「怎麼了？怎麼了？」他問。我什麼都沒有回答，而是馬上從門口衝到外面，同時把醫護室的鑰匙放在他的手上。

「趕快把門鎖起來！」我叫。

他乖乖聽我的指示去作，但是心裡還在納悶。這時我再次轉頭去看裡面的房間，就看到她從房裡探出頭來，還望向我這個方向！

我嚇死了，於是馬上抓了穆拉的手往外跑。

「喂！等一下，我還沒有鎖好啊！」他說。但是我一點都不想理他，一直跑一直跑，最後跑到女生化妝室前面。

「你想回去鎖門就去吧！我不去了！」

「發生了什麼事嗎？」

「我遇到你告訴我的故事結局啦！」我大聲對他說。

「真的喔！妳真的遇到了嗎？」

「請你自己回去看吧！」我推他往後看，他卻是馬上縮回來靠近我，於是我接著問：「什麼啦？」

「我們走吧！趕快走！」他說。

這時突然變成他抓住我的手邊走邊跑，我不知道當我推他回去看的時候，他到底看到了什麼？可能他看到了我看不到的東西，就像是我看到了他所看不到的東西。

我張開眼睛……發現自己已經在另一個地方了。

夢……一定是夢，我幾乎忘記這個夢了，但是它又回來一次！似乎是要先警告我。

我現在已經站在一條看起來通往天空的通道中間了，這很像我好幾天前夢到的場景，下面也有著一大片龜裂的土地，而且在上面也有一條通道，有許多穿著白色沾有血漬衣服的人群，正慢慢往前走。每當最後面的人群往前走了之後，就會有新的人群接了上來，也不知道是從哪裡出現的；至於最前面的人群，則是慢慢地消失在我的眼前。

這次我還會遇到什麼呢？

我停在這裡不走，可以嗎？

如果我不像上一次那樣做，像是不往前跑、不跳下去下面的通道、不跳下去水裡面，那麼我就不會被石頭割傷腳，水也就不會整個變成紅色，當然也不會有紅色的血從我的嘴巴裡吐出來！如果我不照上次那樣做，可以嗎？

我記得小時候，曾經有溺水、被石頭割傷和吐血的經驗。在夢境裡的每一件事，在真實生命中，我都曾經遇過。而這每一件事情，也都在夢境中一一地上演。

但是現在我的腳則是自動帶著我走，很快地我就滾下去下面的通道，而且失去控制，幾乎要撞上那些蒼白臉孔的人群。然後我慢慢地撥開人群往前走……我很想哭，現在我真的很想哭，我一定要一直重複這樣的惡夢嗎？

難道我真的無法從這個惡夢中甦醒嗎？

我跳下水裡，接著被石頭割傷，然後水整個變成紅色，最後我嘗試游泳離開水裡，但這時有某個東西卡在我的喉嚨……好想吐……

我從水裡爬了上來，拖著身子往前方的通道走……感覺跟上回的夢幾乎一模一樣，但是這次有了一些改變。

上一次我走到一道拱門，遇到兩個不幫我的男人。

這一次的夢則是有所改變……我遇到了其他事情。這一次我遇到比較寬的通道，有三個人站在通道旁邊，其中兩個站在一邊，另一個則是站在對面。他／她們也穿著白色衣服，就和在通道中間走動的人群一樣，不過他／她們的衣服比較乾淨，也比較白。站著一起的那兩個人，臉比較腫，也比較蒼白，身體看起來則是胖胖的；另外一個人則是看起來沒什麼特別。

這些人現在轉過頭來看我，似乎在等著我。

我已經可以站起來了，傷口也都不見了，喉嚨裡想吐的感覺也消失了。但我還是一跛一跛地往前走。

我回頭去看周圍的人群。

然後……

碰！

感覺像是被強風或是某個大的東西狠狠地撞上側面，直到我休克……最後停止呼吸。

我低頭去看自己的身體，穿著白色衣服，像通道上的人群一樣。另外，有血從我的額頭慢慢地流了下來，我嘗試用手去摸額頭，但是我的手卻怎麼樣都舉不起來，像是我右手的骨頭全都斷掉了。就連雙腿也幾乎失去知覺。

我現在跪了下去，在喉嚨裡充滿了紅色液體，讓我不舒服到要咳嗽把那些液體吐出來。我咳嗽……窒息……把還可以用的左手伸進喉嚨，嘗試把卡在那裡的東西拿出來。

「跟我們來，小潘！跟我們來！」

那些人呼喚我，最靠近通道旁邊的人則是揮手叫我。我搖搖頭，因為我實在太痛了，沒辦法跟著他們走。

不……我不想去……我一點都不想去，留我一個人在這裡，讓我……

「妳一定會死……因為是遊戲的規則！」

有穿著白色衣服的陰影從通道另外一邊走過來，但是她的衣服上卻都是黑色的血漬，比之前揮手叫我的人還要舊。最後那個陰影停在我前面，接著把手伸出來。

「妳已經輸了！」

我突然驚醒，接著一直喘氣，看來剛剛做惡夢的時候，完全沒有氧氣進入我的肺部。

沒有時間了嗎？……沒有時間了嗎？

我四處摸了摸，要找手電筒，接著我拿著它，起床走到我的桌子那邊，一直找我常用的那個小月曆。

不會吧……我應該不會記錯日子吧！不是今天，也不是現在，我還沒有輸，我還有時間。

「小潘！」

我把抽屜關起來，然後轉頭去看聲音的主人……雅麗！

「我還有時間是不是？」我問她，似乎她可以給我一個答案！不過她倒是真的可以解開我的疑問。

「還剩下兩天……」

「還是已經不到兩天了呢？」我嘆了一口氣，然後坐到椅子上繼續說：「好久沒有看到妳了，妳去哪裡了呢？」

「我們被叫去集合。」

「集合？」

「遊戲快要結束的時候，我們會被集合起來，準備歡迎新成員加入。」

聽了之後，我苦笑一下，接著說：「表示妳的主人覺得我一定會輸，是不是？」

「為什麼妳還在等呢？為什麼不去找鬼魂呢？」她問。

「雅麗！現在的情況已經超過我的能力範圍了，而且時間也越來越少，我想我一定要找其他方法。另外，小珠學姊她們也正在找方法幫忙我。」我嘆氣地說。

「小潘，妳一定會輸的，我的主人不會讓人破壞他的規則了。」

「請妳不要再說了，妳表現出來的像是那個可怕主人的祕書！」我邊罵邊尋找雅麗，因為她突然消失不見了。我深深地吸了一口氣，現在的我很恨自己和那個可怕的遊戲。

沒有其他方法了嗎？

現在只能等著別人的協助嗎？

為什麼我要請跟這個遊戲一點關係都沒有的人來幫我呢？這樣會讓他們浪費了很多時間，

說不定也會遇到跟他們沒有關係的危險事情。

我一定會讓自己輸，然後死嗎？我一定會讓自己像雅麗那樣嗎？我一定會變成無處可去的鬼魂嗎？這背後一定有什麼問題……事情一定會比我所想的還要嚴重，因為這一次雅麗的聲音聽起來很悲傷。這時我回想到當她死後，第一次見到她的時候，她看起來也很痛苦。在看到她的情況之後，我不禁想，死亡有那麼可怕嗎？

我的夢境背後會有什麼樣的意義嗎？如果根據佛洛依德的理論，夢境是一些扭曲潛意識的組合，所以這些潛意識會反映出我們真正的想法。我之前會有那樣的夢境，是因為我覺得自己一定會輸掉這個遊戲吧！剛剛雅麗的話似乎也有相同的意思。

她的主人就是那個老老的，看起來像神經病的阿伯嗎？

對了，我完全沒有問過雅麗死後的世界是怎麼樣？也沒有問過究竟是誰殺了她？

而且……為什麼在她死前，要打電話給我？還是她已經感受到即將死亡的預兆？

如果是我呢？如果將我有將要死亡的預兆，我應該怎麼做呢？是要靜靜地等著死亡來臨，還是先自我了斷？

算了！我不要想了！

星期三早上，升旗典禮之前，小珠學姊來找我，告訴我今天晚上要去找降頭師……只有學姊們要去……我則是被吩咐去探望坤庫老師。

沒想到現在我也有任務了。另外，小珠學姊也留了小娜學姊的手機號碼給我，告訴我如果發生什麼事，可以打電話給她們。

在升旗典禮之後，我走路去找穆拉。

「你知不知道一百個鬼魂的遊戲？」為了不讓正走路經過我們的小蜜她們聽到，我小小聲問他。另外，我還注意到小蜜她們正用奇怪的眼神看著我。

「當然知道啊！我覺得整個學校的人都已經知道了，不過倒是還沒有確認這是個怎麼樣的遊戲，現在有一群學生嘗試要去了解這個遊戲。我想只有一個人最了解這個遊戲，那就是坤庫老師，不過現在他一點都不想跟任何人說。」穆拉說。

「有傳言說，因為這個遊戲，已經有好幾位高三的學長姊們死掉了，另外也有一位高一的學姊死掉了。」

「呃……可能不只是傳言了吧！」我說。

「妳的朋友呢？那個叫作雅麗的，她總是跟妳在一起。」

我停了一下，決定馬上換話題，接著說：「你有沒有看到鬼的好方法？」

「為什麼這樣問呢？」他回問。

「我以為你會知道啦！不過如果你不知道，那我就不問了。」我沒好氣地回答。

我假裝走出去，穆拉則是不講話看著我，直到他覺得我是真的不問他的時候，他突然講了一句話出來：「好像有個方法，是學長姊好幾年前使用的！」

「真的嗎？」

哇！這個人真的是學校裡面的百科全書！

我大概是在下午三點半到醫院，穆拉也跟著我一起去，為了探病，他已經買了小小的水果籃。其實我本來不想跟他講關於坤庫老師的事情，但就當作是交換吧……用我的事情跟他的方法交換，也就是我告訴他我玩一百個鬼魂遊戲的事，他則是用看到鬼的方法跟我交換。

我看著小珠學姊寫給我的房間號碼，抬頭去看眼前門口的數字。

「就是這個房間了。」我說完就敲門，接著走了進去。

這時看到坤庫老師正在看電視，似乎很無聊。

「坤庫老師您好！」我向老師打招呼。

「老師您好！我是國二二班的同學，這是我們要給您的禮物，其中包括我們班的老師與全體同學。」穆拉說，接著把水果籃放在床旁的小桌子上。

「我從來不知道我教過你們班！」老師微笑地說。

「自從您在泰國音樂教室前面挖人的骸骨上來之後，全校都認識了。」穆拉說，不過有一點結結巴巴的。

我坐在靠近牆的那張沙發，看著老師點滴的罐子，也聽見了老師跟穆拉的笑聲。

「我希望明天可以出院，因為有事情等著我去處理。」老師說。

「老師怎麼了？我覺得您看起來還好啊！沒什麼問題。」穆拉說。

「對啦！我其實很好，那一天我只是沒有吃早餐暈倒而已，但是其他老師很擔心，才帶我來醫院。」

這時我馬上站起來，走過去找穆拉，要拉他出去外面，出去之前，我先轉頭過來看著老師，然後說：「我會再回來拜訪老師。」

接著我馬上關門，往前走。

「喂！潘小姐，妳要去哪裡？為什麼突然離開？」穆拉邊叫邊跟著我往前走。

「跟你沒有關係！」我說。

「呃……是不是因為老師沒有提到一百個鬼魂的遊戲，所以妳很生氣？」

我停下腳步，接著說：「還好老師沒有提到什麼事情。雖然老師假裝他是多麼地有精神，但我還是可以看出來他有多累。」

「妳在想什麼事情呢？」

我用手摸摸額頭，感覺到為了要說的下一句話而難過。接著我說：「我們的學姊說老師可能會死……他身體裡面的器官越來越沒有作用，可能會一個個地慢慢衰竭，失去功能。」

我完全沒有聽到穆拉的回應，可能他還因為我的話而感到訝異吧！

「那……一百個鬼魂的遊戲呢？如果沒有坤庫老師，妳還有機會贏嗎？」

「不知道啊！」我回答，原本想再說我現在不知道該怎麼辦，但是現在我不想多講什麼了，我想死……因為我知道我一定會死，但是為什麼連老師也變成這樣呢？我從來沒有遇過這麼糟糕的情況！

朋友的死亡、自己的死亡，還有……老師的死亡……

小潘，為什麼妳那麼倒楣？之前妳的朋友死掉，而妳一直作惡夢，最後一定要自己一個人處理這些事情。除此之外，就連妳的老師也都快要死了！

妳即將死了，全部事情的起因都是因為一百個鬼魂的遊戲！

「穆拉，你已經答應我了，無論如何都不能告訴別人關於一百個鬼魂的遊戲。」我說。

「早知道我就不聽妳說了，現在教我怎麼可能安安靜靜，看著妳和其她三個朋友一個個死去呢？」穆拉邊說邊打他自己的額頭。

「只剩下一個晚上，怎麼來得及？只剩一個晚上，我怎麼看到一百個鬼魂？」我無奈地說。

穆拉拍了拍我的肩膀說：「妳忘記了嗎？我們還有之前學長姊們看鬼的方法啊！」

在小珠學姊給我小娜學姊的電話號碼的同一天晚上，我就撥了過去。

小珠學姊她們對於我請她們出來，感到有點納悶。我們約在學校停車場旁邊的一個小廣場見面，常常有學生在那裡運動。現在有穆拉、小川學姊、小珠學姊、小娜學姊和我五個人，一開始我們都沒有講什麼，但很快地學姊們就開始……講穆拉的壞話！

「那個男生叫作穆拉嗎？名字聽起來真俗氣！」小珠學姊轉頭問我。

「他也知道我們的事情嗎？而妳確定他不會到處亂講嗎？」小川學姊問，似乎不太相信穆拉。

「妳們可以相信他，他好像真的想幫忙我們，今天的計畫也是他安排的。」我說。

「可能他用他的長相打賭了吧！」小娜學姊作勢耳語，卻講得很大聲，看起來一點都沒有開玩笑的。

「東西都已經準備好了嗎？」穆拉說，假裝聽不到學姊們的談話。

「我已經準備香和蠟燭了，也準備了打火機、黑布和白棉線圈。」小川學姊拿了一個塑膠袋出來給大家看。

「到底我們拿這些東西來幹嘛呢？」

「等一下妳們就知道了！」副班長穆拉看起來很神氣地說。然後他接著說：「但是我們要先等天黑，說不定今天的天空會很黑，而且希望今天不會看到星星。」穆拉邊說邊半遮眼地看著逐漸變紅的天空。

「然後呢？」

「我們先準備東西好了。」

現在旁邊的停車場裡，已經都沒有車了，副班長穆拉也應該尋找到好地方了。他跟我們說，因為晚上不太有人在這裡走來走去，所以是一個很適合進行神祕儀式的地方。接著我們開始把三十根蠟燭在地上圍成一個大圓圈。

「一定要圍成我們都可以進去裡面的大圓圈才行！」

接著我們拿起白棉線圈，選定一根蠟燭，把白棉線綁在它的中間，然後拉平，依序去綁下一根蠟燭，直到回來第一根的蠟燭為止，這時白棉線就沿著蠟燭也圍成了一個圓圈，最後我們把剩下的白棉線圈放在圓圈中央。做完的時候，時間已經是晚上六點半了。

「天已經黑了，我們幾乎看不到什麼東西了。」我說。

「可以開始了！呃！潘小姐，請妳躺在圓圈中間！」穆拉轉頭來看著我說。

「什麼？」

應該不只我有嚇一跳的感覺！

「不要多說了，趕快到中間躺好，要不然等一下天太黑就什麼都看不到了。」

「為什麼是我呢？」

「妳不是想要看到鬼嗎？這個方法可以請鬼魂盡可能地過來這裡，最後如妳所願的看到很多鬼魂！」

「喂！別忘記只有不得好死的鬼魂才可以！」小娜學姊提醒。

「不過大部分不得好死的鬼魂都還沒有安息，所以它們還可以來這裡的，不是嗎？」

「呃……我沒有話說了。」

我看著圍成圓圈的蠟燭與白棉線，嘆了一口氣。如果我不想明天死，就一定得照穆拉的指示做了。

「好啦！我做！」我說完之後，慢慢地把右腳跨進去，接著也把左腳跨進去，最後走到圓圈中間，慢慢坐下去。

「不是坐啦！妳要躺下去！」

「躺嗎？」我馬上站起來，接著問：「一定要躺嗎？」

「對啊！」

我決定在神祕儀式結束之後，一定要打穆拉的臉！

我躺在髒髒的地板上，我想這裡應該有很多人走過，上面還有車子輪胎的痕跡，更別說如果有人踩到狗大便，然後走路經過這裡。

「好啊！躺就躺！」

「小珠學姊，可以幫我一下嗎？」穆拉說完就把裡面的白棉線圈拿起來，然後交給小珠學姊，接著就把白棉線從我的脖子開始往下繞圈，繞到身體中間才停了下來。這時穆拉說：「把妳的手在胸前合十！」

我乖乖依他的指示做，然後小珠學姊就繼續把白棉線在我的兩隻大拇指上繞圈，然後繼續繞剛剛還沒有圈到的身體部分，直到下面的腳踝為止。這時突然有一位學姊發出嚇一跳的聲音。

「然後把香和蠟燭拿給她！」

於是我乖乖地拿著香和蠟燭。呃……為什麼這個儀式很眼熟呢？

這時穆拉把打火機拿了出來，接著說：「我們要開始囉！」

「喂……這不是用在屍體上的儀式嗎？」小珠學姊突然想起來。

「是啊！我們一定要把潘小姐弄得越像屍體越好，因為我們將要送她去另一個世界。」穆拉一臉正經地說。然後他又接著說：「而且全部的蠟燭一定都要有火，不可以熄滅，如果有一根熄滅或是燒完，那就糟糕了！所以我們一定要很注意棉線，如果蠟燭燒到剩比較少的時候，一定要馬上把棉線剪斷，才可以叫小潘的靈魂回來。」

我馬上坐起來，然後說：「什麼！這表示如果蠟燭熄滅，那我的生命也會跟著消失嗎？」

「對啊！」

我轉頭去看小珠學姊，她看起來還在驚恐當中。

「有人曾經這樣做過嗎？……似乎很危險啊！」小川學姊說。

「如果我們來得及把棉線剪斷，一切都沒問題。」他依舊一臉正經地說。

「但這是我的生命啊！」我大聲叫出來，不過馬上就停止了，因為突然想到我可能明天就會死。於是我接著說：「好吧！今天死或是明天死應該也沒什麼差別。」

「小潘學妹，我覺得不要做了，這件事真的很危險。況且時間還沒到，如果妳今天就不小心死掉，那就太不值得了。」小川學姊拉著我的手說。

我對小川學姊微笑地說：「謝謝妳的關心，但是學姊……如果我輸了這個遊戲，不管怎麼樣，總有一天我也一定會死。」

我又躺了下去，然後先嘆口氣，再深深地吸了一口氣，最後就把眼睛閉起來。

「我要開始點蠟燭了，妳儘管放輕鬆，不用擔心。如果發生什麼事，我們會馬上拉妳回來。」穆拉說。

我給了他一個笑容，表示了解。

被點燃的蠟燭的味道越來越重，在我身體的周圍則是充滿了煙霧。我的身體越來越熱，地板則是比較冰。這時我聽到有人說話的聲音，但是聽不太清楚內容，而且聲音離我越來越遠，最後就連熱和冰的感覺也慢慢不見了。

現在我的身體輕輕的，當我睜開眼睛的時候，發現自己時而看不清楚周圍的情況，時而又可以看得清楚，讓我感到頭暈暈的。不過當我往前走三步，就發現所有東西都變得比較清楚了……

我現在在一條馬路旁邊，這裡很靠近公車站，站裡的四、五個座位都有人坐著。我往前走，越來越靠近馬路，在那裡我看到一個男生的屍體，躺在一片血泊之中，他透明的靈魂則是在屍體四周飄來飄去。

我轉頭去看後面，坐在座位上那群人，臉都是歪斜且沾滿了鮮血，而且每個人的身上都有大小不一的傷口。我見到有些人的骨頭從下背部穿了出來；有些人則是一邊的腳不見，斷腿處還有一些骨頭殘留。

我想他們都是不得好死的鬼魂，時辰還沒有到就先死掉了，因此，必須先來這邊集合。但其實他們看起來並沒有那麼可怕，也不是為了嚇人而跑出來的。

我看到他們感覺很像看到普通人，而他們的動作也是跟普通人一樣，一直坐在那裡，一直等著公車……

我繼續往前走，走到一座小橋旁邊，當我往橋下的河裡看的時候，就看到了很多屍體漂在河面上，而在這些屍體中，很多看起來都是浮腫且腐爛的，剩下的屍體則是在皮膚上有著綠色腫瘤，看起來像是生病了。

我再往前走，看到一個小男孩從我旁邊跑了過去，他的脖子有一道很大的傷口，看起來像是被刀子割傷。

再繼續走，就走到另外一座橋，過了這座橋之後，直走就可以到達捷運站。我往上走，低頭去看下面，就看到很多沒有頭的人、身體沾滿血的人、雙腳扭曲變形的人與頭看起來被鐵鎚打到剩一半的人。我繼續往上走，幾乎快要到捷運站裡面了。

從現在開始，興奮的感覺突然不見了，取而代之是可怕的感覺。

雅麗站在月台那裡，她等著……等著什麼呢？應該是在等捷運列車吧！

她把手伸進裙子的口袋，接著把她的手機拿起來，放在耳朵旁邊。

我轉頭去看右邊，就看到捷運列車正進站，雅麗也正在講電話。每一件事情都發生很快，我無法從她的嘴型猜到她在講什麼。

但是突然她的身體往軌道方向前傾，看起來像是被誰往前推。這時她的手機掉了下去，我想應該是嚇了一跳。過沒一會兒，她的腳就跨過了黃色警告線，接著整個人摔落到下方的軌道！

捷運列車很快地從她的身上輾了過去。

死！

一點都沒有慘叫的聲音，只聽到列車鋼輪輾過東西所發出來的聲音。在我眼前所發生的這一切，快得如同閃電，令人來不及反應。

……轟……

這時旁邊的樹都突然變成黑色！

……轟……

雅麗躺在軌道上面，她的屍體被一分為二。現在沒有人知道她已經死了，沒有人看到有一個小女孩掉了下去，但當捷運列車過去不久，她就從軌道上慢慢地爬上了月台。

現在她已經在月台上了，而她的身體則是恢復成原來的樣子，只是在身體中間還有血慢慢流下來。然後她就坐在月台旁的通道上，不斷地哭叫！

這時她的左肩被拉了出來，看起來就像是熱呼呼的披薩被拿起來，然後一直拉一直拉，直到聽見肉被拉斷的聲音。

我看到被拉斷的碎肉，散布在周圍的空氣之中。奇怪的是，那些碎肉看起來是停在空中，似乎是被看不到的東西給吸住了。

她到底發生了什麼事呢？為什麼就像是有人拿膠水把她的肉黏在空氣上面？

鈴——

我低頭去看口袋，有某個東西在裡面。

手機！

「小潘！接電話吧！我們一起走！」雅麗說。

小珠

對我來講，在我的生命之中，最愚蠢的事情就是當別人要我們去死的時候，我們就真的去死；另外一件事，就是我會被不是人的東西，或是之前當過人的東西……打擾……我想可能是來自上輩子的因果關係吧！

對了，還有一件事情，就是現在有三個女孩和一個男孩正坐著看三十根蠟燭在燃燒，是為了要送一個女孩的靈魂去另外一個世界。而這些我們所做的愚蠢事情，是為了讓自己明天還可以活著嗎？是為了讓自己從可怕的遊戲迷宮中逃離嗎？

但是現在我也沒有辦法確認哪一件才是最愚蠢。

我想到之前遇到的一位算命師，他好像是緬甸、寮國、柬埔寨、越南，還是什麼國家，我不知道……他嘗試要跟我說，我一定會遇到跟著我走的鬼魂。而現在似乎已經有答案了。

在我們和學弟學妹來做這些事情之前，我跟朋友本來打算去找降頭師，而且希望能找到一個不貪財，真心幫忙我們的人……我希望找到一個好人，但是我知道在世界上，這樣的人並不容易找到，對我們來講，我們很缺乏這方面的知識，就像對於宇宙，我們還有很多未知的事情一樣。

但是我們似乎不用浪費太多時間找他了，因為我們好像已經見過那位降頭師了……是在白天的學校裡面，那個時候好像沒有人注意或是理他。但是他仍然跟我們講話……而我一點都不了解他所講的事情。然後坤庫老師就過來打斷了我們的對話，而他則是馬上消失不見。

儘管他不是降頭師，但是他立刻消失不見的表演，還是讓我打從心底相信他是一位降頭師。

這之後，我在學校旁的粿仔條店又遇見他一次，那時我看到他一個人正在吃粿仔條，周圍則是黑黑暗暗的。

我馬上走進去找他，問他我們是否見過。

這個情況在很多羅曼蒂克的故事中常常出現，呃……但是這個不是。他轉過頭來對我點點頭，順便給了我一個微笑，但是他的微笑看起來很像小偷，讓我往後退了好幾步。他先問我來這裡是不是要找答案，雖然那個時候我有點納悶，但還是馬上回答「是」。

他跟我講了一個故事。之前他去一間房子，裡面有媽媽跟兩個女兒，而他去那裡是為了要水和食物。其中一個女兒跟我現在的年紀差不多，另外一個則是還小。他吃完食物後，為了感謝她們，他就和那位跟我年紀差不多的女孩說了一件事情，就是她以後會跟另外一個小女孩有因果循環的關係，這是從上輩子就存在。而且這個因果循環會一直不斷地發生，直到彼此的因果關係消失為止。

那一個女孩就是希麗察，而另一個小女孩就是我！

兩個人彼此之間的因果關係，就像是一個人把沙堆成山丘，另一個人把它踢倒。

說不定是因為希麗察知道了這件事情，所以她才一直跟著我走……嗯……她要跟我進行一個新的因果循環了吧！

但是這件事情並非我最主要的目的，我是要問他有沒有辦法送鬼魂去安息？這時他回答：

「如果有比妳厲害的人告訴妳什麼事情，妳一定要相信！」

我問他我該相信什麼事情。

他回答：「不要找降頭師！」

坤庫老師可能只是一個普通的老師，而這一個算命師可能只是一個靠猜測過去、現在和未來賺錢的人。雖然他們兩個人有不同的職業，但是現在他們卻有相同的想法，那就是……

想讓我們死了吧！[1]

「她開始發抖了。」小川說。

「當然啊！到處都是煙，有人可以好好呼吸嗎？我們什麼時候才可以剪斷白棉線呢？」小娜用手托著下巴說，感覺很無聊。

「喂！關於找降頭師的事情，我們該怎麼做呢？」我問。

「現在我們有兩個建議來源，第一個是算命師，但看起來不太可靠；另外一個則是老師，看起來比較可靠。不過由於他們兩個都有相同的建議，就是要我們不要去找降頭師，所以我們就不該去找了吧！」小娜說。

「但是我們沒有第二個計畫了。」

「那個啊！是第二個計畫。」小娜指著正躺在那裡發抖的小潘說，看起來她正在作惡夢。

「如果第二個計畫也失敗呢？」

「我們就把想第三個計畫的任務交給老師啊！因為是老師不讓我們去找降頭師，我想他一定會有其他方法。但是現在比較糟糕的事情，就是老師還在住院。」小娜說。

我看到穆拉轉頭來看著我們，似乎想要說些什麼。

註釋

1. 坤庫老師和算命師都不讓我們找降頭師，看來我們已經無路可走。

「但是……坤庫老師快……」小川比穆拉先說。

我知道小川想說什麼，因此，現在除了自己，我們已經沒有人可以依賴了。就算是警察，也沒有辦法抓鬼吧！

「小珠！妳有沒有看過一部卡通？」小娜突然無厘頭地問。

「卡通嗎？如果男主角比較帥，我都會看。」我說。

「不是啦！那是一部比較科學的卡通。」

「每個週末早上九點播出的是不是？」穆拉問。

「是啊！其中有一集是在講所謂平等交換規則。」小娜說。

「妳要用人換人的方法嗎？」穆拉問。

穆拉好像也喜歡看這部卡通。

「如果不知道就先閉嘴，醜鬼！」小娜直接罵穆拉。

「小娜！為什麼要這樣罵他？」小川說。

這時小娜抓著我的肩膀說：「小珠！妳先聽我說，先不用理別人！如果我們先請小露幫忙，之後再還她一件事情作為交換，妳覺得如何？」

我對於小娜的想法嚇了一跳，這樣的感覺大過於我贊同她的想法。

「我們要拿什麼去跟她交換呢？要跟她要求什麼？而我們又可以提供她什麼呢？」小川問。

「我們就……」

「不要——」

我們三個人嚇了一跳，幾乎快把蠟燭弄倒了。這時我在一片煙霧朦朧之下，試圖要看看圓圈裡面發生了什麼事。

小潘仍然閉著眼睛，不過看起來很難過，而且開始大叫。這時她的頭左右搖來搖去，看起來像是有人要把香碰到她的臉上。而她合十的雙手看起來則是很僵硬、很緊繃。

「快剪斷棉線！」小娜大叫。

「但是現在才過了一分多鐘，如果剪斷棉線，我們可能會失敗！而且這個方法是我們剩下的唯一機會了！」穆拉說。

「只剩下這一個機會嗎？我想是要死的機會了吧！我一定要剪它！」小娜說。

「等一下！如果我們還這樣亂哄哄，可能會先把蠟燭弄熄！」我張開雙手，想阻止大家靠近圓圈和小潘，然後接著說：「咦！發生了什麼事？是什麼事呢？」

現在穆拉看起來滿擔心的，但是他也沒有辦法做什麼。我感覺周圍的煙霧越來越多，像是有人把鍋蓋蓋住這裡。我看到蠟燭越來越短，火則是越來越大……我想不用五分鐘，那些蠟燭就會燒完了。

「剪吧！」我嘗試讓自己的聲音聽起來比較冷靜，好像只是要剪一條縫衣線的感覺。現在只有我們可以救她，而不是那些棉線與蠟燭！

「我有指甲刀！」小川說，她把手伸進口袋裡，接著就把指甲刀拿給我。

我試著慢慢地捏住棉線，不過當我碰到它的時候，我就馬上把手縮了回來，因為它很熱，真的很熱！

「放開我！放開我！」

突然的聲音讓我嚇一大跳，手上的指甲刀也不小心掉落地上。現在我看到小潘雙腳踢來踢去，像是發瘋了，而且我也滿擔心她會把蠟燭踢倒。

「她的靈魂不在這裡，不是嗎？那她怎麼會叫呢？」小川問了這一個有趣的問題，不過現在並不是給她解答的好時間。

「小川！如果是我，我會先問該怎麼救她，該怎麼讓她沒事。我想這樣比較好吧！」小娜說，雖然聽起來很平靜，但也還能感覺到她也很擔心。

「我覺得她正要回來了，不過那邊還有人拉著她！」穆拉回答了所有人的問題，這讓我覺得他實在是一個很特別的人。

「有人……有人嗎？你覺得那個人是誰呢？」我問。

「當學姊們正在討論的時候，我聽到她說出『雅麗』這個名字！」

這就是大家要的答案了！

「我覺得她是遇到小露的學妹吧！那個人可能想叫小潘和她一起去地獄！」小娜說。

現在小潘叫得很大聲，同時她手上的香也掉了下來，我覺得這並不是一個好預兆。

我把地上的指甲刀拿起來，另一隻手則是緊緊地捏住棉線。它依舊很熱，不過還比不上現在在我口袋中的錢幣。

這時突然有一根蠟燭倒了下來，不過同時間我也剪斷了棉線！

現在所有事都平靜下來，其他蠟燭也一根根倒了下去。我看到第一根倒下的蠟燭已經熄滅了……只有這一根……

現在我幾乎停止呼吸，一直注意看著被籠罩在煙霧中，小潘那張蒼白的臉孔。接著我用手去摸她的臉，然後拍了拍，想要叫她起來。

起來吧……起來……

太晚了吧！小珠！如果一開始妳就先剪斷棉線就好了。不過如果一開始就不讓學妹進行這個儀式，會是更好的做法。

小潘慢慢地張開眼睛，接著眨眨眼，然後馬上抱住我。我想她只是要一個安心的感覺！

「幫我，請幫我！雅麗……雅麗……」她一直不斷地大叫。

我回想到小露死的時候，小娜也是這樣對著我哭叫！

她很後悔……是因為朋友的死亡，還是因為她的朋友叫她一起住在地獄？

小潘的哭聲環繞在這個黑暗的環境之中，當我們送她回家之後，那個聲音依舊在我的耳邊揮散不去！

第二個計畫失敗！！

故事17

第一個人

星期四下午，我正坐在圖書館裡面……這算是遊戲期限的最後一天，大概四點四十五分的時候，時間就到了！

現在有兩個人跟我坐在一起，就是小潘和穆拉，小娜和小川則是在來這裡的途中。這時的氣氛很凝重，沒有人知道當時間到了的時候，會發生什麼事情！

沒有人知道哪一個學妹會死？

連我都不知道為什麼要來這裡，然後把氣氛搞得那麼凝重？

小娜和小川到了。

「我們已經討論好了，怎麼做才不會讓其他三個學妹死。」我說，然後轉頭去看小川，因為她是第一個說出這個想法的人。

「哪怕只是她們其中一個人，我們都不知道能不能保護她了。」小娜說，但是她沒有轉頭去看小川。

「對喔……另外三個學妹去哪裡了呢？」我轉頭去問穆拉和小潘，這時他們兩個人看起來相當不安。

「呃……我們嘗試著請她們一起過來了，但是沒有人相信我們！」小潘回答。

「好吧！想死就隨便她們了！我們等著看，會剩下幾個人來求我們幫忙好了。」小娜說。

「這種不道德的事情，我們不應該做吧！」小川理直氣壯地說。

「那妳就一個人去找她們吧！」

又開始了，為什麼最近這兩個人常常吵架呢？

「我們盡力就好。當然會嘗試去救她們，但是如果她們不接受，那就在遠遠的地方等著她們需要幫忙的時候好了。」我用手隔開了小娜和小川，想要結束她們之間的爭吵。

「呃……我覺得時間到了，我的手錶是四點五十分，但圖書館的鐘則是四點四十五分。」穆拉邊說邊看著他的手錶，同時也抬頭去看圖書館的時鐘。

「圖書館馬上要關了！我們走吧！我們先去拜拜佛像好了。」我說完就站起來，把椅子推了進去。

我們離開圖書館，接著走樓梯下去，然後一起走到四號大樓前面。

等著……等著會有什麼事情發生！

從這個時候開始，不知道在哪一秒鐘，小潘就會突然莫名死亡；或是小露可能會突然出現！但如果小露真的出現，我們可能就會依循小娜的想法，用「平等交換規則」來跟小露協商。

「咦，學校裡的學生們去哪裡了呢？」小娜不經意地問。

我看著足球場，好奇怪……今天沒有男學生來這裡踢足球……沒有學生去練習泰國傳統音樂……也沒有學校籃球校隊來跑操場。

這時有一群學生從我們旁邊跑了過去，然後經過餐廳，最後消失在五號大樓後面。

「實習工廠！在實習工廠發生了什麼事情？」我說。

我們跟著他們跑過去那裡，也有其他學生在途中加入我們，大家都想知道那裡究竟發生了什麼事。

當我們到達實習工廠的時候，工廠外面到處都是圍觀的學生。這時大家都正看著五號大樓後面的遮雨棚，另外，還在圖書館裡面的學生，也透過窗戶看著這個可怕的情況。

我叫小娜和小川一起上去三樓的陽台，那裡應該會看得比較清楚。在那裡，我們看到三位老師，他們正爬鋁梯上去遮雨棚。

「就是這個了，第一個人！」小娜看著躺在那邊的女生屍體說。根據我們討論的結果，她應該是從上面跌落在遮雨棚。不過奇怪的是，她的屍體沒有血，也沒有傷口，不過她的眼睛睜得很大，像是看到未知的東西而驚嚇死亡！

現在這個遊戲的控制者小露可能已經在這裡了，我想應該是她的主人叫她來的吧！但無論如何，她已經來到學校，而且殺了一個人！

我轉頭去找小潘和穆拉！

不在！！

「他們已經不見了，我們得趕快去找他們，要不然小露一定會對他們下毒手！」小川似乎也注意到他們不見了，並且露出了擔心的神色。

「妳忘記另外兩個妳想幫忙的人了嗎？」當我們正跑下樓梯的時候，我問小川這個問題。

「小珠！我相信妳！我們盡力而為就好了。」她跟我說。

這時我們已經來到圍觀人群旁邊了，看到有個老師把那位女生的屍體帶下來，同時看到有兩位女學生站著那邊，不停地喧譁吵鬧。

「妳們先去找小潘他們。」我對著小娜和小川說，走過去找那兩位吵鬧的女學生。

「不可能發生這種事，我們只不過去廁所一下子！」其中一位女學生說，聲音相當地大聲。

「她不可能自殺的，我想一定是他殺！」

我走過去握住她們兩個人的手，接著把她們從圍觀人群中拉了出去。

「妳是誰！？」其中一個人大聲問，看起來很凶。

「我是可以救妳們的人！妳們可以小聲一點嗎？」我小聲跟她們講，然後更用力地想要把

她們拉出去。

現在我們三個人已經在大樓下面的飲水機旁了。

「喂！妳是不是小潘提到的學姊？」其中一個看起來很糟糕的學妹問。

「我跟妳講喔！妳不用管我們。妳知道嗎？我們可是一個流氓集團！」另一個更糟糕的學妹講。

「好啦！那妳們知道嗎？我是靈異事件研討社的副社長，也是玩過一百個鬼魂的遊戲的學姊。」我停了一下，深深吸了兩口氣，再接著說：「妳們知道嗎？以後妳們也會像妳們的同學一樣被殺！」

一個糟糕的學妹嘴巴半張，指著我的臉說：「妳是殺愛蒂的人嗎！？」

「喔！我現在才知道那位同學叫作愛蒂。」

「其實並不是我，而是我的朋友，所以先不要那樣指我的臉，我不喜歡！」我直接了當地說。

「我要去跟老師講！」第二個糟糕的學妹準備轉身回去，於是我更用力地抓住了她的手。

「今天妳可能還可以活著去找老師，不過無論如何，妳也一定會死！所以要不要我幫忙我的朋友先殺了妳？」小娜說，她是從另一邊走過來，後面則是跟著小川、小潘和穆拉三個人。

「小潘！妳帶這一些瘋子來這裡幹嘛？」其中一個糟糕的學妹問……接著小潘就逐一把我

們和她們相互介紹了一下。

第一個糟糕的學妹叫作莎莎！

第二個糟糕的學妹叫作小蜜！

嗯……父母替她們取的名字聽起來不錯……但是她們的個性實在很糟糕！

「相信學姊她們吧！妳們沒有見過雅麗，沒有辦法知道到底發生了什麼事。其實雅麗會死，是因為有人殺她，學姊她們也是這樣告訴我。另外，愛蒂也是被殺的，那是遊戲的規則……就是我們所玩的一百個鬼魂的遊戲的規則啦！」小潘嘗試向她們說明。

「小潘妳瘋了嗎？為什麼會相信這樣的事情？」

「那不然為什麼愛蒂會死？一定是有人殺她！我知道妳們也有同樣的想法……其實殺她的人就是小露，因為今天是要找到鬼魂的最後一天，我們已經沒有時間了，規則就是規則，我們全部都會被殺！」小潘講到最後，幾乎要哭了出來。

本來那位叫作小蜜的人幾乎要相信了，但是叫作莎莎的那個人則是突然講了一句話。

「小潘，妳被洗腦了嗎？妳要告訴我們小露是鬼嗎？然後只是因為我們輸了遊戲，她就要來殺愛蒂嗎？」

「那是誰殺了愛蒂？難道她是自己殺自己嗎？」小娜小聲地說。

「相信我，學姊她們可以幫忙我們，說不定我們還可以繼續活著，而且至少還有今天一天的時間。」

「我也相信這件事情。」穆拉說了出來，但是對事情並沒有什麼幫助。

「算了吧！她們的想法比較固執。因為我們並沒有和其他圍觀的學生們在一起，這樣的情況如果被老師們看見了，一定會覺得很奇怪，所以我們應該先走才是。」小娜拍拍我的肩膀說。

我轉頭去看小潘，她看起來很失望……不是對自己的溝通能力感到失望，就是對於不相信她的兩位瘋子朋友感到失望。

「我們得走了，如果小露還在學校裡面，說不定她正等著要別人的命！」我抓住小潘的手跟她說，但是她卻甩開了我的手，接著說：「只相信我一次可以嗎？只要聽我……只要聽我的話一天可以嗎？我想要讓剩下的人存活。另外，因為我們玩這個遊戲，有很多人也被我們所影響了！像是嘗試幫忙我們的這些學姊們和現在躺在醫院裡的坤庫老師。拜託聽我的話吧！！」

不知道我們應該要嚇一跳或是怎麼辦？她們完全不理小潘，直接跑回實習工廠那邊，只留下想對她們好的人在這裡發呆。

「不曉得她們的父母是如何教養她們？」小娜說。

「她們如此不相信，那為什麼一開始會玩一百個鬼魂的遊戲呢？」

「她們只是覺得好玩。」

「那為什麼妳會知道怎麼玩這個遊戲呢？」

「妳們跑去問坤庫老師嗎？」

「我跟雅麗跑去找坤庫老師，但是他什麼都不說，只是想要把我們找到的那一張紙拿回去。另外，老師也告訴我們，要我們忘記一百個鬼魂的遊戲。」

「然後老師就把妳們都忘記了嗎？」

我看著每一個人碗中的粿仔條，接著說：「喂！如果不先吃，它會吸湯變大耶！」

我們現在在粿仔條店裡面，是之前我見到那位算命師的地方。

「為什麼妳會知道如何玩這個遊戲呢？」小娜問，這時候粿仔條還在她的嘴巴裡，真難看！

「有人進入了我的惡夢，他是一個禿頭的老男人，看起來好可怕，他說他是這個遊戲的主人。」小潘說。

「主人？他是不是小露提到的那一個人？她說他就是一百個鬼魂的遊戲的創造者與控制者，所以也就是玩這個遊戲而死的鬼的主人囉！」小川想要確認地說。

「怎麼能創造出這樣的遊戲呢？」我說。

「學姊，我已經可以存活了嗎？如果今天我沒有死，我就安全了是不是？」小潘轉頭來問我。

「呃……」我不知道該怎麼講，過去有人曾經證明過，因為這個遊戲而被殺死的人，並沒有時間的限制，期限過後的任何一天都有可能。但是我不想破滅她想要繼續存活的希望，於是我接著說：「其實，就是……」

「如果遊戲已經完成了，我們也可以丟掉那枚錢幣是不是？那我們就先把它拿去丟掉好了。現在錢幣在坤庫老師那邊，所以我們去醫院吧！」小川打斷了我和小潘的對話，可能她知道我不太方便回答小潘的問題。

這時我嚇了一跳，接著說：「呃……那枚錢幣……」現在大家都轉頭來看著我，我就接著說：「那枚錢幣……現在已經在我這裡了！」

小娜的臉看起來像是有人把熱水潑在她的臉上，然後她說：「妳從老師那邊把它偷回來嗎？」

「我們不知道，如果我們沒有跟老師在一起，他會發生什麼事？而且如果我們真的需要錢幣，可能會來不及回去跟他拿。何況現在對我或是其他的人而言，也沒有造成什麼影響是不是？」

「噢！妳真的很不乖！」

我把筷子放在碗的上面，然後說：「有沒有看過絕命終結站呢？現在我們也要跟這部電影的男主角看齊，要從一百個鬼魂的遊戲規則中作弊假死，讓大家可以存活。」

「說得容易，要做卻是很困難。」

「我覺得如果讓潘小姐待在人比較多的地方，她可能比較容易存活。」穆拉又講話了，這時我也不了解，為什麼他會開始跟這個遊戲扯上關係。但是至少多一個人相信我們，會比沒有人相信我們要來的好。

「我們一定要分配工作，但是像小潘和穆拉，也不應該讓他們太晚還留在外面。」我說。

「我跟大阿姨住在一起，就算我比較晚回家，她也不太管我。」小潘說。

「無論如何，太晚還待在外面，對每個人來講都很危險。我猜猜看，如果下午沒有什麼事情發生，晚上小露一定會開始動手了，更何況那個時候我們也都各自分散回家了。」小娜說。

沒想到我正在做一件不可能的任務，就是我們計畫要在這個遊戲中作弊假死，讓大家可以繼續存活。

但是我們並沒有像拍電影時的腳本、沒有假的血、沒有替身演員，我們只有一條生命，而且我們也不會讓這條生命消逝。

「我們決定丟那兩個學妹去垃圾場是不是？」我問。

大家都點頭。

「那我們先送小潘回家，再幫她找佛像放在床上，另外也找一本佛教的經書給她好了。」

在那棟廢棄建築物外面的綠色金屬隔板上寫著「改建中」。現在是晚上，除了旁邊幾棟建築物的燈光，根本沒有有其他亮光。而這些微弱的燈光讓我們可以看到一些大大的混凝土塊，也是過去這棟大樓曾經存在的證據。

小露是在這裡死亡的，而且她可能被一百個鬼魂的遊戲的人鏈給牽制住，所以還留在這邊，沒有辦法好好去安息。

簡單來說，她的靈魂沒有跟著屍體走，她的靈魂還在這裡！

等著……等著……等著某件事情！

小川找到了我們先前進去的入口，那個時候入口被一條鋼線給隔了起來，而我們必須把它解開後，才能夠進去裡面。這時我們注意到它一點都沒有改變，還是維持著之前我們離開時的情況，表示自從那天之後，並沒有其他人進去過這個地方。

我們三個人，有我、小娜和小川，一起從入口走了進去，路上經過許多的混凝土塊、鋼筋、塵土與不要的廢棄物品。這時我們一直在找尋一個馬桶，算是我們紀念小露的一個地方……至少她之前也是我們的好朋友。

今天我們來這裡的目的，是為了確認她還當我們的好朋友嗎？

小川用手電筒照到一個瘦瘦小小的女生，她坐在一塊混凝土上面，好像她知道有客人要來找她。

「小露！是妳嗎？」

「妳好！妳們過來找我，其實我應該要很高興才對，但是我知道如果妳們沒有重要的事情，是不會來找我的。有事情要拜託我是不是？妳們想讓我留下那些學妹們的生命是不是？」小露說。

「如果之前妳可以這樣好好講話就好了。另外，如妳所說，我們是來找妳幫忙的。」我說。

「之前妳們也來找我幫忙過，那我幫過妳們嗎？」

「這是個好問句。我知道妳現在很難過，如果妳還被困在這個那麼可怕的人鏈之中，妳應該一點都不快樂……我想妳應該想要離開這個可怕的迷宮，是不是？」我開始嘗試跟她溝通。

「如果妳想代替我也可以！」

「我們是想要拉妳出來，如果妳同意幫我們，我們也會幫妳。」這時變成小娜嘗試去說明。

「如果我不同意，妳們就不會幫我了嗎？妳們是我的好朋友，還是會留我一個人在這裡嗎？」

「小露，我們是真的想幫妳，不過也想把這件事情了結。我想如果妳可以離開這裡，所有的事情也都會結束，會是個雙贏的局面。不管怎樣，因為妳一直是我們的好朋友，所以我們才會來這裡找妳幫忙。」小川說。

聽完後，小露開始冷笑，現在我感覺她已經不像跟我們同年齡的學生了。這時小露說：

「簡單來說，如果我對妳們沒有幫助，妳們也不會來這裡找我吧！」

「我們只想請妳不要再殺人了！並不是要放棄妳這個朋友！」小川哽咽著說。

我慢慢地靠近小露，坐在她的對面，接著說：「小露，我們很久沒有像這樣坐下來聊天了……」這時我也叫小娜和小川一起過來這裡坐，然後說：「……要聊到我們每天所發生的事情，不然就講其他人的八卦、講功課的事情、提到朋友這件事情等等，不過最後一定會回到我們四個人已經當幾年朋友的事情上面。我們已經當朋友差不多兩年了，在這兩年中，我們對世界也沒有什麼幫助，每天都在做可笑的事情，而不是那些比較有意義的事情。我們之前也曾經蹺課，也被當掉，而我們四個人可以當朋友，也就是因為彼此之間都有相似的地方吧！像是我們都很懶惰，呃……小川可能比較不懶惰吧！而且我們喜歡講八卦，但這也是女生普遍的個性。另外，我們都喜歡很帥的男生、都喜歡好吃的食物、喜歡小說、喜歡神祕的事情、喜歡鬼故事等等，也就是這些事情，讓我們變成了好朋友。」

我先停下來，要讓大家有時間沉澱回想之前的感覺。

「那……現在妳還喜歡做那些事情嗎？小露！像是喜歡說別人的壞話、喜歡跟男生吵架、喜歡看小說、喜歡社會科學等。另外，我還記得妳的個性有時候像男生，有時候則是很可愛，而且妳很討厭數學。現在，妳還是過去我們所認識的小露嗎？」

小露低頭不語，這時周圍的情況似乎又陷入黑暗，過沒多久，她就哭了出來。我想雖然她是鬼，已經去了另外一個世界，不過她還有難過的感覺，也還可以哭。

她點頭。

「儘管妳是鬼，已經沒有辦法找男朋友了，不過我們永遠都可以當好朋友！」我邊說邊伸手去摸她的手。摸到的感覺很冷，不過奇怪的是，這一次我是可以真的觸摸到她的手。

「妳不用怕，雖然妳不能給我禮物了，但是明年妳也會收到我的生日禮物。」小娜說，接著伸手去抱小露。

「小露，等我們一下。如果我們去找坤庫老師，就會知道可以幫我們的那一位和尚是誰。在這之前，妳就先假裝忘記兩三條這個遊戲的規則，可以嗎？」

我可能……把今天的事情、昨天的事情，還有好幾天的事情，都一股腦地塞進了我的頭腦之中，所以才會讓我作惡夢。我夢到的每件事情都很可笑，而一百個鬼魂的遊戲也只是因為要隨便玩玩，才被創造出來。另外，因為這個遊戲而死的小露、雅麗和其他的人，也都重新活了過來，對著我說：「只是開玩笑而已！」

只有一個不像其他人一樣活了過來……只有一個人在警察的筆錄上，記載是被神經病所殺害……她就是希麗察！

那麼誰是殺害她的神經病呢？

就是坤庫老師！

但是這是夢！

為什麼我知道這個是夢呢？

因為在夢境裡，我的第六感總是告訴我……至少我一部分的第六感告訴我……那件事情沒那麼簡單，也沒那麼愚蠢。所有的事情是真的，一百個鬼魂的遊戲也還是真的。

如果在夢境裡，我可以當我自己，我也想相信，相信一百個鬼魂的遊戲不是真的，而且只不過是被一個瘋子所創造出來的。

那個瘋子是禿頭，他簡直是一個神經病！

當小露活過來，我對小娜和小川露出笑容；當雅麗活過來，我看到小潘哭，然後過去抱著她。

但是……當知道希麗察是被老師殺害的時候，我就知道所有的事情都不是真的！

一切只是夢，但是比這個更糟糕的事情就是：當我起床的時候，天氣比較涼，然後我聽到了一個人的笑聲。雖然他的聲音沙沙的，不過仍然可以聽出他的喜悅。簡單來說，他就像是一個瘋子。

晚上十一點四十分，我……從夢境中醒來。

我起床張開眼睛看著房間的天花板，接著轉頭去看窗戶，就看到了同一隻黑貓。不過我不理牠了，明天我就要把那枚錢幣丟掉，因為現在我已經不需要它了。這時遊戲應該已經完成了，小露也已經同意幫我們了。

為了看清楚黑暗中的情況，我慢慢地調整眼睛。這時我本來以為也是夢的那個沙沙的笑聲，仍然在我耳邊出現。於是我坐起來，想要轉頭尋找這個聲音的來源。

但那個聲音突然不見了，所以我又躺了下去，希望剛剛出現的聲音也只是作夢。

當我要閉上眼睛的時候，那個聲音又出現了。我馬上拉開棉被，跑到窗邊。

下面……在我家旁邊的小街道，我看到一個上了年紀的男人，穿著很奇怪的衣服。他的上衣灰灰黑黑，又髒又破的；褲子則是鬆鬆寬寬的。他一隻手拿著點燃的蠟燭，好奇怪，蠟油不會滴到他的手上嗎？另一隻手則是夾在另一側的腋下。另外，我也看到他那亮亮的禿頭。最後當他抬起頭來，我看到他凹陷的眼睛，而在燭光的照射之下，感覺眼睛的凹陷程度又更深了。

他在笑，說不定是在大笑！他可能已經知道我在看他了，所以他用扭曲的手指把蠟燭捏熄。

燭光馬上就消失了，只剩下那個像神經病的沙沙的聲音。

「沒有人會贏我，沒有……就算欺騙我，也無法贏我！」

故事18

灰色世界的殘酷

上英文課的時候，我通常都是相當認真。但是這一次的情況和之前的都不一樣，昨天的惡夢開始讓我有奇怪的感覺……不……不只是惡夢……也包括昨天遇到的事情……原本我們覺得和小露溝通的結果已經沒有問題了，不過現在倒是感覺還會有奇怪的事情發生。

之前小露說了什麼呢？

我應該要記住那個時候她說了什麼，似乎那是比較重要的事情。

我低頭去看課本，發現似乎有點問題。我抬頭往上看，原來是上方的燈管壞了，正不斷地閃爍，從原本的三秒一次，變成了一秒一次，所以除了我之外，現在大家也都抬頭往上看。

那根燈管一邊掉了下來，在空中搖搖晃晃，左……右……左……右……

最可怕的是我看到一隻死掉的黑貓被吊在固定燈管的鐵圈上，不過牠的身體看起來還沒有僵硬，說不定牠還沒有完全死亡。牠不斷地搖來搖去，眼睛和嘴巴則是張得很大，而且有血從牠的嘴巴滴落到我的課本上。我嘗試用手指抹去課本上的血漬，但是血仍然不斷地往下滴，導致我的課本上布滿了血點。

快停，趕快停吧！

我再次抬頭去看那隻貓，這次我嚇了一大跳，應該不是吧……但是牠很像是晚上常常來找我的那一隻黑貓。當牠來找我的時候，會坐在床上、床下、桌上、窗戶旁等等的地方，有時候甚至坐在我的頭旁邊。

那一隻貓……

這時我看到兩滴紅色的血滴落到我課本的另一頁，接著有黑色的血逐漸滴了下來，慢慢地在那兩個紅色的血點外面，圍成了一個圓圈……看起來就像是一個人的臉，紅點則是當成人的眼睛。為什麼會那麼剛好？過一下子又有紅色的血滴了下來，變成了那臉的嘴巴。然後我就突然聽到貓生氣的聲音，來自剛剛形成的那嘴巴！

「小珠！」我嚇了一跳，馬上把那一頁翻過去，用力地拍了一下，接著轉頭去看後面。

「什麼？」我問小川，她看起來還嚇一跳。

「妳還好嗎？」

「沒有啦！只是……因為上面的燈光，讓我感覺有點煩躁。」我試著用比較平靜的口氣回答。

於是小娜和小川也抬頭去看上面，然後接著說：「我們應該請老師允許我們把那一根燈管關掉才是。」

「應該吧！還有什麼事嗎？」我深深吸了一口氣地說。

「沒有啦！我只是覺得妳看起來不太有精神，其實事情也算結束了……妳應該高興一點。」小娜回答。

「我還沒有丟掉那枚錢幣！對我來說，如果小露還沒有安息，這件事情也就算是還沒有結束。所以我們必須等到小露安息，才可以安心！」我說。

「好啊！不過至少小露也回來當我們的好朋友了。高興一點！」

我給了她們一個笑容，而且看到她們的樣子，我想我不應該讓她們擔心才是，於是我接著說：「好了，其實這件事情也幾乎結束了，但我還是有點擔心坤庫老師。」

「嗯，聽老師說，他的情況比較好了，大部分的器官也恢復正常運作了，只是功能還有一點點差。我心想再過兩三個月，老師就應該可以完全恢復了。」小川說。

「YES！這一次沒有老師的幫忙，我們也救了三個人的性命。」

但我露出苦笑地說：「但是死了兩個！」

「但是當第一個學妹死的時候，我們還不知道這件事情，不是嗎？好啦！高興一點，還是因為妳收著這枚錢幣，所以才覺得不太安心呢？」小娜說。

「沒有啦！這個遊戲結束之後，最糟糕的情況就只是錢幣被當成連接兩個世界的門，並不會有人來取人性命。」我試圖應付她們一下。

「現在小露也站在我們這邊了，妳就笑一下吧！我的朋友。」小川說，附帶眨了個眼給我。

「小珠！尊重一下老師，現在正在上課，我不喜歡有人打擾！」老師突然說話，讓我嚇了一跳。

「老師，對不起！」我小聲地說，然後轉頭看著黑板，再接著低頭看著桌上的課本。

我慢慢地把課本翻回去之前那一頁，接著馬上把課本闔了起來。

血點還在，可能會永遠存在！

◆小潘

還有一年半，我還得耐心面對那些糟糕朋友們的眼神，不過等我國中畢業之後，我就不用再和那些愚蠢的人見面了。

為什麼現在我一定要耐心面對那一些眼神呢？它們好像在說：「妳就是殺人魔！」現在應該是畫九重葛素描的時間，但是現在變成我一直看著對面那些人的臉，根本沒有看到在我眼前的九重葛。

「她們也一直看著妳！可能是妳很迷人吧！」坐在我旁邊的穆拉說。現在對面那兩個人也看著穆拉，似乎想問：「你是誰？關你什麼事？」

「閉嘴！咦，你也畫得滿不錯的。」我轉頭跟穆拉說，順便看他所畫的圖畫。

「當然啊！因為我的爸爸是工程師。」他驕傲地說。

「那跟這個有什麼關係呢？算了，把你的畫借給我一下，因為我無法看著實物畫，我一定得看著另外一張圖畫才行。」我說。

「潘小姐，這樣就不叫作素描了！」

「請不要叫我潘小姐可以嗎？」

「那要我叫妳什麼？小潘好不好？」他開我玩笑地說。

「我告訴你，我讓你叫我小潘，是因為我非常不喜歡你叫我潘小姐，並沒有什麼特別的意思……」

「那會有什麼特別呢？」他開玩笑地問。

「噢！你真的很令人討厭耶！你先去其他地方吧！我要畫圖了。」

「但是妳拿著的是我的畫啊！」

「那兩個人看起來很速配。」小蜜說。

「那兩個騙子！」莎莎補上了這句話，這讓我覺得她們兩個不像是剛剛失去朋友的人。

「就是因為妳很會騙人，所以當妳想要騙誰，誰都會相信妳。難怪老師一點不會有懷疑妳，我想老師應該是想，像妳這樣天真的人，應該不會害誰死才是。」小蜜說。

老師應該也沒有想到，像小露那麼天真的人，也會害別人死吧！

「我沒有殺任何人！」我替自己辯駁，不過我也沒有證據讓她們相信有小露鬼魂的存在。

而且連小露是怎麼殺人，我也沒辦法證明給她們看。

「騙人！其實就是妳啦，去跟愛蒂說一百個鬼魂的遊戲，讓她相信如果輸了這個遊戲，她就一定會死！」莎莎說。

「為什麼妳會知道愛蒂說自己會死？」我問，主要是因為我是第一次聽到這樣的事情，我原本以為愛蒂不相信這些事情。

「愛蒂說小露來找她，因為她輸了遊戲，所以跟她要她的生命！昨天她也告訴我，她覺得這些事情好像是真的。拜託！哪裡會有小露這個鬼魂存在！」小蜜說，似乎她跟我說的只是普通的故事，一點都沒有後悔的感覺。

「妳們不知道嗎？上個月死掉的學姊，她就叫作小露！聽說是因為一百個鬼魂的遊戲，她才會死的！她是死在那棟廢棄建築物裡面。」穆拉說。

「噢！真是個可笑的故事，更好笑的是有鬼會來追殺我！」小蜜說。

今天早上，小珠學姊跑來找我，她說現在已經跟小露溝通好了，也表示我和小蜜她們可以繼續存活。現在想起來，如果小露選我當第一個要殺的人，那就慘了！不過如果小蜜她們沒有怎麼樣，這可能會是當我有機會遠離這個遊戲時，第一次感覺到可惜吧！

因為如果她們可以繼續存活，我的話就變得一點價值也沒有了！

「我去其他地方畫圖就好了。」我告訴穆拉，同時給他暗示跟著我去。於是我們就走去離這裡不遠的化學教室，和還在原本教室裡的同學分開，無論是對素描有興趣或是感到無聊的同學。但是就我所知，管理我們素描用花的老師，應該是全校最輕鬆的老師了吧！

「每一件事都已經結束了吧！」穆拉安安靜靜地等我畫了一陣子，突然冒出這句話。

這時我借了穆拉的橡皮擦，接著說：「事情也不是全部都好，我也失去了朋友，像是我的好朋友雅麗與討厭的愛蒂！我們所遇到的事情，則是在學校課堂上所學不到的經驗。但是對於年紀尚小的我來說，要我去認識死亡的確是來得快了一點！」說話的同時，我轉頭去看遠遠的小蜜她們，她們則是正在跟老師談論素描的事情。

「有時候妳也會說出滿有深度的話嘛！」穆拉說。

我們兩個人抬頭望著前方遠遠的天空，對我現在的生命來說，幸福的感覺是如此遙遠，就像是遠方的天空，用眼睛看似乎很近，但是要真的去到那裡，卻是很遠。

許多不好的事情充斥在我們四周，就像空氣一樣，沒有辦法用眼睛直接看到。它們沒有形狀，沒有顏色，但是它們確實存在！

那一百個鬼魂的遊戲呢？它有沒有形狀？有沒有顏色？它是真的，抑或是只是騙小孩的故事呢？

除了創造一百個鬼魂的遊戲那個人……誰也無法回答這個問題，而且現在他在哪裡，也沒有人知道。

我從口袋把那一張紙拿了出來，是上面寫著泰國傳統數字那張紙。接著我把它揉成一團，丟進垃圾桶裡面。

「那是什麼？」穆拉問。

「只是普通的紙啦！我已經畫完了，走吧！」我站了起來，同時回答他的問題。

穆拉拿了我的圖畫去看，接著說：「比我畫的還要漂亮！」

「那是當然囉！」

今天是最近一個月內，我心情最好，也最笑得出來的一天。當我下課正要回家的時候，走路穿過了學校的門口到外面去，這時我眨了一下眼睛。

有血的路牌……它又回來了，不過當我又重新眨一次眼睛，就沒有看到什麼了。

我用手摸摸額頭，想確認自己是否發燒。咦！我的身體涼涼的，還是自從上次進行那個儀式之後，我的頭腦就變得怪怪的呢？

我往前走到學校前面的馬路，看到小蜜和莎莎站在一間藥局前面。

不會吧！！

「小潘，妳要回家了嗎？妳可以跟我們走嗎？我們想向妳道歉。」小蜜先開口跟我說。

我一看到她們兩個人的神色，就知道她們是騙我的。

「不了，我趕著回家。」

「跟我們走！」莎莎抓住了我一邊的手腕，小蜜則是抓住另外一邊。這時小蜜的另一隻手重重地壓在我的肩膀上面，像是要警告我「不要跑」。

她們把我拉回學校前面的小街道裡，一直往前走，經過了很多的狗和狗大便，最後走到一座小橋旁邊，下面則是一條小運河。

到那裡她們馬上停下來……我一直看著她們的臉……我也在等，等著她們先開口說話。這時小蜜先放開了我的手，然後低頭看著在運河中黑色的水。

「妳知道嗎？如果一個人的死亡是因為鬼，那實在是一件很奇怪的事情。而我從來都不相信！也不想嘗試去相信！如果是別人，我想他們也不會相信，因為實在是太奇怪了，妳了解嗎？」小蜜先開口說。

我也這麼覺得。

「但是妳也嘗試向我們說明，不過……聽起來滿討厭的。我覺得妳還有很多事情沒有告訴我。」小蜜接著說。

聽她講到現在，終於露出狐狸尾巴了。

「妳對愛蒂做了什麼？妳騙她小露要殺她嗎？妳到底做了什麼，才會讓愛蒂跑去五號大樓的遮雨棚那邊？」莎莎問。

我嘆了一口氣，接著說：「妳們任何事都不知道嗎？愛蒂死的時候，我還跟學姊她們在四號大樓下面，更何況我和愛蒂已經一個多禮拜沒有講話了。」

我不知道為什麼要跟她們說明，因為無論如何，她們都不會相信我。這樣很像是我嘗試提出不在場證明，只會讓她們更懷疑我。然後我接著說：「妳覺得我會殺人嗎？如果要動手殺一個人，妳覺得有那麼簡單嗎？我只是一個國中生，不是殺人魔！」

她們看著我的臉，像警察正訊問壞人，現在我真的相信這個世界上還有代罪羔羊的存在，這一點都不公平，就像是現在的我。

「那妳們要對我做什麼？幫愛蒂復仇？」我問。

她們沒有給我任何答案，就想直接拉走我的書包，我則是抵抗不讓她們得逞。於是她們直接打開我書包的拉鏈，把所有的書和文具拿出來，丟進運河中。

「不要！」我大叫，本來想要用手去抓，但是已經來不及了。為什麼我會那麼倒楣？已經失去好朋友與二十一天的時間了，現在還要失去我的書和文具！

「我受不了了！」我推小蜜和莎莎，很想殺了她們兩個人，用刀在她們臉上劃個幾刀。不過我不能夠這麼做，因為我並不是她們所說的殺人魔！我接著說：「把我的東西還我！把我的東西還我！」

「想要就自己下去拿吧！」莎莎大聲回答我，同時把我推到橋的旁邊，然後用手壓著我的頭說：「跳下去拿妳自己重要的東西吧！之後如果爬不上來，就死在下面吧！就像妳害死愛蒂那樣好了！」

我看著下面又黑又臭的水，現在它離我的鼻子沒幾公尺。但是為什麼……水裡的陰影看起來離我更近？像是我把臉貼著水面。現在我一直看著自己在水面上的陰影。

等一下……那是我的陰影嗎？真的是我的陰影嗎？

很快地就有某個東西從水下跑了上來，它就像黑色的噴泉，但是它看起來比較成形，跟一般噴泉不太一樣。這就類似之前新聞提到的事情，有一個小孩不小心吞了一個玩具進去，然後在他的肚子裡膨脹起來，最後開刀處理的情況一樣。

現在那個看起來像玩具的東西，從水中跑出來抓住莎莎，然後很快地把她拉進去水裡。當莎莎被它抓住脖子的時候，她發出了很大的慘叫聲。我本來要把莎莎往外推，但是速度不夠快，所以我也跟著被莎莎拉進水裡……我的頭先入水，緊接著是我的身體。

莎莎雙眼睜得很大，手嘗試著要抓住我，但很快她就沉了下去。這時我心想，還好我沒有被那個東西給拉下去。

我感覺運河裡的水一點都不冰，不像大西洋的水那麼冰，也不像我們收集的雨水那麼涼。我想可能是因為現在還是白天，有陽光的照射，才讓水變得比較溫暖。

不過……這水又黑又臭，可能是因為有髒髒臭臭的東西在裡面吧！而這樣的情況也導致水中的溶氧較少，無法讓生命體在水裡存活。

噢……現在已經有了，兩個生命跟另外一個不知道有沒有生命的東西！

我的腳不斷地擺動，感覺碰到下面某個像是線的東西。這時我找尋有陽光的方向，接著嘗試讓自己往上游，想要到水面上尋找氧氣。經過一番掙扎，現在我已經在水面上，吐了好幾口臭水出來，然後環顧四周，卻沒有看到莎莎的蹤影，只看到臉上充滿驚嚇表情的小蜜站在橋上。

「莎莎！莎莎！小潘！妳把莎莎帶去哪裡？」

「妳這樣問我，我會知道嗎？」我心裡還有一點想報復她的感覺。為了維持自己浮在水面上，我的腳不斷地踢水，又環顧四周一次，發現除了我的書之外，並沒有其他東西。於是我伸手要去拿我的書，但一下子又被下面的東西給拉了下去！

現在的情況就很像哈利波特被格林迪洛[1]給拉到水下面一樣，不過現在拉我下去的東西，有長長的手指和指甲。

在水裡我看到它，我想它可能是人或是之前曾經當過人吧！它有著足夠遮住臉的長髮，當水上下波動的時候，就可以看到它的頭髮在水中漂來漂去。它的眼睛是綠色的，那淺綠色的臉，我則是越看越清楚。我在水底下大叫，嘗試要讓自己浮上去，不過它仍然拉著我。現在我肺中的氧氣越來越少了，感覺快要不能呼吸……不能呼吸了……

我用盡全身的力氣把手上剛剛拿到的書丟向她，但強勁的水流削弱了書的衝力，不過也足夠讓她放開那隻抓住我的手。掙脫之後，我奮力地一直往左邊游，想要盡可能地靠近旁邊的小路，要不然就要準備跟世界說再見了！

現在我可以抓住運河旁的水泥地板了，我接著用力把自己往上撐，慢慢地從岸邊爬上去。當我上去之後，就馬上往小蜜的方向跑過去。這時我看到她臉色相當驚恐，身體也不斷地發抖。

「莎莎在哪裡？」

「自己下去找吧！」我說，然後把我裙子口袋中的手機拿出來，由於剛剛它已經泡水了，所以我用力地把它甩了甩，嘗試開機。但這個時候，我突然想到了一句話：

註釋

1. 格林迪洛是一種水下的小惡魔。

「小潘！接電話吧！我們一起走！」

手機的來電鈴聲越來越大聲，因為我沒有接聽，所以旋律不斷地重複播放……這表示我的手機還沒有壞掉……看了看手機的螢幕，上面顯示著來電者的名字。

當小蜜看到運河河面上出現了一隻蒼白的手，無法控制地放聲大叫，可能因為她覺得那是莎莎的手，我想或許就是莎莎的手也說不定。至於我，則是慢慢地按下接聽鍵，把手機放到耳邊。仔細一聽，電話那頭安安靜靜的，只聽到有人走路的腳步聲。

「妳好，我是小川學姊，今天小潘要過來拜訪老師嗎？」

這個聲音對我來說很熟，也讓我把心頭上一顆大石頭放了下來。不過現在我有更重要的事情要告訴她。

「學姊！在靠近學校後面小街的運河這裡……我們被拉進水裡面……」

「呃……什麼呢？我聽不太清楚，那是誰叫的聲音？」

這時我抓住了小蜜的領子，生氣地對她說：「閉嘴！」

「妳殺了莎莎！妳殺了莎莎！」

「那是誰的聲音？誰殺了誰？」

由於小蜜一直叫，所以我轉身離開，決定把她留在這裡，這時小蜜說：「妳先回來，妳先把莎莎救上來！」

我轉頭回去看她。

「她快死了！」

我轉頭去看運河的水面，發現那隻蒼白的手已經不見了，莎莎可能真的已經死了。如果是普通情況，我對這樣的事情應該會感到驚恐；但是現在並不是那樣，我沒有那麼高的道德感，還要跳下水去救原本想要把我推下水的人！我不會做……我不會像小珠學姊一樣當英雄，明明知道自己可能會死，還要收著那枚錢幣。

現在我一邊快步地跑回學校，一邊講著手機：「學姊，我可以跟小珠學姊說話嗎？」

「可以啊！」小川學姊的聲音聽起來似乎也滿擔心的。然後我繼續跑，等著小珠學姊來接電話，這個時候我全身都是濕的，襪子和鞋子裡面也都是又黑又臭的水。也許，現在我的內衣已經被看到了，不過跟剛剛發生的事情比起來，就沒那麼重要了。

「小潘！是妳嗎？」小珠學姊的聲音聽起來很平靜，不過我聽得出來，她其實滿擔心的。

「學姊！好奇怪……真的好奇怪，好像還有人想要我們的生命！妳確定小露已經放過我們了嗎？」我說。

「怎麼了？發生了什麼事？」

我幾乎走到學校門口了，當我一到那裡，就馬上大叫：「有人溺水，有學生溺水！救命！」很快地學校的管理員就跑過來，接著問：「在哪裡？溺水的人在哪裡？」

我指向學校後面說：「在小街旁的運河裡，有一個女學生溺水！趕快去救她吧！她溺水已經有一段時間了。」

聽完我的話，管理員馬上跑過去，旁邊同樣聽到我講話的一群男學生，則是緊跟著管理員一起跑過去。我想那些人可能覺得自己是英雄，想要去幫忙溺水的人吧！但是他們沒想到如果發生意外，可能連他們的生命都得賠了進去。

幫忙別人是一件好事，但是……要先看自己的能力允不允許！

這時我看到穆拉從學務處走了出來，當他一看到我，就大聲叫我。

「小潘！小潘！」

我本來想躲著他，想來想去也沒有這個必要，更何況現在的情況，我很需要有朋友陪著我，特別是知道一百個鬼魂的遊戲的朋友！

「小潘！發生了什麼事？」

在等穆拉走過來的時候，我就把剛剛發生的事情一五一十地全部告訴學妹。

「說不定只是巧合，通常水裡面本來就有很多鬼存在，說不定學校後面的運河就是如此。」小珠學妹給了我一個想法。

「那為什麼特別發生在我們身上呢？」

這時穆拉已經走到我旁邊，他看到全身濕透的我，馬上問：「發生了什麼事？妳跑去哪裡玩潑水節了嗎？」

我把食指放在嘴唇上面，示意穆拉先不要講話，然後說：「小珠學姊，我怕事情還沒有真正結束，如果小露沒有遵守妳們的協議，那該怎麼辦？」

「我很了解她，她一向言出必行，所以小露一定會遵守我們的協議。但我現在也有不太好的預感，這件事應該跟小露沒關係……但是昨天晚上……我……」小珠學姊越說越不清楚。

「學姊！小珠學姊！妳還在嗎？」我大聲地叫，但是沒有任何回應。

「小潘，我覺得如果妳不想讓別人看到現在的情況，妳應該先離這裡遠一點比較好。」穆拉跟我說。

我看著手機，和小珠學姊的通話已經斷線了。於是我往前走，接著說；「走吧！我們一起去找小珠學姊。」

「妳到底發生了什麼事，為什麼妳全身都是濕的？看起來像是落水。」穆拉納悶地問。

「我被拉下水裡，莎莎也一樣。小蜜一直說是我害了她的朋友溺水。那個時候我已經無法再聽她講話了，要不然我可能會發瘋！」我說。

「呃……是小露拉妳下去嗎？」

「她不是拉我，她是拉莎莎。但其實我也不太確定是不是她拉莎莎，只是當我掉入水裡的時候，我就看到小露嘗試要拉住我的身體。還是……不是她呢？因為我沒有看過小露在水裡面的樣子，不過我還是覺得一定是小露！」我說。

「那就表示遊戲還沒有結束，是嗎？」

「遊戲現在已經結束了，不過對於還活著的人來說，事情還沒有結束！」我說。

小珠

我站在醫院的玻璃牆前面，轉頭去看在加護病房裡戴著氧氣罩的坤庫老師。現在老師的症狀好多了，除了肺臟和心臟還無法負荷太重的工作，其他器官的功能都漸趨正常。

我嘗試打電話給小潘好幾次，不過一直收不到訊號，我想她可能關機了，或是她的手機壞了也說不定。如果她剛剛確實溺水，手機一定會有問題，所以還可以跟我講話五分鐘，就已經不錯了。

我把手機還給小娜。

「對妳來說，妳覺得這件事情還沒有結束嗎？」小娜問，她可能聽到了我和小潘的對話。

我搖頭說：「昨天晚上有人找我，他跟我講『就算欺騙他也無法贏他！』我想他提到的一定是我們！我每天看到的那一隻黑貓，今天也死在學校裡面了。」說到這裡，我並沒有提到一個假設的情況，如果昨天來找我的那個男人就是小露的主人，那麼所有的事情就都有答案了！

「另外，我還沒有丟掉那枚錢幣！」我告訴小娜，然後接著說「很快地小潘應該就到了！妳先請她等我一下，什麼事情都不要做。另外，如果有其他的老師來看坤庫老師，我們就盡量不要露餡太多，我不想讓他們覺得我們對坤庫老師特別關心。」

「妳先拿我的手機去吧！等一下小潘來的時候，我們這裡就會有另一支手機了。」小娜邊說邊把她的手機拿給我。

我開玩笑地說：「妳知道嗎？如果在電影裡發生這樣的場景，就代表我們將不會再見面了！」

「不要讓事情真的變成那樣啦！兩個小時後見面，要趕快回來喔！」小娜拍拍我的肩膀說。

我低頭去看手錶，發現已經快下午五點了。於是我開始往陽台方向前進，主要是為了過去對面的電梯。在這間醫院裡，電梯是在樓梯旁邊，這倒是比之前那間舊醫院好太多了，就連電梯也不像之前那麼舊，令人感到不太安心。最後我走到電梯前面，按下下樓的按鍵，碰巧看到小川從旁邊的化妝室走出來。

「小珠，妳要去哪裡啊？」她問，手還在摸著裙子的邊緣。

「我要把錢幣丟掉，很快就回來了！」我回答。

她點頭的同時，剛好電梯門也打開了，於是我走進電梯裡面，但我的手還來不及按樓層的按鍵，門就關起來了。

現在很像小說的情節……我正在做什麼呢？我變成魔戒裡的佛羅多了嗎？要把手上的戒指拿去丟掉嗎？我感覺到對整個世界而言，像是有很重要的任務等著我去完成。之前我的生命是很普通的，那個時候我渴望刺激的生活，不過現在我已經累了，就連從電梯裡走到醫院大廳，再走到外面的大馬路，我都感到很疲累。現在的感覺就像是跑了很久，然後有人踢我的膝蓋讓我跌倒，讓我沒有辦法再繼續往前跑了。

一開始我覺得我的生活跟一百個鬼魂的遊戲扯上關係，會讓我的生活變得比較刺激。但是現在，我感到又累又害怕，不敢再繼續往前走。本來對於一百個鬼魂的遊戲有很多期待，但是現在我感到很失望，我的生活又再次變得無聊了。這時我突然想到一句話：「人的一生有生、老、病、死，而且在一生中，有人會成功，也有人會失敗。甚至有一些人還沒有變老，就已經去另外一個世界了。」

但無論如何，我真的很討厭現在的生活！

我現在站在紅色公車裡面，裡頭擠滿了人。我想現在有些人可能跟我有相同的想法，就是覺得生活很無聊、自己也很無聊，連站在旁邊的人也很無聊！

下車後，我走上島卡儂橋，覺得這裡是一個很適合丟掉錢幣的地方，於是我慢慢地把錢幣拿出來。

對我來說，我也不知道為什麼要來這裡……一定是有些預感帶我來的！我想現在如果有人看到我的動作，一定會覺得我是瘋子，要丟掉自己的錢！

這時我看到一個男人從橋的另一側走上來。他長得高高瘦瘦的，穿著髒髒的衣服，讓我突然聯想到昨天晚上我看到的那個男人，他們兩個看起來都很神祕。不過現在這個男人看起來比較溫柔，像坤庫老師。

某個感覺……會讓我想遠離這個男人，而往後退了幾步。

「妳想知道妳上輩子是什麼嗎？」他又問了當我第一次跟他見面時，他所問我的問題。可能他還覺得我真的想知道上輩子的事情吧！由於現在我愛狗勝過其他動物，所以我想說不定自己上輩子是一條狗。我想也應該是那樣吧！如果我上輩子是人，那這輩子應該會比較自私吧！

咦……如果上輩子我是狗，那希麗察會是什麼，我們才會有特殊的關係？

「不用了！我覺得我上輩子一定是狗！」我回答他。

他發出了像是電影裡壞人的笑聲，但是聽起來倒是沒什麼危險的感覺。我想他笑並不是因為有好笑的事情，而是因為我回答他的答案。

他走到橋中間，離我大約兩公尺遠的地方，接著把手放在護欄上說：「如果妳要幫某個人，就一定要奉獻某件事！就像是妳要讓不喜歡笑的人笑，就一定要花很多時間去思考讓他笑的事情！」

「我在國外的小說中，曾經看過這一句話。」我對他說。

「妳雖然知道這句話，但是妳沒有落實到真實的生活中！」他還了我這句話。

我覺得他一定是坤庫老師過世的爸爸！

我把拿著錢幣的手向橋外伸出去，橋上雖然有許多來往的車輛，但是並沒有人理會我們，有人只是轉頭看一下，就直接開走了。如果我現在把錢幣丟下去，所有的事情應該就會結束了對吧！

但是……想到這個男人所講的那句話，如果我想幫某人，我就一定要奉獻某件事。就像我想幫忙小潘、幫小露和幫自己，為了讓自己可以遠離這個件麻煩事……我一定要奉獻什麼呢？

「您是在開玩笑？」我問他，他就轉過頭來看我，同時露出納悶的眼神。於是我接著問：「關於為了幫某人，就一定要奉獻某件事這句話，您是不是在開我玩笑呢？」

「說不定不是『某件事』，而是『某人』！」

「那……」我說。

「為了讓這個遊戲結束，一定會有某個人死！比如說，有個學生的朋友們，試著要去破壞遊戲規則，所以那位學生一定會被車撞死，成了讓一百個鬼魂的遊戲結束的代罪羔羊！」那個男人邊說邊露出嘴角的笑容，不過對我來講，這並不是個可怕的笑容。

現在我發現我們也是嘗試要在一百個鬼魂的遊戲中作弊的人。我想這個遊戲的主人一定相當不滿意我們的行為。

「那兩個小女孩已經死了！」

我嚇了一跳，接著問：「什麼事情呢？」

「是溺水的那兩個小女孩！兩個人已經死了！」

我搖了搖頭說：「但是……小露……」

轟隆……

這時突然傳來打雷的聲音，天空的顏色變得又灰又黑，我想由於太陽與地面所造成的對流效應，所以現在天上的水氣已經相當充足……再過不久，雨可能會下得很大。

我很討厭下雨天，因為下雨的時候，會讓我的心情變得很糟糕。

越來越糟糕……越來越糟糕！

但是我突然想起一件事情。

「既然你是一個算命師，你有沒有辦法幫我們呢？」

他伸出手，接著說：「那妳會給我什麼東西呢？」
「你來找我們，不是真的想幫我們嗎？」
「有時候人生就是如此，沒有人想在沒有任何回報的情況下，去幫忙陌生人。」他說。
「那你需要什麼東西？錢嗎？」我問。
「我只想多知道關於一百個鬼魂的遊戲！不過現在對我來講，我已經知道夠多了。」他清了清喉嚨對我說。
聽完後，我一直站著沒有說話，而他也是一樣。
「想來想去，這個世界也滿令人討厭的！」我苦笑地說。我說完沒多久，就開始下雨了。
「那個男人有機會幫妳！」沉默許久後，他說出了這句話。
「是老師嗎？」
「好可惜……現在他身體不太舒服。雖然他可以保護一些人的生命，但是也可能會失去另一些人的生命。」現在那個算命師變得比較嚴肅，連臉上的皺紋都變得比較清楚。
其實我應該先回去了，不過我的腳還不想走；我也應該丟掉這枚錢幣了，不過我也還沒有丟。這時我把另一隻手伸進裙子口袋裡，把手機拿出來，撥出了最近的那個號碼。
「喂！小珠學姊嗎？」
「小潘……請找小娜來聽電話。」這時我很擔心，想要跟她們說說話。

不久，我就聽到小娜的聲音，她說：「小珠！是妳嗎？」

「小娜，妳可不可以出去找小露？我覺得現在事情變得比較奇怪了。」我拜託小娜。

「奇怪？其實當小潘跑進醫院，一直說她會被殺的時候，我就覺得事情變得比較奇怪。真討厭，事情似乎快變好了，就又馬上變糟糕了！」電話裡小娜的聲音聽起來很不高興的樣子。

「現在下雨了！」我告訴小娜，但是為什麼我要告訴她呢？我接著說：「妳告訴小川，請她一定要陪著小潘，千萬不要讓她出去！另外，我想今天晚上我們可能要欺騙媽媽，說我們不回家了！」

「為什麼我們不送她回家呢？家裡應該會比醫院安全多了。」

有另一個聲音突然加入對話。

「今天我家裡沒有人，大阿姨去其他城市，後天才回來。」

「如果她的姪女發生什麼問題，我們麻煩就大了！」小娜說。

「妳們都在醫院裡等我，我很快就回去了。」我跟她們講。

「那我去找小露，她可能忘記我們昨天的協議了吧！」

「我覺得不是！先掛電話吧！」我說。

在我掛了電話之後，雨也越下越大。這時碩大的雨水打在橋的鋼板上，發出很大的聲響，看起來像是在戰爭中，有人不斷地開槍。雖然我知道，那麼大的雨，可能會讓小娜的手機壞掉……不過我也沒有跑去躲雨，而那個男人也是一樣。

「如果我告訴你多一點關於一百個鬼魂的遊戲，你可不可以幫我？」我對他提出了這個交易的選項，但是為什麼我要跟快要當我阿公的人溝通呢？

「問題就是，我要怎麼幫妳呢？妳要我幫忙那個叫作小露的小女孩嗎？」他邊說邊揮動著手指，看起來像老師。講到最後，他就開始摸起他的鬍子。

我覺得他已經了解我的意思了。

「我以為到現在，一百個鬼魂的遊戲已經帶給妳很多教訓了。」他說。

「是什麼意思呢？」

「我們現在跟它們……那一些鬼魂……是在不同的世界。其實一百個鬼魂的遊戲所帶來的教訓，就是告訴我們，如果去打擾已經死掉的鬼魂，會有怎麼樣的後果！而且如果已經打擾到它們，是很難跟它們道歉的。」他說。

聽完之後，我開始納悶這個男人和坤庫老師有沒有任何關係？

「您看起來很像是我的老師。」我想讓他解開我的疑惑，不過他仍然保持沉默，對我的回答沒有什麼反應。此時他還是站在那邊，雨水不斷地打在他充滿皺紋的臉上。我心想，這個男人有時候看起來像是一位溫柔的阿公……但有時候看起來像是一位神經有問題的壞人。這樣的情況，讓人時而感到安心，時而感到害怕！

雨比剛剛更大了，不過我和那個男人依舊安安靜靜地看著對方。我們持續保持沉默，直到我的手錶響了起來，告訴我們已經過了一個小時。

「我想問您有沒有讓我們結束這個遊戲，而且大家都可以存活的辦法呢？」

「為什麼妳覺得我有能力告訴妳呢？」

「我感覺您一定可以幫我們！」

聽了我的話，他一邊笑一邊敲打著橋的扶手，然後說：「我很討厭這個年代的年輕人！」

「我也不喜歡像您這樣很踐的老人！」我回他，或許就是因為我這樣的行為，才讓他很討厭現在的年輕人吧！我接著說：「到底您要不要幫忙我們？」

「我就給妳一個暗示。有一個學生會因為車禍而死，如果讓那個學生出去外面，最後一定會死！」那個老人的聲音很像聖誕老人，如果他「呵！呵！呵！」大笑，一定會一模一樣！

「那個學生是誰呢？」

他瞇了瞇眼睛，接著說：「如果我跟妳說，妳會給我什麼呢？我跟妳講，那個小女孩的時間已經到了，如果妳插手管她太多，會帶給妳很多麻煩！請記住『生、老、病、死』是一個普通人必經的過程。」

「但是……」

「如果人不放棄某些事情，最後也沒有辦法往生極樂！」

我皺著眉頭問：「那不就是佛祖了嗎？」

「那妳覺得佛祖不是人嗎？」他往後走，似乎要離開橋了。這時他接著說：「在半夜之前，還剩下一些時間，如果妳還可以幫那個學生，她就會存活，不過也將會失去另外一個生命。」

現在雨又比剛剛更大，風也更強了。因此，我試著穩住下盤，用雙手遮掩住我的頭，不過當我把手放下來的時候，那個男人就突然消失不見了……跟每一次一樣。

我看著手錶……現在是五點十五分，還有好幾個小時可以拯救小潘的生命。

我能夠幫她嗎？

如果我能幫她，那誰會死呢？

誰不能往生極樂呢？

到底誰會死啊……如果我真的在這個遊戲中作弊，那個創造一百個鬼魂的遊戲的主人一定會很生氣！最後到底他會怎麼做呢？

為了要給破壞遊戲規則的那些人一個教訓，他一定會殺了某個人來表示吧！

這時我突然想到，在醫院見到小露那一天，她的說法也是跟我剛剛所想的一樣。那個時候我誤會小露，我以為是因為老師保留著錢幣，所以小露想要殺了老師。但是事情並非如此，她那個時候來，只是要給我們警告。

「因為坤庫老師嘗試要去抵抗一百個鬼魂的遊戲！就如同我之前說過的，我的主人不喜歡有人想要抵抗他的遊戲，更何況先前坤庫老師已經成功抵抗過一次了！小珠！請記得妳們現在已經遇到很嚴重的問題，不僅僅是要贏這個遊戲，而更要思考該如何讓自己能夠存活。由於妳們之前曾經贏過一百個鬼魂的遊戲，所以現在妳們依舊受到注目！」

其實不是我們贏了一百個鬼魂的遊戲，而是因為坤庫老師的幫忙，我們才可以度過那個難關。另外，我也記得老師曾經跟我說過，只有他是沒有辦法贏這個遊戲的，只要有人還有生命的危險，老師就一點也無法安心。

但是……坤庫老師真的不會安心，也沒有辦法完全和一百個鬼魂的遊戲脫離關係，因為他已經被遊戲的主人給盯上了！就好像他變成漢堡雜誌[2]的封面人物，是被矚目的焦點所在。

儘管雨仍然下著，不過我還是打手機出去。

當聽到第一個鈴聲響起，小川就馬上接了電話，然後說：「妳好！」

「小川嗎？」

註釋

2. 漢堡雜誌是一本泰國雜誌的名字。

「小珠！妳什麼時候要回來呢？」小川馬上問我。
「我正要回去了，小娜回來了嗎？」我問。
「還沒……小珠！我好害怕！」
「妳怕什麼呢？」
「我在醫院那裡的樓梯，看到了很多人的陰影。」她用略帶發抖的聲音說。
「不用怕！只是陰影。呃……我有事情要跟妳講，妳跟小潘在一起是嗎？妳跟她講一下，無論發生什麼事，一定要留在醫院裡，千萬不要出去！」我安慰小川，順便告訴她小潘的事情。
「為什麼呢？發生了什麼事嗎？」
「請妳先相信我，如果小潘外出，她就一定會死！小川妳也一樣，請不要出去！」這時我轉頭往橋的外面望了過去，然後繼續說：「呃……那……坤庫老師他還好嗎？」
「嗯！老師已經起床了，而且醫生說或許是明天，老師就可以離開加護病房了。」
我鬆了一口氣，接著說：「那樣就好，等一下我就回去了。」
我覺得最近所發生的事情都很愚蠢。如果有一天這些事情都結束了，到時我還會再夢到它們嗎？我還會想到今天我和一個老男人溝通，看到他突然在雨中消失不見嗎？我還會相信曾經遇過如此困難的事情嗎？總之，自從我玩一百個鬼魂的遊戲那一天開始，我的生活就註定不會安心了！

「小珠……小珠！妳還在嗎？」從手機裡面傳出小川的叫聲，聽得出來她心裡很擔心。

「怎麼了嗎？」我問她的同時，有一輛車經過水窪，濺起來的水就弄濕了我的襪子。

「小珠……」

「學姊，它已經來了！」

「什麼東西啊？」我問，但是沒有人回答，只有一直聽到小川的叫聲和跑動的腳步聲。這時手機所發出來的聲音，就像是有人拿著，然後不斷揮著手臂跑動的情況。

「請幫忙！任何人都可以，請幫忙！」

「發生了什麼事？小川！小潘！回答我！發生了……」我問。

這時我握著錢幣的手一直發抖，現在必須打開我的手掌，因為那枚錢幣現在很燙，就像是被放在烤箱裡面，而這也讓我的手掌中間出現一個紅色的圓圈。最後我決定縮手讓這枚錢幣掉落地面上，同時用這隻手去接雨水，因為手實在是太燙了！

另外，我也用手機覆蓋住手掌上那個紅圓圈，以為可以舒緩一下燙的感覺。

不過由於手機裡仍然不斷地傳來慘叫聲，我一分心就把它摔到地板上。在這之後，因為手心實在很燙，似乎要燙到骨子裡去，所以我試著緊握雙手，希望能減輕一些痛苦。

「噢！」

其實我是痛到想要流淚，不過我仍嘗試用另一隻手，把手機撿起來。這時我聽到手機裡有人一直喊叫的聲音，不過沒多久，我就聽到手機掉下去的聲音，而此時喊叫的聲音似乎越來越遠。

在這同時，手機的螢幕卻突然變黑消失，我嘗試重新開機，不過試了幾次都沒有用，看來它好像壞掉了。

醫院裡到底發生了什麼事呢？！

「不要這樣啊！不要這樣！不要！為什麼是現在發生呢？！」我一直按著手機，看起來快要發瘋了，心想為什麼手機會在這個時候壞掉呢？

「妳開始擔心了嗎？」從我後面傳來了一個人的聲音。我轉頭去看後面，這時的感覺比被冰涼的雨水淋到還要寒冷。

「小露，為什麼妳沒有遵守承諾呢？」我用生氣的口氣問她……現在我的身體好冷，可能是因為淋雨太久了吧！我實在不應該這樣做。

「小珠！妳看我，我現在被主人控制，一定要遵守指示，才可以出來外面……自由活動！」

我看著她，然後問：「是什麼意思？」

「妳知道嗎？我的身體和其他垃圾鬼魂黏一起，我的肉有一部分是和一位老阿姨黏在一起；一部分是和一個小孩黏在一起；還有一部分則是和一個女人黏在一起。但是如果我聽主人的話，我就可以自由活動，不用和它們黏在一起！」她邊講邊走來走去，想表現她現在自由的樣子。

「只有這個原因嗎？只有這個原因就讓妳開始害人嗎？」我大聲地問她。

她停下來，用失望的眼神看著我說：「妳覺得我會有很多選擇嗎？如果我聽從妳們的話，主人一定會懲罰我，會把我的肉拿去和別的鬼魂縫一起。所以如果妳是我，妳會讓自己發生這樣的事情嗎？」

「即使妳聽話，一直不斷地殺人，到最後妳也沒有辦法去天堂，只能一直待在地獄裡面！妳喜歡嗎？要一直遵從一個瘋子的命令，更何況妳也無法從它那邊得到什麼好處，只會讓自己的罪孽越來越深！」我大聲罵她。

「妳開始覺得討厭這個世界了嗎？另外，妳已經見過那個奇怪的算命師了吧！如果我的主人有空，一定會給他好好上一課，給他一點教訓！」小露說。

「收手吧！不要亂想了，哪裡會有什麼主人？應該只有妳一個人神經有病，覺得自己有主人吧！」

說不定……現在我才是瘋子，這是因為開車經過的人只會看到我，不會看到小露。而且……他們就只會看到我一個人在這裡大吼大叫！

「我覺得那些人可能已經到醫院了，那些爛人想讓自己的朋友去地獄！」她跟我說。這時我注意到她的身體看起來假假的，因為雨都沒有碰到她。雖然雨都沒有碰到她的身體，但是我之前倒是碰過……

我在想到底這個小露是誰呢？我記得我從來沒有這種個性的朋友。

我應該回去醫院了，如果現在馬上回去，可能還來得及……

來得及什麼？來得及看自己的朋友被殺嗎？

我希望我還有機會牽著小潘的手，然後告訴她這裡是醫院，沒有人會死在醫院裡。

不……還是我已經來不及幫忙誰了呢？

最後，我們先前所嘗試的事情會失敗嗎？大家一定都會死嗎？如果事情會演變成這樣，那為什麼一開始不先殺了我呢？

我用被燙傷的那隻手把錢幣拿起來，用盡了我身體所剩餘的力氣，把這枚錢幣用力地丟向小露。然後我把她推向橋邊的扶手，接著從她面前跑過去。這時她似乎受到驚嚇，一句話都沒有說，她可能沒想到我會有這樣的動作吧！

我一定要回去醫院，即使會有人變成冰冷的屍體，我也要回去！

突然我想到坤庫老師……對了，他已經醒來了，他一定可以幫忙我們。

但醫院還在離這裡很遠，該怎麼辦……算了，先找公車站再說吧！

我已經丟掉錢幣，就像是已經解決了一個問題。另外，我也放棄小露了，如果她還要打擾我，她可就是大錯特錯了！

啊……糟了！我也把小娜的手機遺忘在那裡了！

故事19

最後一個人

前往醫院途中，我嘗試用公共電話打小潘的手機，我把身上所有的零錢都投了進去，不過沒有人接電話，我想她們可能已經逃跑了……逃跑……其實我也跟她們講過了，一定要留在醫院裡才行！

算了……如果我是她們，我也會逃跑，雖然我還不知道她們為什麼要逃跑……但是從那邊的聲音聽起來，讓她們逃跑的原因，我想應該不少。

到了醫院前面，這時雨越下越大……越下越強……但是一下子雨就突然變小了，空氣中就只剩下殘餘的一些雨滴。

這時我馬上跑進醫院裡面，在大廳的護士與其他病人則是一直看著我，我想是因為我全身都已經濕了吧！接著我馬上跑到二樓……發現在加護病房前面的走廊，完全沒有人……一切都很安靜！

但是我看到一支打開著的摺疊式手機！

放在……還是掉在加護病房前面的椅子！

我把那支手機拿起來，看到上面有好幾通未接來電，其中三通就是我從公共電話打過來的，但是，另外……最後那一通的號碼……我不認識！

我試著回撥那個號碼，不過並沒有人接，我想是家用電話或公共電話吧！最後，我先收著這支小潘的手機。

我推開加護病房最外面的門，裡面是一個小房間，主要是提供給外來訪客換衣服的地方。當我一走進去，就先看好幾個病人躺在病房裡，他們的症狀似乎都很嚴重，病床上也裝著許多醫藥設備，其中我唯一認識的，就是那台測量心跳的機器，它叫什麼名字呢？……算了！

這時我看到了一個認識的病人，他身上的醫療儀器比較少，不過仍然需要供給額外的氧氣……用來幫忙他呼吸的設備。

我先換鞋子，接著套上綠色外袍，就推門進病房裡面，直接走到坤庫老師的床邊。這時他的臉色比較蒼白，不過看起來還滿高興的。

「老師您是否看到小川她們？」我小聲地問，不想吵醒隔壁的奶奶。

老師搖了搖頭，看起來他想講話，不過有呼吸器罩住了他的嘴巴。

我知道現在跟老師講什麼事情，都不會有什麼進展，所以我先跟他說：「等一下我再回來這裡。」說完後我轉身準備離開，但是感覺有點奇怪，所以我又轉身回來跟老師說：「老師，一定要等我喔！先不要去哪裡！」
說完後我趕緊從病房中走出來，這時地上還有一些我身上滴落下來的雨水。
我脫掉綠色外袍，放進上面寫著「使用過」的籃子裡；另外，我也脫掉房間裡提供的鞋子，換回原本濕濕的學生鞋。當我走出去的時候，就聽到濕濕的鞋子在地板上走路所發出來的聲音。最後當我正要推門出去的時候，看到小川跑進來，此時的她則是淚流滿面！
「小珠！小潘去了……小潘已經出去了！」
「妳沒有告訴她嗎？叫她不要隨便出去外面！」
「我感到很抱歉，當妳在跟我說話的時候……那一些鬼魂來包圍我們……它們是小潘的朋友，它們已經全部都死了！最後，它們也帶小潘出去！」小川一直嘗試要說明。
如果它們全都死了，那我之前要嘗試保護一個小女孩的想法，也就全都沒有用了。到底現在我應該怎麼做？所有的事情都沒有照我們的計畫進行！
「穆拉呢？他跟小潘一起去嗎？」我還抱持著一點點希望。
「是，他跟著小潘去！」
「那他們全都跑出去了嗎？」我懊惱地拍了額頭，接著說：「小川妳先待在這裡，順便看著老師！」
「小珠，怎麼了？坤庫老師會怎麼樣嗎？」

我拍拍她的肩膀說：「小川，妳一定要待在這裡喔！即使妳會被鬼殺掉，妳要也注意看著老師！因為我有預感，我們的情況會越來越糟糕！」

她點頭回答：「嗯！」

接著我跑過去電梯那邊，馬上按下樓的按鈕，它也就剛好打開。

此時在醫院前面，有一輛計程車開了進來，車子的燈光則是讓我清楚地看見醫院入口。於是我從計程車旁走過去，最後走到醫院外面的馬路邊。到了這裡，我不知道他們是走往哪個方向，所以我是要往左邊走……還是往右邊走呢？

於是我問在路旁賣醃芒果的老闆娘，她告訴我有一個小女孩和一個小男孩往左邊跑過去。

聽到這個訊息之後，我馬上往左邊跑，對我而言，我不曾跑那麼快過。我想如果現在有人不小心撞到我，我可能就會被撞飛回醫院，死在那邊了吧！

其實我也遇過比較嚴重的情況。

我跑了一段路，這時小潘的手機突然響了，害我幾乎快要跌倒！不過還好，我還可以控制自己的身體，並沒有真的跌倒！接著我注意到自己是停在一個公車站裡，而這裡充滿了正在等公車的人群。

「喂！」我一邊說一邊喘。

「小珠！是妳嗎？妳已經到醫院了嗎？」我聽到小娜的聲音，另外也聽到後面車子行駛中的聲音。
「妳在哪裡？」我問。
「我在公車站，正要趕去醫院了。」
「是在學校附近嗎？」
「是！」
「小娜！妳馬上……過去醫院陪著小川！無論什麼方式都可以……越快越好，而且妳們一定要待在醫院等我回去，詳細情況我回去再跟妳們說明！」說話的同時，我快要累死了，現在如果我有鰓，我就用它呼吸了！
「發生了什麼事嗎？」
「我再跟妳講好了。妳一定也要陪著老師喔！不要跑去別的地方。」我敷衍地回答她。
「小珠！我找不到小露，她有去找妳嗎？」
我苦笑地說：「對啦！她來找我！」
「她說了什麼呢？」
「好啦！等一下……我再跟妳講。另外，呃……妳的手機……已經壞掉了！」我邊喘邊說。
嗶——我馬上掛了電話，這是一個不用跟她說明的好方法！就讓她自己去想，她那支好幾千元的手機，到底為什麼會壞掉？

我一直跑，跑到了一個岔路口。這時我不知道該往哪裡去，於是我問了那邊的人，然後繼續朝他們所指示的方向跑。

這個時候雨下得很大，一點也沒有要停的跡象，像是要跟妳說：「如果妳死了我才會停！」

到底來得及嗎？我所有的努力嘗試有用嗎？還是一切都將回歸原點？

現在有人可以告訴我到底小潘在哪裡嗎？而且她什麼時候會死？她會怎麼死？

最重要的是有人可以告訴我嗎？我現在所做的事情，到底會不會成功？

累了……我的肋骨有絞痛的感覺，我的橫膈膜似乎被一顆大石頭給壓住。我想我可能會死在這裡了吧！沒有辦法幫誰了……

不……不可以這樣……不可以輸！

之前參加童子軍的露營活動時，走了十公里都沒有說什麼……現在只有這樣就認輸了嗎？更何況如果妳死在這裡，屍體一定不會漂亮的！

現在我倚靠著路樹，無法往前走了，因為實在太累了……雖然我的心裡還想走，但是我的雙腳完全不行了！它們感覺起來很硬，就像是被美杜莎看到而變成石頭。

現在我的身體好像正在發燒……一定是在發燒，因為我的眼神已經無法聚焦去看東西了，而且眼球也感覺很不舒服！

這時我看到有四個人在我前面，其中兩個人站著靠近旁邊的牆……是不是啊？另外也看到兩個人在做同樣的動作，我想他們不是雙胞胎，應該是同一個人，可能是我眼睛有問題吧！

我一直注意看，想知道真的情況是不是跟我想的一樣？

有一個人看起來十分疲累……氣喘吁吁……而另外一個人，則是跪在地面上，然後從口袋拿一個東西出來……手機……接著就按了一下，再拿起來聽。

一下子我的手機就發出聲音。其實不是我的手機啦……是小潘的。現在它是在我裙子的口袋裡，於是我伸手把它拿出來，打開來接聽。

我聽到一個聲音說：「有人接了！」這是男孩子的聲音。

「等一下，我聽到附近有我手機的鈴聲！」一個女孩子的聲音說。

那兩個人轉頭來看我，這時剛好我無力癱軟在地面上，手上的手機也同時往前滾了出去。

由於我實在太累了，所以我幾乎快要無法呼吸。另外，我呼……吸……的頻率也越來越快！

不過我現在感覺吸進去的都是廢氣，一點都沒有新鮮的氧氣。而且因為想要吸進比較天然的空氣，所以呼吸的聲音也變得比較不正常。

說不定我現在需要那台幫助呼吸的機器，就像坤庫老師所使用的。

「小珠學姊！真的是小珠學姊！小珠學姊妳還好嗎？」小潘馬上跑過來抱住我。

穆拉皺眉看著我，很像醫生要替我做檢查一樣，他接著說：「學姊，妳感覺呼吸不太順是不是？」

當然啊！要不然這樣是拉肚子的症狀嗎？瘋子！

「請慢慢呼吸，深深地吸氣，然後慢慢地呼氣。」

我試著聽他的話，嘗試不要呼吸得太快。所以一下子，我就感覺比較好了，體內的氧氣也可能足夠了。不過我還是有頭暈的症狀，但是不久就回復到原來的狀態。因此，我現在可以正常說話了。

「回去……醫院吧！」我跟小潘講。

「但是學姊，我們剛剛才從醫院逃離那些鬼魂出來啊！」她說。

「是的，她們已經死了。小蜜、莎莎和愛蒂，全死了！我不知道小蜜是怎麼死的，不過剛剛她們嘗試要抓我們，所以我們一定得逃跑才行。」穆拉說，看起來很像是新聞報導。

「但是現在……她們一定會……」

「我們先躲雨好不好？」小潘說，她和穆拉兩個人扶我去旁邊的遮雨棚。由於那裡完全沒人在，所以我們三個人就在那邊等著。這時我先把小潘的手機還給她，她則是看了看手機是否壞掉。

「當妳打給我的時候，手機不小心掉下去。學姊那時有什麼事情要告訴我嗎？」

現在我感覺很不舒服，身體忽冷忽熱，而且開始發抖，我想可能是感冒一開始的症狀！

我本來要開口說話，不過變成咳嗽的聲音，而且比較嚴重。於是我想到第一次去坤庫老師家拜訪的時候，他也是這樣咳嗽的，不過那時他卻咳到吐出血來。

為什麼現在突然有這些症狀呢？

「你們……不要出去……外面……」我的聲音沙沙的，我開始懷疑這到底是不是我自己的聲音了，還是有人在我身體裡面？

「為什麼呢？」小潘擔心地問，不過她是擔心我的話，還是擔心我的症狀呢？

「妳會死啊！」我努力說出這句話，因為現在我真的很累了。雖然我想多說明一點，不過我真的沒有力氣了。我不禁想，那像我現在這樣的狀態，要怎麼走回醫院呢？

「學姊希望我們回去醫院嗎？」她試探地問，我則是一直點頭，心想：是啊！趕快回去，而且不要再問什麼了。

「我們可能要扶著小珠學姊回去吧！」穆拉說，似乎他知道我幾乎沒有辦法走路了。

「我們要不要坐三輪車回去啊？」

我一直搖頭。

「妳有錢嗎？」

「沒有！可能真的要扶著小珠學姊回去了。」小潘說。

小潘扶著我的右手，穆拉則是扶住我的左手。我覺得他們的體重應該比我還要輕，不過他們依舊嘗試扶著我走。我們三個人慢慢地走，就像是蝸牛。現在我很怕會在途中發生什麼事，讓小潘死掉，甚至連我們兩個人也要一起陪葬！

想來想去，那樣應該也不錯吧！還有兩個學弟妹作伴，在地獄就不怕孤單了！

我被他們扶著一直往前走。現在雨比較小了，但是也不曉得什麼時候會再變大。另外，現在地上都是水，往來車輛所濺起的水花，讓我們感覺很像在慶祝潑水節。

完全沒有人理我們三個。

也沒有人停下車來看我們發生了什麼事。

這就是真的世界，好討厭的世界！

這時在我們前面出現了一個轉角，當我轉過去的時候，就看到一個亮亮的身體站在前方。當我正在懷疑是不是鬼魂的同時，那個身體就突然朝我們的方向跑了過來！

除了我，每個人都叫得很大聲，同時也放開了扶我的手臂，害我跌坐在地面上。這時不但撞傷了膝蓋，也撞傷了我的肩膀。此時我們三個人都跌在地上，那個身體則是快速地從我頭上經過，朝向小潘的方向而去！

現在情況相當混亂，我則是想要抓住那個身體，不讓它去找小潘。但是我的手就像是揮過空氣，沒辦法抓到它。

這時小潘叫得很大聲，同時用雙手擋在頭前，想要保護自己。

拜託，鬼可以碰到人嗎？它會殺人或是吃人的器官，就像是傳統的鬼電影那樣嗎？

我馬上把小潘拉起來，用我最後的力氣，拉著小潘全力往前跑！

這時我轉頭去看後面，就看到穆拉帶著驚恐的神情跟著我們跑。過不了多久，那隻亮亮的鬼就在雨中慢慢消失不見了。

但是現在有另一隻看起來有肉，像人的鬼，它正站在我的前面。它並沒有發亮，也不是銀色的，它是一具腐爛的屍體！我害怕往後退了幾步，拉著小潘一起跌倒。

「不要！愛蒂！不要！不要殺我，不要讓我死！」小潘近乎懇求地說。

這時我在想能不能踢到它那灰色腫脹的腳，讓它跌倒？

我有沒有什麼方法可以對付這隻鬼？為什麼我沒有辦法碰到這些鬼，但是它們卻可以碰到我呢？

不管了！逃跑比較好……趕快回醫院吧！那裡人比較多，也比較安全！

愛蒂……的屍體……張開嘴巴發出聲音！

它張開嘴巴很像……日本女鬼，是超級可怕的其中一隻鬼。

它往前伸出雙手，接著掐住小潘的脖子，把她提了上去。

後面也有……另外兩隻鬼……它們從後面跑出來，似乎想要包圍小潘。

小潘現在全身發抖，我則是盡全力地抓住她懸空的腳踝。

它們要帶她去哪裡？要帶她去哪裡呢？

「放開她！！」我大叫，看起來要命令它們。其實如果它們的個性比較好，我可能會拜託它們，不過事實並非如此，所以我還是用命令的口氣就好了。

「學姊！學姊！請幫我！」

我一直緊抓住小潘的腳踝，叫它們不要帶她去。

現在都沒有人想來幫忙我們嗎？都沒有車子開過來了嗎？

我突然感覺到某個東西穿過我的身體，同時也看到穆拉跑過去，用力地把小潘的身體拉下來，接著那些鬼魂就突然消失不見了。

「不！不！」現在小潘看起來精神錯亂，手不斷在空中胡亂揮舞，像是要趕蚊子走似。

穆拉嘗試拉住她的身體，小潘一直抵抗，看起來極度不安。

這個時候，路上有一輛車開了過來，我轉頭去看那個燈光，似乎燃起一絲希望：終於有人來幫我們了！

「不要！！」

因為我先轉頭去看左邊，看到有輛車開了過來，所以我不知道右邊發生了什麼事。不過我覺得那輛車一定會注意到躺在地上的我們。

但是現在我已經看不到小潘了。

而且當我知道的時候，時間已經太晚了。
小潘已經跑到路中間了，速度應該有每小時五公里那麼快。
而開過來的那台車，速度應該有每小時八十五公里吧！
人和車相撞所發出的聲音，就像是電影中的槍聲一樣！
我從來沒有遇過這樣的情況，沒有親眼目擊過人被車撞的場景，甚至沒有看過認識的人，在自己面前被車撞！
小潘被車重重地撞了上去，然後被撞飛到另一邊的路牌上面，發出了極大的聲響。當她撞到路牌之後，就從高處掉到人行道上，渾身是血。
這時我看到那塊路牌上沾滿血跡，就像是有人把紅色油漆罐砸到那塊路牌上，現在看不清楚上面的字了。
那輛肇事車輛撞到人之後，駕駛沒有下車察看，而是馬上逃逸無蹤。
過沒多久，掉在路上的小潘的手機就響了起來，不過由於沒有人接聽，所以響了好幾聲之後，聲音就停了。
對我來說，這衝擊實在太大了，我忍不住滴下淚來。而在我旁邊的穆拉，也是泣不成聲。同時，雨又開始下了，不過這對我一點都不重要……不重要！
我現在很了解當時坤庫老師親眼見到朋友被車撞的心情了。

很快地雨就越來越小……越來越小……最後雨就停了。

雖然現在雨已經停了，但我的眼淚卻沒有停！

這時有人幫忙打電話叫救護車，我跟穆拉則是一起坐救護車過去醫院……跟著小潘那個已經失去生命跡象的身體。

我感覺她的靈魂還留在那條路上……跟她那些爛朋友的靈魂在一起。

現在我們就像是把她留在一百個鬼魂的遊戲的迷宮裡。

拜託！現在有誰能幫忙殺了我嗎？！

穆拉現在並沒有跟我們在一起，而是待在醫院大廳，所以就只剩下我、小娜和小川坐在加護病房前面，而此時已經過了訪客時間。我們看到病房中坤庫老師正在睡覺，他會不會知道剛剛外面到底發生了什麼事呢？

現在只剩下我們……三個人。雖然我們這一次沒有玩這個遊戲，但是導致她們玩這個遊戲的人是我們啊！

如果那一天我們沒有遺留下那張紙，現在四個學妹也就不會死了。

現在這件事變成我們的責任了。特別是我，可能會變成坤庫老師了，需要一個人去承擔所有事情。

「我們先回家好不好？」小川顫抖著聲音說，先前她像是跑馬拉松似地，已經整整哭了兩個小時。

現在已是晚上九點半，受到驚嚇的感覺還沒有平復，心想應該沒有什麼事情會比這件事來得糟糕了吧！

雖然我和她認識沒幾個星期……但是也滿關心她的……所以當我看到她在我面前被車撞，我卻一點忙都幫不上的時候，心裡真的相當難過。

其實我知道事情可能會演變成這樣，我應該已經知道了才是。

之前，那位算命師也跟我講過，他告訴我一定要小心，然後怎麼樣……我之前所有嘗試的努力都回到原點了。其實一開始，我就應該找方法阻止小潘走出醫院了。

總之，我應該先幫她，才不會讓她死得那麼悽慘！

「小珠！妳的臉看起來紅紅的，身體似乎也熱熱的，要不要跟護士拿藥呢？」小娜轉頭看著我說，她看起來很擔心我。

「這裡並不是學校，我沒有錢付藥費！但是不用擔心，我想應該只是因為淋雨所造成的普通小感冒吧！一下子就沒事了！」我先摸摸額頭，然後雙手交叉地說。

「我先打給我媽媽一下。」小川說完就走出去，留下我和小娜兩個人在這裡。

「回家吧！我們在這裡對事情也沒什麼幫助。」小娜對我說。

「我們一定可以幫忙的啦！如果我猜得沒錯，它們正在尋找坤庫老師，所以我們必須先找辦法來保護老師。」我說。

「那妳告訴我關於算命師的事情吧……並不是我不相信妳，只是覺得他講的話有點奇怪。」小娜慢慢地跟我說。

「我覺得他說的都是真的，而且他也警告我很多事情……」這時我突然停了下來，感覺什麼話都說不出口，因為那沾滿血跡路牌的影像仍然深深地烙印在我的腦海。所以現在我只說出了這幾個字：「我相信他！」

「但是……」

「小露也是那樣說，而且這是第二次了，她說她的主人會去殺坤庫老師！」

「為什麼妳不直接跟坤庫老師說他正身處危險呢？」

「現在老師能做什麼呢？連話都幾乎說不出來了，他還能做什麼呢？」我大聲地說。

「那我們呢？我們可以幫什麼呢？我們只是高中生，而且還是女生。另外，我們不是醫生，也不是和尚，我們只會念基本的經文。所以請不要把所有的責任都扛在自己身上！」小娜說。

我彎下腰，雙手掩著臉，此時車禍的撞擊聲還迴盪在我的耳朵裡。

「我想一個人靜一靜。」

聽到我的話，小娜走了出去，這裡就恢復以往的安靜……此時我仍是彎著腰，雙手掩著臉地坐在那裡。

我哭了……我想要釋放我壓抑的情緒，我一直哭……我用力搥椅子……我用力打膝蓋，我一直搗著我那哭不停的臉。此時我的手很冷，我的臉卻很熱。

為了辦自己姪女的葬禮，我想現在小潘的阿姨可能正坐車趕回曼谷。

我站了起來，其實哭那麼久也已經累了，但我還是無法止住淚水……跑了一整天，也讓我的身體感到很累……再想到我還要負責很多事情，就更累了！

我走到下面的大廳去找穆拉，看到他正倚靠著牆站在那裡，手上還拿著小潘的手機。

那支手機上面都是血，穆拉的手也都是血！

「你還沒有回家嗎？」我問他。

「等一下媽媽會來接我。」他回答。此時我看到他的眼睛很紅，然後他就把手伸進口袋，拿出一團紙給我，接著說：「是我早上拿到的……是小潘把它揉成一團丟掉的，她告訴我只是一張普通的紙……」雖然穆拉的聲音依舊顫抖，不過可以感覺到他嘗試讓自己的心情平靜下來。

我從穆拉手上把那團紙拿過來……當我開始慢慢了解事情的真相，一切都已經太晚了。

那張紙上寫著泰國傳統的數字寫法，但為什麼我看了感覺很面熟呢？對了！我也曾經見過……跟它很像的紙……我曾經在坤庫老師那張堆滿文件的桌上，看到兩張上面寫著二十八的傳統泰文數字的紙！

「那個……是什麼意思呢？」我問自己……只是為了確認自己所納悶的事情，是對的還是錯的。

「今天是二十八號。」穆拉跟我想的一樣，他接著說：「這是……」他開始說不出話來，因為他已經哭了！

我在心裡回答：這是小潘死亡的日子……而且今天可能也會是坤庫老師死亡的日子！

我轉身要跑過去樓梯那裡。

「小珠學姊，妳要去哪裡？」

「你趕快去叫小娜和小川過來這裡！趕快！」我邊跑邊說。

為了確認穆拉把我的話聽進去，於是我又轉頭看他一次，就看到他跑大廳那裡。確認之後，我馬上跑上二樓，選擇一條比較沒有人的通道前進。此時在通道盡頭，我就看到一個禿頭的老男人正要進去前方房間。

他不是走進去，他看起來是穿透進去！

我看到他背是用一塊又黑又髒的布覆蓋，現在他已經通過第一道門了。

不要！不要！不要！！

「停下來！」我用沙沙的聲音大叫，於是那個老男人轉過頭來看我，給了我一個令人厭惡的微笑。這時我就看到他那不整齊的牙齒，而且他看起來則是很像神經病，很像一個有神經病的殺人魔！

這就是創造一百個鬼魂的遊戲的人嗎？

他到底是不是神經病？

現在他已經穿透第二道門進去了，還舉起又乾又癟的手向我揮動著。

「不！不要！不要碰到他！」我嘗試要推門進去，但是它已經被上鎖了。所以我用手敲前面的玻璃，想要請裡面的護士幫我開門。接著我看到她轉頭看我，走了過來。

她輕鬆地打開門，好奇怪……好像門沒上鎖。

「有什麼事嗎？妳要找誰嗎？」她問我。

「有人走進去，是那個老男人！」我告訴她，同時指著正走向坤庫老師那個老男人。

於是她轉頭去看那個房間，接著露出疑惑的表情說：「哪裡？沒有人啊！」

但是我看到了……我看到那個神經病的老男人，正走去坤庫老師的病床！

「在那裡，他在二床那邊！」我再次告訴她，但這次她沒有轉頭去看了。有時候我很討厭長輩，因為他們總是不太相信晚輩！

於是我用力推開那護士，馬上走進加護病房。

「不可以進去，訪客時間已經過了！」她對我說，同時嘗試拉住我。這時有位男醫生剛好走過來。

「有什麼事嗎？」他問我。我也同樣回答他之前我告訴護士的話，他也和那位護士一樣，一點都不想理我。

「帶她出去吧！」醫生說。

「我沒有騙你們，真的有人在哪裡，那個老男人正要殺老師！」這個時候，我感覺自己像是電影絕命終結站第二集裡的女主角 Kimberly，沒有人要相信我，就像是在電影中沒有人相信 Kimberly 一樣。

最後我被護士帶出去外面，不過當我再轉頭去看一次，那個老男人就消失不見了。而這個時候，坤庫老師的情況看起來倒是還好，心跳也還維持在正常數值，機器上的圖形看起來則是像許多的小山丘一樣。

這時小娜她們走了過來，於是我告訴她們剛剛發生的事情……她們很相信我，因為我們總是處於相同的情況。

「小珠，我們先回家吧！妳再不休息，你可能會死！另外，我的父母要過來醫院，他們想要順便拜訪老師，之後我們就一起回家吧！」小川對著我說。

我再次低頭掩著臉……如果我的假設是對的，那件事情就一定會發生，今天可能就是坤庫老師的最後一天！但我一定不會容許這個情況出現。

「穆拉，你媽媽來接你了。」小娜告訴穆拉，因為她聽到廣播說他的家人正在櫃檯等著穆拉。

「小珠，我們一起去下面等吧！」小川拉我的手說，像是要把我拉起來。

穆拉和小娜已經往前走了，但我和小川還在原地。我再次轉頭去看加護病房，同樣也是沒有看到那個老男人了，這時感覺剛剛的事情似乎沒有發生過。另外，裡面那些護士也正看著我，她們可能覺得我像是一個神經錯亂的瘋子吧！

「我之前嘗試要保護大家的生命，但是……現在我好像要失去最後一個人了。」我說。

「根本沒有人說過坤庫老師會死，小珠……妳會不會想太多？妳看……不會有人害死老師的，而且他的情況也是越來越好，體內器官的功能也幾乎恢復正常。所以我覺得老師一定不會死！」小川試著為我打氣鼓勵。

「但是至少今天晚上，我想確認坤庫老師真的不會有問題。只有今天晚上……」我告訴小川。

「雖然我可以，但是我覺得妳媽媽不會同意的。」小川拉起我的手，接著說：「小珠！一起走吧！小娜和穆拉已經在看著我們了。」

我勉強轉身回來，但是心裡有很奇怪的感覺。

因為事情總會有變化。

如果是那樣……這一次也可能會發生差錯。

如果知道事情會有差錯，我一定要嘗試扭轉它。無論如何，那個算命師也跟我講過，所以我要做好面對改變的準備。

「醫生！！」

聽見聲音之後，我轉頭去看加護病房，裡面的情況則是相當混亂。這時我看到護士跑到坤庫老師的病床旁邊。

沒有人看到像我現在所看到的……

我看得很清楚……

看得很清楚……

我的心跳快停止了……像是有人正要殺我一樣！

故事20

催淚戲碼

那個神經病，那個老男人，現在慢慢靠近坤庫老師的病床。他看起來正在說話，但我並不知道他在說什麼。他可能是自言自語，也可能在跟老師講話。那到底現在坤庫老師是否在聽他講話呢？

我看到老師轉頭看向左邊，是那個老男人所在的位置。

「小珠！」

小川叫得很大聲，不過這個時候我已經跑回加護病房的第一道門前，看到那個老男人正把手放在老師的身體上面。因此，我馬上跑到第二道門前面，然後大聲叫出來。

這時那個老男人轉頭來看我，然後說：「記住了！這就是要給嘗試在我的遊戲中作弊的人的回報！」

「不要！我們沒有要作弊！而且你不是已經帶走每一個輸掉遊戲的人了嗎？那為什麼你還要他的生命呢？」

如果我跑進裡面，然後殺了他，我可以做得到嗎？……我可能要在他殺了老師之前，先殺了他才行！

「沒有人贏得了我那一百個鬼魂的遊戲！」

他的口氣很凶狠，說完之後，就把他的雙手重重地往老師身上壓下去，老師卻是一點保護自己的動作都沒有。

沒多久，測量老師心跳的儀器，就從原來規律的「嗶～嗶～」聲，變成了持續不斷的長嗶聲，而這樣的情況，就像是我在電影中曾經看過的場景。

當我見到這一幕，我驚嚇到跪倒在地板上，不過這時有人嘗試著攙扶我起來。

「小珠！」小川叫我，然後緊緊抱著我。現在我們還不太確定發生了什麼事，不過很快就有護士跑進去，不久醫生也跟著進去。接著，就很清楚地聽到從護士口中所說出的那句話。

「醫生！這個病人好像已經停止心跳了！」

「什麼？怎麼……怎麼可能？」小川嚇到幾乎說不出話。

這時醫生很凶地命令護士，接著護士就馬上推了一台機器出來，醫生便直接對坤庫老師的心臟進行電擊的動作。

我在外面等著，不斷深呼吸，現在的我知道……可能已經太晚了。

醫生停下動作，然後搖搖頭。我心想，只有這樣……只能夠做到這樣嗎？

這時有位護士跟醫生短暫地交談了一下，然後拿出一塊白布，覆蓋住老師那已經失去生命跡象的身體。在這同時，另外兩位護士把我們拉出去，但我們的姿勢卻因為驚嚇，一點都沒有改變！

小川現在全身顫抖，不斷地發出哽咽的聲音，但是就像是有人用手掩住她的嘴巴似，她根本叫不出聲音。不過我知道她的感覺，她很想放聲大哭。

過沒多久，就有護士把老師的病床推了出來。

「連絡他的家人吧！」醫生跟其中一個護士講。

「等一下！妳要帶他去哪裡？」我問那個護士，但是她似乎不太清楚狀況，根本沒有回答我，就直接把老師的床推了出去。

「等一下！等一下！」我追著她跑，但是小川拉住我的手，接著說：「小珠……不要……」

說不定……她們只是想開我玩笑吧……可能只是演戲，可能只是她們聯合起來騙我，老師怎麼可能會死！哈哈……她們不應該騙我這樣！

於是我追上老師的病床，接著拉住它，把老師身上的白布掀起來。我想如果我這樣做，老師應該會給我一個鬼臉，然後對我說：「老師是開玩笑的，老師怎麼會死！」

是這樣嗎？是這樣嗎？

現在老師的身體看起來一點血色都沒有，就像之前的黑白電影。我握住老師的手，他的手很冷很冰，或許是因為加護病房裡面很冷的緣故吧！不過，老師為什麼不睜開眼睛呢？

哈哈……怎麼會那麼逼真？老師不要騙我！

我搖了搖老師的身體，接著說：「老師，請你起床吧……戲已經演完了……」

小川則是一直哭，她的臉上流滿了傷心的淚水。

「小川，妳瘋了嗎？妳幹嘛哭？老師還沒有死，妳看！妳看！」我激動地對小川講。

我抓住老師的手腕，不停地搖動。這時我突然想起來，之前上課教過如何測量脈搏，但是……但是……

一點脈搏都沒有，一點動靜都沒有，很安靜……我把耳朵靠近老師左邊的胸膛，完全沒有聽到心跳的聲音，只聽到我後面小川的哭泣聲。

「是假的！」

如果這件事情是開玩笑的，它就是我有史以來遇過最糟糕的玩笑了！

小川把我的身體往後拉，那個護士則是一直看著我的臉，可能她很同情我，或是覺得我已經發瘋了吧！因為現在的我又哭又笑！

「不……不……不……」

小珠，妳一定得告訴自己，老師真的已經死了！

「不要！！放開他！不要帶他走，他還沒有死！！！」我叫得很大聲，用力甩掉小川的手，再次跑到老師的床旁。我想這個護士可真是倒楣，沒有辦法好好地把自己的工作。最後，現在如果沒有人重重地給我一巴掌，我可能還無法相信老師已經死了！

「小珠！老師已經走了……他走了……」小川邊哭邊說，我知道她也是嘗試要讓自己的心情平復下來。

「聽我說！！他還沒有死！他還沒有死！帶他回來！！」

我怎麼能夠相信呢？因為剛剛我也還在想，只剩他的生命是我可以保護的了。現在我應該怎麼辦？該怎麼辦？

我知道有一天老師也會死……但是現在沒有辦法讓我幫什麼忙了嗎？

護士趕緊把床推走，可能不想讓我再度情緒失控。現在我整個人癱軟在地板上，除了發燒，或許也是氣力用盡的緣故吧！而小川也是崩潰地坐了下去，緊緊抱住我，把頭靠在我左邊的肩膀，嘴裡不斷地說：「老師已經走了……老師已經走了……」

現在我好累……我好想好好休息。

但是我並不想閉上眼睛……我的心裡很不安，因為在同一天晚上，發生了兩件讓我無法接受的事情。

小潘死了，老師也死了！在我的生命之中，到目前為止，應該沒有什麼事情比這個還要糟糕了吧！這也就表示我們所有的努力，完全失敗了。

我好像把我人生剩餘的眼淚，都在今天晚上哭完了吧！

時間過得很快，就像是作夢……但是如果我還可以改變，我想改變先前發生的所有事情！在我的夢裡，我想要把坤庫老師死亡與小潘死亡的事情，通通忘記。

在我的夢裡，我想要把時光往前調整，想要回到我還沒有認識一百個鬼魂的遊戲前的時光。而且我會把認識它之後的所有事情都刪除……在我的記憶中，也將不會再有這些事情了。

不過那些事情並不是作夢，它們已經是實實在在地發生了！

其實就我知道，坤庫老師沒有家人，就算有，也應該只是不熟的遠房親戚吧！所以學校就充當主人，協助辦理老師的葬禮。另外，小潘的葬禮則是在好幾天前就已經辦好了。

因為我發燒得很嚴重，所以我並沒有參加小潘的葬禮，不過小娜和小川已經幫我去祭拜過她了。

在坤庫老師的葬禮上，有一些學生是擔任家人的角色；有一些學生則是擔任客人的角色。另外，有一些老師的鄰居們也來參加這場葬禮，不過其中一些人是真心來祭拜，有一些人則只是要來吃粥與魚肚湯[1]。

在老師的葬禮上，我看到一些我曾經在老師家裡照片上見過的人，其中也包括曾在醫院裡見面過的兩位老師的好朋友，他們也是充當老師的家人，幫忙葬禮事宜。

其中那位看起來比較有錢的朋友，負責老師葬禮的所有費用，他也還記得我，見面的時候給了我一個微笑。

「您好！」我走近他，跟他打了個招呼。

「妳的朋友們去哪裡了？」他問我。今天他看起來比較嚴肅，不像那天見面時，老師的另一個朋友也是如此。

「她們幫忙送拜拜的香給客人。」我回答。

「沒想到會發生這樣的事情，前幾天我還打電話給他。」他說。

我沉默了一下，什麼話都沒有說，接著老師另外一個比較矮的朋友就走了過來。

「今天人比較多喔！」老師較矮的朋友說。

沒多久我就先離開，走到老師的棺材前面。這時，我看到學生們正拿著三支香拜和尚，再拿一支香拜老師，可能要請老師原諒自己過往不乖的行為吧！同時也請老師可以好好安息……

那我呢？我要跟老師講什麼？要不要為了之前所做過的事情向老師道歉？如果我道歉了，老師會不會回來？還是應該請老師安息就好呢？不過就算如此，老師究竟能夠安息嗎？還是他會被困在這個遊戲的迷宮之中，成為黏在那條人鏈上的一部分呢？最後，他會有機會逃離嗎？

直到現在，我還沒有拿香拜老師。

現在四個和尚已經到了，校長也來了，他點起桌上準備祭拜的香，接著請和尚開始念經。由於老師並沒有家人，所以我走到老師的棺材旁邊，敲了敲棺材。因為我們相信，這樣是要請他聽和尚唸經，讓自己可以好好去安息。

由於經文有好幾段，所以我和老師的朋友輪流敲棺材。輪到老師朋友的時候，我就先走到旁邊的空地，試著深呼吸來平靜自己的心情。雖然今天天氣感覺很舒服，不過我的心裡則是相反的感受。

這時我望向廟的入口，看到一輛灰色的車開進來，最後停在廟裡的停車場，接著我看到一個高高的，全身穿著黑衣服的女生走下來。

我認識她！

「小珠！」娜帕小姐跟我打招呼，她的臉上還帶有微笑的感覺。在這場葬禮之中，她算是少數幾個還笑得出來的人，其他大部分的人則都笑不出來。我想是因為在場的學生和老師的朋

註釋

1. 粥和魚肚湯是泰國傳統葬禮時會提供的食物。

友，都是和他有比較直接關係的人吧！

可能是老師給她的印象並沒有那麼深，而且老師也沒有救過娜帕小姐，就像是救過我們的命一樣，更不用說是像老師那兩位很熟的朋友了。

「我很難過發生了這樣的事情。」

「對我來說，我很不喜歡這句話！」我直接告訴她，因為會說這句話的人，他們一點都不知道「這樣的事情」的真正情況！當然也不會知道坤庫老師到底是怎麼死的……他為什麼死……更不會有像我現在後悔莫及的心情。

娜帕小姐聽完後遲疑一下，她就笑了出來，不過她不是笑我，而是帶有尷尬心情的笑容，然後說：「妳怎麼會這樣說呢？」

「妳覺得有什麼好笑嗎？」我就直接問她，一點都不在乎任何事情了。

這時她邊笑邊講：「妳很像我小時候的樣子，當年辦我姊姊葬禮的時候，我也有跟妳一樣的反應！」

說完後，她走進會場。這時候我感覺很不好意思，因為她對於我那不禮貌的行為，一點都沒有生氣的感覺。我想是因為我的心情很沮喪，所以不喜歡在葬禮中看到有人笑……而是感覺看到越多人哭越好……其實，如果我的悲傷可以用來償還以往的過錯，我想讓自己越悲傷越好，畢竟是我一個人把這件事情變成這樣的，跟其他人沒有關係。

而且難道是因為我見到了老師最後的死況，所以現在感覺自己快要發瘋了嗎？

想請大家打我罵我……還是殺了我都可以，就請不要說這件事只是一場「意外」。另外，我也不希望大家說這件事情跟我沒有關係，更不希望有人跟我說：「這不是妳的錯！」

我走到廟的另外一邊，那裡的大樹下有一座涼亭，裡面坐著一位和尚，他正看著老師葬禮的方向。那位和尚已經很老了，雖然他的皮膚布滿了皺紋，但是他看起來仍是相當健朗。後來他可能已經注意到我，所以就給了我一個微笑。

於是我在額頭前雙手合十給他回禮，但當我越注意看他，我就覺得他越來越面熟。

我應該要叫他什麼呢？應該是師父吧……似乎我聽過誰叫過他師父。

這時師父點點頭，好像示意要我過去找他。

於是我走了過去，在距離他三公尺的地方跪下去，雙手合十地對他說：「師父您在叫我嗎？」

「我看到妳很難過，那是誰的葬禮呢？」

「是我老師的葬禮，老師的……」我回答，但是當我抬頭想把他看得更清楚的時候，我嚇了一大跳，嘴巴都快合不起來了。其實在師父面前有這樣的行為，是不太禮貌的。

我記起來了，他是坤庫老師很尊敬的一位師父，辦小露的葬禮時，他也來保護我們，避免鬼魂的侵襲。

「師父，您認識坤庫老師嗎？」

師父點頭，接著說：「那個時候坤庫還很小，他很喜歡接觸佛教的事物，不過他並沒有那麼認真。」

「師父，您是否因為坤庫老師的死亡感到難過呢？」

師父嘆了口氣說：「這算是很普通的事情……每個人出生之後，總有一天都會死。妳會死，我也會死……對信仰佛教的人來講，死亡是一種沒有解答的事情，而且就算是佛祖，那個時候他也不曉得死亡是什麼事情。儘管大家都想一直遇到好的事情，不想遇到壞事，不過面對死亡是必然的結果。」

「我也讀過關於佛祖的事情。」我跟師父講。

「那妳了解死亡是什麼嗎？」他問。

我搖頭，真的不知道答案。

「一百個鬼魂的遊戲是一種會讓人不正常死亡的東西……是其中一個會讓人學到死亡感覺的方法。」

當我現在知道這件事情，已經太晚了。而且除了我，還有別人會像我這樣認識一百個鬼魂的遊戲嗎？

還有幾個和尚會知道一百個鬼魂的遊戲是什麼呢？

這時因為我在廟的另一邊，看見了那位高高的算命師，就先跟師父告別，然後走過去找他。他今天雖然換過衣服了，不過看起來還是舊舊髒髒的，讓我不禁聯想到那個殺了坤庫老師的神經老男人！

他看到我，似乎一點都不驚訝。

「您好！」因為我不知道要跟他講什麼，所以只好這樣說。

然後他開始問他曾經問過的問題：「妳想知道妳上輩子是什麼嗎？」

我沉默了一下，可能他覺得我正在思考吧！然後我說：「不了！」我依舊回答相同的答案，接著回問：「為什麼您會來這裡呢？」

「我來這裡做什麼也不關妳這個小孩的事情。」他很直接地回答我。其實他說得也沒有錯，他要去哪裡，要做什麼？都跟我沒有關係。不過我倒想知道其他事情，就是為什麼他有很多方面都很像坤庫老師呢？對我來說……我真的很感興趣！

「我想知道，為什麼您有很多方面都很像我的老師呢？講話也像……想法也像……」我試著問他。

「小孩！妳怎麼會知道我和妳的老師的想法很像呢？」他說，換了之前常常叫我的方式。

「因為有好幾件事情，你們都有類似的想法！」我說。

「可能是因為我們兩個人遇過相同的事情吧！」他給了這個答案，而我聽起來並沒有那麼清楚。說完之後，他就離開這裡，似乎正要走過去師父那邊。

或許他有事要跟師父討論……可能是我不應該知道的事情吧！

「我一點都不納悶，為什麼坤庫老師不想讓我跟您講話。」我開始說，想讓他停下腳步。

他轉頭給我一個笑容，然後說：「他應該覺得我不是一個好爸爸吧！」

我遲疑了一下，馬上問下一個問題：「您的兒子死了，您會不會感到難過？」

他回問我：「我會難過嗎？我現在不會難過，因為這個兒子已經離開我幾十年了。」

「小珠！」小娜從廟的另外一邊叫我，她現在和小川站在一起，兩個人都穿著全白的衣服，是我從來沒有看過的。當燈照射到她們的衣服上時，她們看起來就像是從天而降的天使。

所以現在我要走過去找這些天使了。

「妳跟那個阿公在講什麼？」小娜問，同時她叫我看後面，一開始我以為是要叫我看師父，但其實不是……

「妳不記得嗎？他是我們之前在學校見過面的算命師啊！其實在葬禮上，我就看到他了，不過要是只看到他的背面，是認不出來的。小珠！他來這裡是要做什麼呢？他還有跟妳講什麼事情呢？」小川說。

「警告小潘和老師將會死亡的人是不是他？他看起真是個神祕人物。」小娜說。

「如果妳有機會跟他講話，妳一定會有很熟悉的感覺！現在我們先一起去準備午飯吧！等一下和尚就念完經了，接著就是午餐時間。」我對她們說。

「我餓到快要暈倒了！應該不會只有粥吧！」小娜邊說邊摸了摸她的肚子。

晚上，有越來越多人來參加葬禮，打招呼的聲音此起彼落，講話也越來越大聲，好像這裡不是辦葬禮的地方。現在他們正一邊吃著中午剩下的食物，一邊大聲地聊天，不過仔細一聽，就發現內容和老師一點關係都沒有，談論的都是哪個家庭借錢，或是誰家兒子女兒不好……

但是我注意到，那些人都沒有說到自己不好……

他們也提到水費、電費、政治、房地產和晚上要趕回去看連續劇。

聽起來並不是有水準的生活……而且那些人沒有辦法為了不太熟的人而哭泣，這主要是因為那個人的死亡跟他們不太有關係，另外，也因為他不是他們的兒女或家人。所以他們像是只有花時間來吃免費的食物，然後就回家。

我跟同學與老師幫忙收拾碗盤，就像是派對剛剛結束，只留下到處都是杯盤狼藉的景象。

我把已經收好的盤子拿給後面坤庫老師的朋友……比較有錢那個……

有一些學生回家了，有一些學生則是和父母剛剛到達。剛來的其中一些人裝出悲傷的樣子，跟大家講了幾句聽起來虛情假意的話，就跑去外面吃東西了，真是難看！

當晚上的念經結束之後，大家就逐一回家，剩下沒幾個人留在這裡幫忙處理事情。到最後只剩下兩個老師的好朋友；五、六個學生和兩、三個老師留了下來。

我走到外面的涼亭坐著，隨手打死了幾隻想要吸我血的蚊子。

這時我看到小薇學姊走過來，坐在我的旁邊說：「外面天氣也滿涼的。」

我點頭表示同意。

「我不知道發生了什麼事，今年……我的生活亂七八糟，要寫作業、要考試、要準備考大學，還要寫很多報告，所以我不知道妳們正面臨到很困難的事情！」

「其實不是我們遇到困難，而是那些國二學妹她們遇到困難的事情！」我說。

「其實那個時候妳告訴我國二學妹的事情，我並不太了解，而且很快就忘記了。如果那個時候我沒有忘記，我應該可以幫上一些忙。」小薇學姊說。

「當她們要死的時候，我也希望自己可以幫忙她們……但是現在我只想幫自己，讓自己慢慢恢復。」

小薇學姊站起來，用手拍拍她那白色褲子上的灰塵，然後說：「妳應該在她們死之前，先問她們需要什麼樣的幫忙！」

我抬頭看著她的臉，接著說：「都因為一百個鬼魂的遊戲而要死的人，還有時間跟我說什麼嗎？」

故事21

輸家的選擇

一百個鬼魂的遊戲……在二十一天之內，要找到一百個鬼魂。無論是贏，還是輸，都會讓你的生命產生無法預期的變化。特別是當你輸的時候，是沒有任何機會可以逃離這個遊戲的，就算你已經死了，也離不開這個遊戲的可怕漩渦。

一百個鬼魂的遊戲……它是一個神祕的遊戲，現在大家還在疑惑到底是誰創造了這個遊戲？到底是誰控制這個遊戲？還有到底是誰訂下了這個遊戲的規則？

我很想知道這些問題的答案，但是我並不想自己去找答案了。

至少不是現在要找答案……現在我已經失去兩位我所愛的人……我還在疑惑，到底哪一些事情是真的……哪一些事情是假的。

我所知道的就是：跟一百個鬼魂的遊戲有關係的人都死了，而且都死於非命……死於奇怪的意外事件。

另外，就算是沒有玩的人，只要跟遊戲有關係，也可能會死，最後只剩下沒幾個人可以存活。

我就是其中一個！

我……已經參與一百個鬼魂的遊戲兩次了，不過先前的兩次，我倒沒有親身經歷過。

就我知道的部分，第一組玩這個遊戲的就是坤庫老師他們，結局……沒有辦法確定他們是否贏了，不過他們並沒有輸。但是那個時候他們失去了一個朋友，最近也失去了一個人，就是坤庫老師！

第二組玩這個遊戲的就是高三的學長們，結局……他們輸了，而且全都死了！

第三組玩這個遊戲的就是我們，結局……沒有輸也沒有贏，但是失去了一個人。而她會死是因為有一個規則：保留錢幣的人一定會死，剩下的人則會存活。

最後一組玩這個遊戲的就是國二的學妹們，結局……她們輸了，而且全死了！

所有死掉的人，就變成了這條遊戲人鏈的其中一部分，它們的肉會彼此相黏，一個黏一個，一個黏一個，不斷地延伸。我不知道在裡面會有多痛苦，但是無論如何，我不想變成其中的一份子！

我和坤庫老師之前猜錯了很多事情，雖然坤庫老師很熟悉這個遊戲，不過他也不是完全了解，所以我們沒有辦法知道還有沒有比較複雜的規則。如果要玩一百個鬼魂的遊戲，也要確認每一條規則，我想應該只有九命怪貓辦得到了！

開始玩遊戲後，在二十一天之內，你一定會遇到很多事情，但大部分都不是好事。

當我們要保護一個人的時候，我們也有可能失去另一個人。當我們嘗試去拯救每一個人的時候，最後我們也會失去……每一個人。

為什麼這個世界如此可怕呢？

我、小川和小娜，在老師的葬禮辦完之後，有一天我們跑到老師家。我們正站在老師家外面，嘗試著要去尋找那隻大黑狗，覺得牠應該要跟每一次一樣，跑過來歡迎我們才是。

剛好那位賣炸香蕉的阿姨推車走了過來。

「妳們要找誰呢？」她問。

「我們是要來幫老師處理家裡的東西。阿姨還記得我們嗎？坤庫老師……就是這間房子的主人……身體不舒服的時候，我們把他送過來這裡，也是阿姨幫我們開門的。」我對她說。

「喔！應該還記得！」

「現在他已經過世了，我們就……想來幫忙他看看家裡的情況。」小娜說。

「這樣子喔！」這個阿姨也跟其他人一樣，當她知道坤庫老師已經過世的消息之後，沒有什麼感覺，也不怎麼難過，不過還好她也沒有虛情假意就是了。然後阿姨說：「難怪那隻狗變成那樣。」

「牠怎麼了呢？」
「他的狗啊，這個禮拜無論白天晚上，都一直不斷地嚎叫。從……呃……應該是從上個禮拜五開始的吧！原本我還以為那隻狗正在發情呢！」她邊講邊指了坤庫老師家裡。
上個禮拜五嗎？那一天是老師死去的日子！
「現在牠在哪裡？」
「牠已經死了！兩天前就死了！」賣炸香蕉的阿姨說。
「可能是因為沒有人餵牠吃飯吧！」小娜猜測。
「不是啦！當牠的主人住院時，他請我幫忙餵狗，所以我每天都來餵牠，一天要餵兩次。不過是牠自己不要吃，所以過不了多久，牠就死了！」阿姨說。
由於老師家的前門本來就沒有上鎖，所以我們直接推門走了進去，這時那位阿姨指了埋葬那隻狗的地方給我們看。
「牠可能因為心裡難過而死吧！牠應該也知道老師已經過世了，所以……」小川邊說邊哭。
我摸摸埋葬小黑的土地，心想雖然牠死的情況不像老師的那麼糟糕，但是當想到牠一直等著主人來帶牠走的時候，心裡也挺難過的。
事情處理完了之後，我們離開老師家，關上大門，不過仍然沒有上鎖。當我們離開的時候，我又轉頭回去看了一次，看到一隻鳥停在屋頂上。牠叫得很大聲，飛走了，只留下這間安安靜靜的房子。

「關於錢幣的事情，我覺得坤庫老師可能不太了解吧！他不曉得收著錢幣的人一定會死！」小娜說。

「其實還有很多我們不知道的事情，不過現在我一點都不想知道了！」我說。

「咦，現在小露消失不見了，我想她可能還在生我們的氣，她已經不想當我們的朋友了吧！」小川說。

「不會啦！她還是我們的朋友！」我說。

「妳怎麼會知道？她跟妳說的嗎？」小娜轉頭來問我。

「其實當她跟我講她是第七十一個人的時候，我就知道了。而且我溺水的時候，也是她來救我的。」我說。

我們三個人一直走，就像我們的人生仍在繼續。我們應該把一百個鬼魂的遊戲稍微遺忘，或是永遠遺忘才是。

我們依然是普通的學生，一樣要念書，也還有其他事情要做，比如說：看小說、看戲劇、當追星族等等，當然也包括談戀愛。

雖然我們是比較叛逆的高中生，不過也沒有做過不好的事情！

我抬頭看著天空，一般的小說結局也大概是這樣吧！我已經活下來了，那個神經病老男人應該再也不會出現在我的面前了。但是……

雖然我活下來了，但是依舊需要在這個混亂的世界上繼續生存，而且每一秒鐘都會有死亡的機會，這是每一個人都需要面對的。當人活著的時候，總是追求更好的物質享受，不過死了之後，你就會失去所有，一件也帶不走。

其實我也很清楚，我現在所擁有的幸福生活，或許有一天就會消逝不見。

「明天見！」小娜和小川跟我揮手再見。現在我很高興她們兩個人可以好好地相處，畢竟在前一個月，她們幾乎都處於吵架的情況。

我也跟她們揮手再見，然後一個人坐在公車站等，那個時候我還在想之前所發生的事情……不好的事情……而那些事情都已經無法挽回了。

如果可以，我想扭轉所有的事情到好的那一面，無論是今天開始，或是明天開始都可以。

如果可以，我想用我的生命來取代大家的生命，我寧願在另一個世界看著大家為我的死亡而哭泣，也不願自己為了死去的大家而哭泣。

「妳想知道妳的上一輩子是什麼嗎？」這句話與這個聲音我已經很熟悉了，我想這位算命師可能是從附近國家偷偷跑進來泰國的，或者是從遙遠的鄉下來到曼谷吧！現在高高的，揹著同樣包包的他，慢慢地在我旁邊坐了下來。

「我不會改變我的答案！」

「但生命就是一種選擇，如果妳不選這一個，也必須選另一個才行。」

「我選不想知道就好了！」

「表示妳選擇比較困難的道路。其實當妳們走進一百個鬼魂的遊戲這條路……表示妳們已經選擇比較困難的路了。」他很嚴肅地說。

「你覺得有人可以拯救困在遊戲人鏈之中的人嗎？」

「沒有吧！即使有，那個人應該也不想跟這個遊戲扯上關係，因為這個遊戲的主人實在太壞了，如果有人想進去破壞他那有趣的遊戲，他一定會很生氣。」算命師說。

「你知道他是誰嗎？」我問。

這時有一輛車開了過去，發出比較大的聲響，於是他停了一下，小聲地說：「我嘗試去尋找了，不過像我已經這麼老了，可能沒辦法做太多事情。就我所知，他並不是一個普通人，他是一個奇怪的人。而且這件事情由來已久，當妳還沒有出生的時候就已經存在。另外，有位柬埔寨的朋友告訴我，有一次那個降頭師，也就是那個遊戲的主人，嘗試要讓人死而復生！」

「那叫作殭屍嗎？」

「對對！好像就叫作殭屍！聽說那個降頭師已經精神錯亂了，因為他除了嘗試向廟裡買死人的屍體，還自己跑去墳地挖屍體出來！」

「然後他成功了嗎？」

「沒有人知道，因為他已經離開柬埔寨的房子，到了泰國。那個時候，在泰國與柬埔寨的邊境，也有著一百個鬼魂的遊戲的傳言，而且當時附近的居民，一直莫名死亡，找不出真正的原因。但在那個村莊辦了一個儀式之後，這個傳言就慢慢地消失不見了。不過，不久又開始聽到有好幾群人一群接著一群死亡的消息傳出，由於我幾十年前就開始注意這則傳言，所以發現在泰國境內，這樣的情況很快速地蔓延出去，從一個村莊到另一個村莊，越來越多。這些情況的蔓延是來自於口耳相傳，並不是透過電視媒體。到最後，這個情況就來到了曼谷，所以當遠在他方的我一回到曼谷，就聽說在你們的學校裡，有著奇怪的傳言。剛好我的兒子來這裡教書，所以覺得那裡一定會發生奇怪的事情！」

我猜猜他所說的事情，一定會隱藏著奇怪的祕密，於是我接著問：「這個遊戲是跟著老師來的嗎？」

「如果不是他，就是那一個降頭師帶來的！」說到這裡，他摸著額頭，然後搖了搖頭說：「我的兒子已經死了，說不定這個遊戲會暫時消失一陣子，或是蔓延到其他的地方、其他的學校……甚至是其他的城市！」

「那為什麼學校會成為這個遊戲的目標呢？」

「因為現在世界已經改變了，之前只有鄉下人比較容易被騙，他們喜歡相信鬼神之說。但是現在目標轉移到學生身上，因為他們是年輕人，喜歡嘗試新的事物，也就比較容易被騙。」

接著他注意看著我說：「妳也是這樣是不是？」

他慢慢站了起來，把手伸進包包，接著拿一個東西準備要給我。

「這是什麼東西呢？」我伸出手，把那個東西拿了過來。它是一個黑色錦囊，裡面有很像茶葉的東西。

「這是護身符，年輕人不也喜歡這樣的東西嗎？收下吧！它之前是我兒子的東西，具有很強大的保護能力。」他說。

我邊聽邊打開來端倪這一個東西。

「妳不要打開它，要不然效力會減弱。妳只要保管好就行了。」他說。

「為什麼您要給我呢？」我納悶地問。

他回答：「如果我是那個神經病的降頭師，我一定會對妳比較有興趣，因為妳經歷過很多關於一百個鬼魂的遊戲的事情，卻還活著。儘管我不想讓妳擔心，但我還是必須告訴妳，妳之後一定會再遇到更多困難的事情。而且一百個鬼魂的遊戲並不會不見，除非有人可以徹底地毀壞這個遊戲，而這個人說不定就是妳！」

我搖搖頭說：「我不是當英雄的料，我打算忘記所有關於一百個鬼魂的遊戲的事情了。」

他笑了笑，看起來很像老虎看到獵物時的反應，接著說：「我敢保證，妳無法逃避！這個遊戲會改變目標，而妳一定會變成阻止它的那一個人！」

「我不要！」我仍然拒絕，雖然他所說的事情似乎會成真。另外，我也當然永遠不會忘記這個遊戲，不過我不相信會是由我來終結這個遊戲……我沒有辦法……我答應自己不會再拿我的生命和這個遊戲打賭了，自從玩了這個遊戲之後，我感覺自己已經老了好幾歲。

本來我打算把這個護身符還給他，不過他突然離開了……很快地消失在人行道上。

我不覺得可以和坤庫老師做一樣的事情，因為我並沒有那麼厲害……而且我也沒意願奉獻自己。

如果我再次回去和一百個鬼魂的遊戲扯上關係，我一定得再用我的生命和它打賭，最後我可能就會像坤庫老師，因為嘗試抵抗這個遊戲而被殺害！

我不希望會由我去阻止這個遊戲！

我收著那個護身符，把它當作對老師的紀念。然後我走上公車，心裡則是還在思考那位算命師所說的話，甚至出現「他可能說對」的念頭。

說不定從現在開始，有人開始覬覦我的生命，注意何時我會再度和這個遊戲產生關係。

說不定這個遊戲的目標將會改變，在吞噬了許多我們學校的生命之後，把目標移轉到其他學校。

一百個鬼魂的遊戲，是一件很可怕的事情，它帶走了我生命中的一部分，也帶走了我所認識的一些人，但是無論如何，它都無法改變我的生命！

我一定會等著，等有一天有人贏了一百個鬼魂的遊戲，那個人可能是我，或是其他人，沒有人會知道！

雖然那個神經病的老男人很有信心沒有人可以贏這個遊戲，不過我想只是現在還沒有人可以贏這個一百個鬼魂的遊戲，只是現在而已！

後記

現在的錯誤

我的生命……跟年紀與我差不多的普通小孩不太一樣。對於一個十四歲小孩來講，我算是比較特別了，主要的原因就是我的爸爸。但他並不是身體有殘疾或是有什麼問題，而是因為他是一位算命師！

如果提到算命師，大家往往會想到一位穿著白色衣服，脖子上戴著長長念珠的男人，然後坐在一張大大的墊子上，後面則是擺滿了形形色色的宗教物品。另外，當算命師發功的時候，下面會有人很虔誠地拜著他。

但是我的爸爸並非那樣，不過他不是降頭師……也不是神……他只是普通的算命師。所以他的工作就只有算命，而且他也有自己的信仰。

對我來講，可能是因為爸爸或家人遺傳給我的一些基因，所以我常常可以看到別人所看不到的東西。

如果是你們看到了別人所看不到的東西，你們會有怎麼樣的感覺呢？當我把真實情況跟周遭的人講的時候，他們就覺得我是瘋子或神經病，然後開始疏離我。

所以現在你們知道了嗎？我的生命是哪裡跟別人不一樣？

對我來講，我的爸爸是一個很神祕的人物，他就像一個很大的盒子，但是我完全不知道裡面有什麼東西。另外，爸爸也常常告訴我一些事情，它們對我來講是相當特別的。

我沒有看過爸爸很認真地算過命，通常只是看到他邊算命邊開玩笑。爸爸沒有拜託任何人一定要相信他，也沒有人來拜他，但是就我所知，倒是有很多人很相信爸爸所說的話。

雖然爸爸的主業是算命師，不過不管如何，他是我爸爸，他只是一個普通人，而且他也像其他人的爸爸一樣，努力地扶養我長大。

我爸爸很喜歡神祕的事物，大部分的這些事情都無法用科學角度來解釋，我也是一樣的想法，所以我才會說是他把基因遺傳給我的。

我知道爸爸喜歡學習一些特別的儀式與唸經，他也喜歡教我他所學到的事情。但是媽媽不喜歡他教我這些事情，因為她不想要我繼承爸爸的職業。她希望看到我念更多書，不想看到我穿著舊舊的衣服，一直算著別人的命運。

不管怎樣，我也是學到了一些東西，像是可以驅鬼的經文與各國經文。不過，爸爸也沒有忘記教我真實世界中的事情。

爸爸常常教我，如果沒有痛苦，就不會有幸福，而這兩件事情常常是伴隨而來的，就像是好事與壞事也總是一起來。另外，爸爸說他自己並不是好人，但也不是壞人，因為天堂與地獄都是取決在自己心裡面的選擇。

爸爸帶我到學校旁邊的廟，要我跟著廟裡的師父念書。

每一件事情都很正常，我和爸爸的關係很溫暖，直到我認識了一百個鬼魂的遊戲那一天開始。

每一件事情都開始改變，而且沒有辦法回到原來！

阿偉死了之後，我被那裡的居民問了很多問題，村長也問、賣東西的人也問，不論和這件事情有關係或是沒關係的人都問。

之前我們開始玩一百個鬼魂的遊戲時，有我……阿偉……阿波……跟矮子四個人。後來是因為學校旁邊廟裡的師父幫忙，我們才可以繼續活著。但是在那之後，阿偉的個性就發生了很大的變化，似乎這些事情在他腦中留下了很深的印象，讓他完全無法忘記！

直到有一天，我和阿偉正要走路回家，他就突然被車撞了！

撞到了之後，他的屍體竟然不見蹤影，對一般居民來說……可能覺得是因為撞擊的力道太大，才讓屍體被撞成碎片而無法找到；但是對我而言，我知道並不是這樣，是有人帶走他的屍體，也帶走了他的靈魂。

為什麼我會知道呢？因為是我親眼看到的！

我知道阿偉的死亡，一定和一百個鬼魂的遊戲有關係，因為他的屍體被拉到了我們過去玩一百個鬼魂的遊戲的地方。那是在一棟被火燒過的廢棄塑膠工廠旁的小通道。

「我真的沒有看到那名學生！」開車的人嘗試解釋，然後轉頭來看著我說：「我有看到這個學生，但是另外一個我真的看不到！」

「我真的沒有騙你，阿偉走在我的旁邊……我嘗試拉他過來，但是他……」我說。

這時廟裡的師父看到我，然後嘆氣地說：「我覺得坤庫沒有騙你，我想可能是那一個學生的時候已經到了，所以他才會死。」

居民們都相信師父的話，但是沒有居民相信我，從他們看著我的眼神，好像我是一個喜歡騙人的小孩。矮子也幫我辯白，說我真的沒有騙人。

當大家在廟裡集合，講到阿偉死亡的事情，大家用很奇怪的眼神看著我，這時阿波則是不斷地拍著我的肩膀，然後一直跟我說：「我相信你！」

後來當大家各自回家，爸爸也來接我。當我們走路回家的時候，我一直看著爸爸的臉色，他完全沒有微笑，也沒有講什麼話，只有很嚴肅的表情。

「其實那個小孩還在！」當我們正在走路的時候，爸爸突然說出了這句話。

「什麼？」

「那個小孩，他的屍體還在！他的靈魂也還在那裡附近！如果不去嘗試找回他的屍體來辦葬禮，他就無法安息。」爸爸說。

我沉默不語。

「那個小孩的死法很奇怪。」爸爸說。

「都是因為遊戲！」我決定開口說話，然後接著說：「爸！你知道一百個鬼魂的遊戲嗎？我們玩過這個遊戲，當這個遊戲結束之後……就是後來死掉的阿偉……我感覺到他和原來不太一樣。」

「應該是那樣沒錯。那你知道你做了什麼事嗎？」爸爸看著我，然後回問我。

我從來沒有見過爸爸那麼生氣的樣子。通常當我做錯事情的時候，爸爸的眼神還會有溫暖的感覺，口氣也沒那麼凶，但是現在都不見了！

「因為一個奇怪的遊戲，你害死了一個小孩！你的朋友也是一樣！」爸爸罵我。

「對不起。」

「已經太晚了，從這個時候開始，你一定會被這個遊戲影響你的生活。」爸爸說。

我停了一下，接著問他；「爸！您看到了是嗎？」

「看到什麼？」

「爸爸很會算命，您一定會知道我以後將發生什麼事。」

爸爸用很失望的眼神看著我說：「到現在你還不知道嗎？我看到的不是之後的事情，而是你現在的錯誤。從現在開始，你的生命一定會陷在這個遊戲的漩渦之中，而且你也會害很多人被這個遊戲影響！」

我還記得爸爸那個時候的眼神，他看著我，看起來他很想哭。

當我們走到家，就看到媽媽站在花園那裡等著。那一座花園總是很漂亮，不過當爸爸媽媽離開之後，它就變得不太好看了。

等我們走進家裡院子後，媽媽一直看著我們，一句話也沒有說，看起來想要罵我和爸爸。這時，爸爸把我推進家裡，接著我就聽到爸爸和媽媽講話的聲音，雖然他們講得很小聲，不過我還是聽得很清楚。

「到底發生了什麼事？」媽媽生氣地問。

爸爸並沒有回答什麼，我知道為什麼他不說話，因為我假裝在門後脫鞋子，為了拖延時間去聽他的回答。所以我走到客廳，不過也是嘗試要聽他們的對話。然後我就打開一點點客廳的窗戶，因為那裡可以看到花園。這時我看到他們還在講話，不過因為爸爸的聲音比媽媽小聲多了，所以我只能聽到媽媽講話的聲音。

我不知道爸爸說了什麼，但是媽媽就突然大聲地說：「這真的是太誇張了！你知道嗎？我不想讓小孩變得跟你一樣！這一點都不算是一個事業，只會讓他一點未來性都沒有！而且以後可能連養活自己都有問題！」

爸爸搖了搖頭，試著要跟媽媽說明。

「你嘗試教小孩跟你做一樣的事情，然後……」

媽媽還沒有講完，爸爸就轉頭到客廳的窗戶看我。雖然我馬上躲起來，但是來不及，爸爸已經看到我了！

之前爸爸曾經教過我，要專心地去感受別人的心靈。所以雖然爸爸沒有看到真實的形體，他也能夠感受得到有人的存在。

這讓我想要偷偷聽他們講話的計畫失敗了，所以我坐在客廳的坐墊上面，一直看著爸爸工作用的桌子。上面有很多咖啡色的杯子和碗，有很多白色的布與棉線，還有黑色的石頭與一塊小小的黑板。而這張桌子，後來就變成我工作用的桌子，只不過上面一樣是亂七八糟。

不久，爸爸和媽媽就走進家裡。這時我看到媽媽直接走到廚房後面，爸爸則是走到我的前面坐了下來。

「我們還有很多事情要說，我不想在吃晚餐的時候討論。」爸爸說。

「我以為我們已經說完了。」我嘗試用開玩笑的口吻說，想讓這樣嚴肅的氣氛緩和一下。

「坤庫！這是對你的未來很重要的事情！」爸爸開始用很凶的口氣說話。

「好的，今天我不想吃飯了，我肚子不太餓。」我情緒低落地說。儘管現在我已經可以聞到媽媽煮飯的味道了，不過我還是不想吃。

「先講完再吃飯，要不然媽媽也會很生氣。」爸爸轉頭看了看廚房，然後轉頭回來繼續說：「那個是叫做一百個鬼魂的遊戲嗎？」

「是的！」

「你怎麼會知道它呢？」

我感覺像是被警察再訊問一次，只不過這次換成了我爸爸，於是我接著說：「是朋友跟我說的，不過一開始我們都不相信這個遊戲會有壞的影響，所以我們才試試看去玩這個遊戲。」

「我沒有教過你嗎？不要請已經往生的人出來，因為很難……」

「因為很難跟它們道歉。我還記得，師父也跟我講過。」

「那為什麼你還要做呢？」爸爸問，他的聲音聽起來很失望。他接著說：「你跟普通的小孩不太一樣，那是你的優勢，不是你的缺點。為什麼你不先用你的能力去確認這個遊戲是不是會有壞的影響呢？」

「我真的不知道！」我接受我和爸爸不太一樣，我沒有辦法控制讓自己的心靈比較平靜地去思考。我接著問：「爸爸對這一件事情有什麼了解嗎？」

「就我所知，一百個鬼魂的遊戲是被唸經加持過的。」爸爸說得很小聲，可能他不想讓媽媽聽到。他接著說：「有人為了某個目的，創造了這個遊戲，但是他的目標應該是不好的事情。

我也知道加持的那段經文內容，所以只要有人一開始玩這個遊戲，就會被它的規則所束縛，無法脫身！」

我什麼都沒有問，為什麼爸爸會知道那段經文？或是為什麼知道一百個鬼魂的遊戲？我不想問……不想知道……不想管任何事。我只想知道，當爸爸看我的時候，他到底看到什麼？

「但是……我通過這個遊戲的考驗了。」

「你已經贏它了嗎？」

「爸爸也知道嗎？」

「我只聽朋友說過而已，但是一定要特別小心，如果什麼事情對我們有不好的影響，我們都不要跟它扯上關係。」

「那爸爸也知道我們應該怎麼逃離這個遊戲是嗎？」我興奮地問爸爸，因為對我來說，如果會被這個遊戲給束縛，我感覺不太安心。

「你想逃離這個遊戲嗎？」爸爸搖了搖頭說，他這樣的反應，讓我原本興奮的感覺一下子跌落谷底。然後他接著說：「就我所知，沒有經文可以幫助你逃離這個遊戲，所以當你唸要開始玩的那段經文時，就表示你要永遠陷在這個遊戲的漩渦了。」

「可能有其他方法能停止這個遊戲嗎？或是爸爸有其他經文可以停止它嗎？」

爸爸輕輕地拍了拍我的大腿，看起來像是要我加油，或是告訴我要有心理準備，我不太確定！這時爸爸說：「這世界上，還有很多事情是你要去學習的。而且在黑魔法的領域中，沒有什麼是可以被停止的，就像你要忽略自己的想法，也是很難的！」

媽媽可能煮好飯了，她叫我們幫忙把飯菜拿出來。於是我和爸爸幫忙把飯菜拿出來，放在我們剛剛講話的地方。吃飯的時候，由於媽媽不喜歡像是神祕或唸經之類的事情，所以我和爸爸根本沒有在媽媽面前講到這些事情。但我知道媽媽並不是不喜歡這些事情，她只是不想讓我知道更多跟這些有關的事情……媽媽希望我可以當醫生，而不是算命師。

那一天晚上，我完全不知道爸爸正在想什麼，因為爸爸的想法就像是被上鎖的大盒子，無法得知裡面的內容，而且可能將會永遠無法打開了吧！那天晚上，算是我和爸爸的關係剛剛結束，不過我和一百個鬼魂的遊戲的關係才剛剛開始！

晚上我根本睡不著，我一直想爸爸以後會怎麼對待我……會怎麼安排？包括一百個鬼魂的遊戲和唸書的事情。

在人生的路上，爸爸從來沒有指示我該往哪裡走，他總是讓我自己選擇。所以只有當我走錯路，或是迷路的時候，他才會把我帶回來，然後告訴我為什麼我會走錯路或是迷路。

這一次也一樣，看來我已經選擇了玩這個遊戲的死路，而爸爸也沒有給我什麼建議，只是給了我一張紙，上面寫著「無法回頭」。因此，我感覺爸爸是留我一個人在黑暗中獨自摸索，要自己承擔一切。

現在我一定要做決定了，我是要坐在這裡等爸爸給我建議，還是要……一個人獨自往前走。

隔天早上，我走下樓，看到媽媽在廚房切菜，然後跟每天一樣地看著我。

「爸爸呢？」我問，因為平常我一定會看到爸爸站在花園裡替花澆水，但是剛剛我從窗戶往下看，卻沒有看到他。

「他已經走了。」媽媽只說了這句話。那個時候我還不清楚這句話是什麼意思，我以為爸爸只是外出工作，而且當他外出的時候，也不會告訴我。所以那一天我也是照常去上課，然後照常回家，不過到家只看到媽媽……沒有看到爸爸。

「爸爸還沒有回來嗎？」當媽媽正在擦爸爸的桌子時，我問她這個問題。這時我發現爸爸桌上的東西，很多都不見了，特別是一個木頭盒子，也不見了。就我記得，那個盒子從來沒有不見過，它總是在那裡！

「坤庫！過來這裡吧！」媽媽用特別溫柔的聲音跟我說。

我走到媽媽旁邊，接著問：「有什麼事嗎？」

這時媽媽抱著我說：「你要先有心理準備，爸爸已經走了，他已經離開我們了。」

那個時候我不太懂「爸爸已經走了」這句話的意思，還以為是爸爸已經死了！不過我知道不可能，因為之前爸爸曾經跟我開玩笑，他說他一定會活得比我還久，而且在他看了我手上的生命線後，他說我很快就會死了，那個時候我們還一直笑。不過爸爸不敢看媽媽的生命線，因為他怕會看到不好的結果。

關於爸爸離開的事情，我決定不相信，而且我也不會哭。但是好奇怪，我的心裡卻相信爸爸已經死了。怎麼會死呢？爸爸怎麼會突然不見呢？好像我生命中的燈光已經越來越微弱了。

當媽媽煮飯時，我馬上把爸爸桌上的東西弄亂，想要發洩我對他不滿的情緒。那個時候我邊弄邊哭，心想為什麼爸爸捨得離開我？他從來沒有騙過我，為什麼這一次他捨得騙我呢？

那個時候，我突然在爸爸的桌上看到一張紙，上面有爸爸所寫的字，而且是要給我的，我馬上打開來看。

親愛的坤庫，不要讓你媽媽知道，我偷偷寫這封信給你。現在你的媽媽可能以為我跑去找其他女人了，但其實我並沒有跑去哪裡，我還在這裡……在你的心裡。昨天晚上我對你說話太重了，不過這是因為我真的很擔心你……儘管你問了我好幾次我在你的未來看到了什麼東西，我也不會告訴你，因為我覺得你不應該知道。對我來說，我還相信事情仍然有機會可以改變的。

你一定想要問我去了哪裡，其實我是要去找自己想要知道的答案。這可能會花很多時間，也可能需要走得很遠，而且我可能沒有辦法回來，或者是來不及回來也說不定。或許你想知道為什麼我不帶你一起走，這是因為你要走的路跟我要走的是不一樣的，但是我也相信總有一天，我們會再見面的。

我走是因為我想知道關於一百個鬼魂的遊戲，所以如果我帶著你一起走，那實在太危險了。我相信在我的旅程之中，可能就會得到一些有用的資訊。相信我，我不會騙你，我正在找辦法救你。另外，從現在開始，無論你媽媽跟你講什麼，你都一定要聽她的話。我不知道我會離開一下子或是永遠，這要取決於我們做了多少好事，再看看我們是否有機會可以再見面。

你曾經問過我，當你長大了之後會當什麼。我想你可以自己想想看，不過對我來講，我建議你當一名老師，當你長大之後，你就會發現自己為什麼會當老師。但如果你想當你媽媽所希望的醫生，那也是可以。但是無論如何，你很適合做可以幫助別人的工作，就像師父所說的，就算你當一個收垃圾的人，你也會幫助很多人。

我收著爸爸給我的信，告訴自己要把爸爸忘記，告訴自己他已經死了，他永遠不會回來找我了。就連他要離開的時候，一句話都沒有跟我講，那教我如何相信他會再回來呢？而且就算有一天他回來了，那他要回來幹嘛！是要回來幫我嗎？但是到了那個時候，我還需要什麼幫忙呢？我已經長大了，應該是我幫他才對吧！

對於爸爸離開我和媽媽這件事，我很生氣，後來知道是因為我的緣故之後，我更生氣了。

但是我還是記住了爸爸最後給我的建議：當一位老師。但是像我這樣的人，要如何當一位好老師呢？說不定爸爸提到那些人……我要幫的那一些人……可能就會是我自己的學生。

對了……爸爸從來沒有騙我，所以當他說要我當一位老師，那可能是他真心的建議吧！說不定他已經看到我的未來，註定要當一位老師！

現在我已經決定了，我不會等爸爸回來了。雖然現在爸爸已經不在，但我還是可以往前走，而且我一定會長大，也會比較堅強。不過現在我對於社會的事情，還不像爸爸那麼有經驗，所以在分辨是非的時候，可能就會感到比較迷惘吧！

但後來讓我不高興的就是……爸爸不是真的不見，我還是看到他，雖然不是面對面，不過我知道爸爸偷偷地跟蹤我，就連我已經當老師了，爸爸也還偷偷地跟著我。

媽媽過世的時候，是爸爸離開後第一次回來，那時也是我們正在辦葬禮，準備火化屍體那一天。那個時候爸爸已經離開半年了，當要辦媽媽葬禮的時候，主人家只有我一個人，加上我也不太有錢，所以我就把自己剩下的積蓄，全部拿出來。另外，家裡附近的鄰居們與廟裡的師父，也有過來幫忙。不過在葬禮中，媽媽那邊的親戚一個都沒有來，因為自從媽媽決定和爸爸結婚之後，他們就斷絕來往了。

在葬禮中，因為只有我一個人，所以有很多儀式都省略了，只剩下請廟裡幫忙的小男孩來幫忙抬棺木去火化。就連要為了過世的媽媽去當和尚，我也沒有辦法去，因為怕沒有人可以幫忙葬禮的進行。

在媽媽的棺木被蓋起來，送去火化之前，我走過去看了媽媽的最後一面。媽媽的臉跟她正要離開的時候，看起來差不多，但她看起來不太安詳。

這時我看到幫忙火化的人，用椰子水洗了洗媽媽的臉。當我看到放在媽媽嘴裡的錢幣時，我感到心裡真的很痛。如果我不知道一百個鬼魂的遊戲，我想事情應該就不會變成這樣了……

當媽媽的屍體要被送到火化爐的時候，我轉頭去看遠方，突然看到爸爸站在一棵大樹下面。那時他看起來還在很年輕，但我不知道是誰告訴他媽媽已經過世的消息。不過我不想理他，我還有其他事情要做。我嘗試不再轉頭去看他，因為我不想承認心裡還想跟他講話，或是想要他回來的念頭。

我嘗試告訴自己，爸爸已經死了，現在爸爸已經過世了！

在這之後，我必須努力地半工半讀，直到我可以順利從高中畢業。接著我考到了獎學金，進入師範大學就讀，不過那個獎學金是阿波請他爸爸幫我才拿到的。後來我畢業了，就回去之前就讀的高中任教。但是在那個時候，我聽到了某些新聞。

這時我突然感覺到，爸爸要回來了。說不定是他已經蒐集到足夠資訊，或是他想要見我，如果是後者，我一定會很高興，其實在二十年前，我就已經準備好要原諒他了！

但是……事情並不是那樣，爸爸回來並不是因為想我，而是因為聽到了在我們學校有關於一百個鬼魂的遊戲的傳言。其實那是我的錯，是我不小心告訴一些學生關於這個遊戲的事情……這是個無法被原諒的錯誤！

那一天，在足球場旁邊那個我常常喜歡坐的位子上，我看到了我的爸爸。好奇怪，普通學校的管理員並不會讓看起來怪怪的人，隨便進來學校裡面。或許爸爸是騙管理員，說他要來找我，但我覺得事情應該沒有那麼單純！

接著，我就看到小珠她們走過去找爸爸，而且好像只有她們看到他坐在那裡。不過還好，我還來得及要小珠她們離開，就只剩下我和我爸爸留在這裡。

我現在突然有感覺，我爸爸不只是一個算命師，他可能也是一個魔術師！

「爸，您來這裡做什麼？」我問。

「要找某個東西。其實你不應該打斷我和她們的對話，因為那個學生感到很困惑。」

「她們是我的學生，我也想如同爸爸曾經告訴過我的，好好去保護她們。」

爸爸笑了笑，接著說：「你媽媽不是告訴你『不要聽爸爸的話』嗎？現在表示你是聽我的話，不聽媽媽的話了。好啦！關於這些事情，只是剛剛開始，還有很多我跟你都還不知道的部分。到現在你的能力還不夠處理這些事情。」

現在我是被爸爸看不起嗎？當然啦！關於那一些事情，我自己沒有什麼進步。爸爸走了之後，我就一直唸書，沒有管那些事情。我覺得自己怎麼樣都無法像爸爸那麼厲害，因為他可以到很遠的地方，遇到很多危險的事情，最後還可以安全地回來。

「爸！您看起來老了很多。」我嘗試要找一些他的缺點，但是此時就好像我把一隻魚給了一隻貓，而那隻貓一口就吃了你的魚。

「時間對於每一個人都會有影響！」爸爸說出了一句聽起來很深奧的話，而這常常是來自於師父所說的話。然後他接著說：「你也是啦！長大了很多。」爸爸可能還是覺得他沒有什麼改變，但是對我來講，我覺得他變了很多，至少他的能力應該是更強了。

「這件事就給我處理吧！爸爸您應該沒有辦法幫上什麼！」講完之後，我就請爸爸離開。

「好吧！我也要走了。但是我先告訴你，現在不只是你有責任，那一個女學生也有責任要幫大家。」爸爸說。

對啦！爸爸說的話總是對的，我可能沒有辦法做什麼了，就變成小珠要進來處理事情了。但是她的年紀還很小，她還沒有辦法負責所有事情，而且她的能力也還不夠。

我不想要問這個問題，但是我必須問：

「爸！這段期間，您到底得到了什麼？」

爸爸用手摸摸他那近乎禿頭的稀疏灰髮，然後接著說：「慘！」他只回答了短短一個字。

「您沒有得到任何訊息嗎？」

「得到了很多，但是一直得到沒有辦法幫忙你和其他人的訊息！」爸爸說。

我一直看著爸爸那深咖啡色的眼睛，他的眼睛跟我的很像。如果注意看，可以看到在爸爸的瞳孔外圍，有一圈藍色的環，這個我倒是沒有。當然啦！因為我不是爸爸啊！

「你還要找那個男學生嗎？」爸爸問我時，我頓了一下，才想起他問的是誰。

「是的，我跟阿波他們……」我點頭說。

阿波的爸爸是很有權勢的人，所以我請他爸爸用特權打開那間已經關閉十幾年的廢棄塑膠工廠大門。但是因為會有法律責任，所以他的爸爸並不願意幫我。我也知道，如果隨便打開有主人的工廠，是會被警察抓的。

之前我花了很多時間，就是為了找阿偉的屍體。當我知道阿偉的屍體是在那間廢棄工廠裡面時，我就一直等著有人會來打開這間工廠的大門。如果我可以找到他的屍體，我會感覺好一點，就像是我還給他一個公道，可以唸經送他好好去安息。另外，因為是我拉他來玩這個遊戲，才會害他慘死，所以我也想好好地給他一個道歉！

「你是否注意到，為什麼那一個男學生從來沒有來找你？」

「我不知道，他可能是生我的氣吧！如果他來找我，我一定會看到他的。但是……」

「或是……他可能是被鎖在一百個鬼魂的遊戲裡面，我覺得每一個進來玩的人會死，都是因為沒有辦法遵守遊戲的規則！」

規則？一百個鬼魂的遊戲還有其他規則嗎？

「我猜猜看，如果人輸了一百個鬼魂的遊戲，或是在玩的期間死亡，他們就會變成這個遊戲的奴隸！」

「原來如此。」我回答，同時也了解這個跟一百個鬼魂的遊戲有關的訊息，這個遊戲的主人應該不想讓玩遊戲的人知道吧！然後我接著說：「如果我真的遇到了那個主人，我可能會跟他討論，請他釋放他手上的人質。」其實那個時候我是開玩笑，但是爸爸好像對我這句話很感興趣，他可能知道了我所不知道的事情！

在這之後，有一天我也真的遇到創造這個遊戲的人，但是他不是來跟我討論，而是為了殺我，因為他覺得我嘗試要去抵抗一百個鬼魂的遊戲……他想要解決掉我這個問題來源！

當我正要死亡那一秒，我一點都沒有抵抗，因為我已經沒有力氣了。這時我一直聽到阿偉的聲音在我的耳邊出現，我一直找他，但是找不到，只看到一個禿頭的老男人與他那像神經病似的微笑。

阿偉說：「歡迎新成員！」

《百靈遊戲2》完

第三冊封面繪製中

故事發生之前……

回到數十年前的情況。

現在有一位沒穿上衣而且喝醉酒的男人，用他那赤裸的雙腳，正走在一條被人所開闢出來的林間小徑上面。而在這條小徑的兩旁，則是一整片的森林，看起來杳無人煙。再往前走，就有一條小運河，而這條五十年前仍有水流的運河，現在則是完全地乾涸了。另外，在那裡還有一座神龕，而神龕上祭奉神明的地方，已經整個倒在泥土地上，且被旁邊一棵大樹的落葉給掩蓋了大半；至於神龕下方的支架上，則是沾滿了泥巴與斑斑的黑色血跡，而兩者之間，看起來已經幾乎沒有什麼不同了。不過那些遺留下來的血跡，則是替這座神龕增添了幾許的神秘感！

然後，這個男人就走到了一間茅草屋之前。而在這間茅草屋的下方，有著六根用來支撐整個結構的木柱，另外也看到了用來養雞用的竹籠。而且在這裡的居民都知道這間茅草屋是一位降頭師的家。

這時那位喝醉酒的男人，就坐在要走上去茅草屋的樓梯上，一直呼喊著要那間茅草屋裡的主人出來。

「喂！降頭師！你出來給我看一看吧！聽這裡的居民說，你可以讓人死而復生，我倒想知道這個傳言到底是不是真的！」

那位男人說完之後，四周仍是安安靜靜的，似乎一點反應都沒有。但是可以確認的是，他將會因為酒後亂說話而付出慘痛的代價！

「你他媽的給我出來！你把我老婆的屍體拿去做什麼鬼降頭的法術，這樣做會不會太誇張？！」

這時在茅草屋的門口，慢慢地出現了一個黑色的陰影。過沒多久，就傳出了一個極為慘烈的叫聲，而這個叫聲大到連數百公尺外的人都可以聽到。從此之後，再也沒有人看到那位喜歡喝酒的男人的身影。而且過了幾個月之後，有人嘗試進去那間茅草屋一探究竟，卻發現並沒有任何人住在那裡。

在茅草屋中，沒有任何人在裡面，留下的只是斑斑的血跡與腐爛的噁心臭味！

故事Ⅰ 活的人／死的人

我很怕，怕到不敢睜開我的眼睛，我只能一直跑一直跑，跑到我也不知道自己現在身處何處！但是我並不管我現在所在的地方是高是低，我只管告訴自己別睜開眼睛，因為我怕一旦睜開了眼睛，我就無法觸摸到我周圍的東西了。除此之外，為什麼我現在感覺到身體輕飄飄的？為什麼我無法感受到周圍的空氣呢？

「怕嗎？」

我轉頭面向聲音的來源，但是此時我仍然閉著眼睛，而且一點都不敢問這個聲音是誰的，怕自己所發出的聲音會顫抖且有回聲，就像那個聲音一樣！

「我已經遇過很多像妳這樣的人了，不想接受自己所遇到的情況！」

這時我嘗試用雙手要去蓋住臉，但是卻只有碰到空氣的感覺。

「如果妳可以接受自己現在的情況，妳就不會那麼害怕！從現在開始，妳會一直遇到這種觸碰不到東西的感覺，連妳自己的身體也是一樣。所以妳一定要接受妳已經死亡的事實！」

聽完之後，我慢慢地用顫抖的聲音說：「我……還沒有死！」

「妳已經死了！」

「我還沒有死！！！」

「妳先看看自己的情況吧！」

於是我張開眼睛。我現在穿著學生制服，但是全身都是白色的，包括裙子和鞋子也是一樣。而且在我的上衣和裙子上，佈滿了許多血點，許多已經變乾變黑的血點。這個時候我就想起來，在那一天我遇到了怎麼樣的事情了。

「她發生了什麼事？是被人殺嗎？」有一個聲音傳了過來，於是我就轉頭去找那個聲音的來源，在這同時，我注意到我周圍的情況。這是一條四線道的馬路，而且在馬路的旁邊，是一整排兩層樓的木造舊房屋，然後我就看到一個女生，她正站在一個「禁止停車」的標誌下面，而這一個標誌則是讓我開始回想到一件事情。

「我被車撞！」

接著那個女生從圍觀的人群中走了出來，讓我可以把她的身體看得更清楚。於是我發現她看起來跟我不太一樣，她的身體看起來比較像人的肉體，有比較真實的感覺；而我的身體則是看起來不太清楚，輪廓也沒那麼清晰。另外，我看到她穿著一件白色合身的洋裝，不過在她的肚子下面，我卻看到了一點點的血漬……

……更多鬼魂故事請看《百靈遊戲 3》

Redbird08

百靈遊戲 2

2531 年的那枚 5 元硬幣……

作者 凱佳（Kajao）
譯者 E・Q
繪者 哈尼正太郎
編輯 古貞汝
校對 連玉瑩
美術完稿 黃祺芸
企劃統籌 李橘
行銷企畫 林孟琦
總編輯 莫少閒
出版者 朱雀文化事業有限公司
地址 台北市基隆路二段 13-1 號 3 樓
電話 02-2345-3868
傳真 02-2345-3828
劃撥帳號 19234566 朱雀文化事業有限公司
e-mail redbook@ms26.hinet.net
網址 http://redbook.com.tw
總經銷 大和書報圖書股份有限公司（02）8990-2588
ISBN 978-986-6029-81-3
初版一刷 2015.02

定價 249 元

國家圖書館出版品預行編目

百靈遊戲 2：2531 年的那枚 5 元硬幣……/
凱佳（Kajao）著；E・Q 翻譯
-- 初版 . -- 臺北市：朱雀文化，
2015.02
面；公分 . -- (Redbird ; 08)
ISBN 978-986-6029-81-3(平裝)

868.257 104000081